안중걸 산문집
길섶에서

안중걸 산문집

길섶에서

행복우물

"이 시대의 방랑논객 안중걸의 산 이야기,
물 이야기, 사람 이야기,
그리고 향토 사랑 이야기"

내 하루의 삶은 일찌감치 일어나 나를 돌아 보는 일로 시작된
다. 어떤 날은 면벽하고 앉아 멍때리기로 시작되고, 어떤 날은 어
제 있었던 일을 기록하기도 하고, 오늘하고 싶은 것을 정리하거
나, 보았던 영화나 연극에서의 느낌을 적기도 한다. 더러는 독후
감을 몇 줄 적어보기도 하고, 가슴에 닿았던 글귀를 간추리기도
한다. 토막토막 떠올려진 생각이나 보고 듣고 느낀 이것 저것을
무작위로 기록해 보는 일을 하는 것이다.

살아낸 삶 가운데 뜨겁고 감동적인 것도 더러 있고, 고뇌의 순
간도 있어 적는다. 우리 산하를 둘러보고 느낀 감회나 소감도,
아이들을 가르치면서 겪었던 일들도 떠올리고, 고향에 대한 향
수와 가족사 같은 것도 쓴다. 나름대로는 골똘히 묵상한 것도 있
지만, 어쭙잖은 필력과 통찰력의 미진함이 읽어줄 이들의 질타를
받지나 않을까 싶어 두렵기도 하다. 그러면서도 끝까지 바라는

것은, 내 마지막 날의 그 순간을 한 줄 글로 마무리하고 갈 수 있다면 천복이겠다는 심정이다. '이것이 글을 쓴다는 것이 내겐 무슨 의미인가? 나는 왜 글을 쓰는가?'의 자답이다.

그간 발표했던 글 중 생각이 바뀐 일부를 수정하고 새로이 쓴 것들 가운데 발췌하여 같이 묶기로 했다. 읽는 이들의 따뜻한 마음에 한 줄 공감이 될 글 토막이 있었으면 좋겠다. 이 책을 내는 데 많은 용기를 주신 행복우물 출판사 대표님과 원고를 보아주신 최석명님, 언제나 격려의 말을 아끼지 않은 최종석님 표지를 그려주신 김려수님께 감사의 말을 전한다.

안 용 걸

차례

제1부

걸으며 생각하며
"망우 사색길"

제2부

가르치며 배우며
"사랑이라는 이름의 폭력"

제3부

부대끼며 보듬으며
"무서운 인간, 두려운 사회"

제4부

사랑하며 아껴주며
"어머니의 장독대"

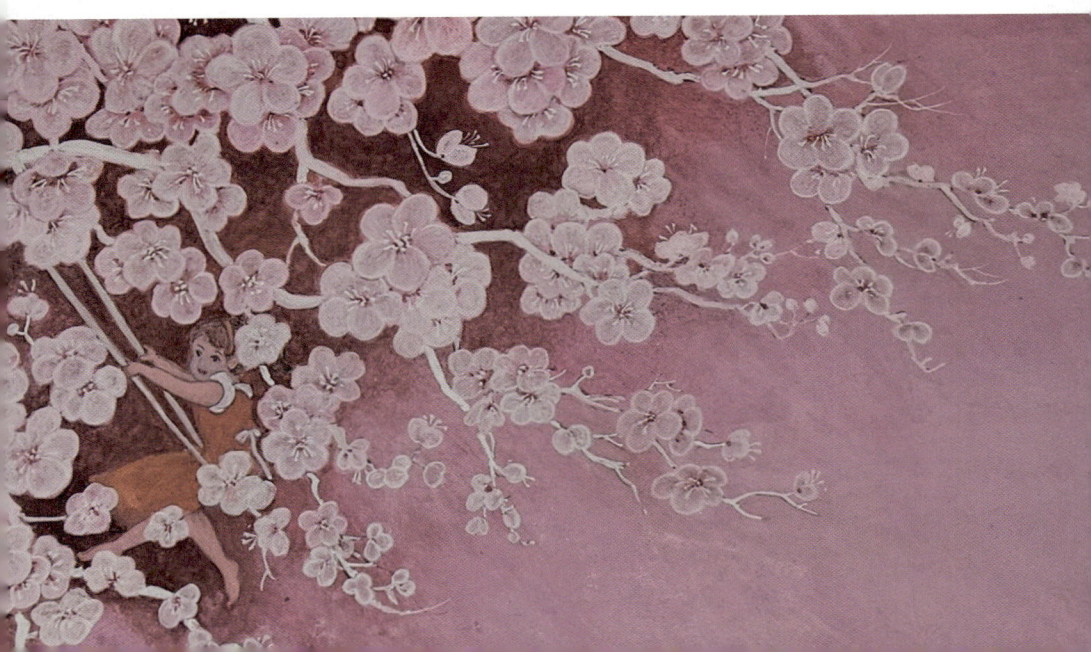

제1부

걸으며 생각하며

"망우 사색길"

당진 몽산성 진달래

몽산성은 면천면과 순성면 사이에 있는 몽산을 둘러싼 성곽인데 그 형태가 특이하다. 돌로 쌓은 산성만도 아니요, 흙으로 쌓은 토성만도 아니다. 흙과 돌로 지형에 맞게 잇대어 쌓았다. 참으로 자연 친화적이지만, 달리 표현하자면 투박하기 이를 데 없어 보이는 성이요, 위용을 갖춘 성은 아닌 듯하다. 허기사 방어를 위한 장치들인데 투박하면 무슨 대수일까 싶지만, 그래도 여태까지 보아왔던 성곽이 아니요, 더러 흔적만 있는 모습에 아쉬움이 일곤 한다.

해발 삼백 미터도 채 못 되는 나지막한 몽산이지만, 초입의 길목은 꾸준히 오르막이다. 숨이 차오를 쯤엔 아예 밧줄이 매어져 있다. 줄을 잡고 오르란다. 60도의 경사쯤은 될까 싶다. 그나마 그리 길지 않아 다행이다. 그리고 양옆으로 진달래가 웃음으로 우리를 맞고 있어 가쁜 숨을 몰아쉬면서도 정겨움을 느끼게 한다. 시동처럼 꽃등을 허리춤에 찬 듯, 건 듯한 모습으로 선 관목 사이를 걷는 맛이 그럴싸했다. 그 꽃길 어드메 쯤을 내려오고 있었을까. 구성지게 끊길 듯 이어지는 창(唱)하는 소리가 있다. 신력을 품었을 듯한 당당한 소나무. 붉고 푸른 천이 묶여 펄럭이는 곁, 한 자릴 펴고 앉아 북채를 휘두르는 고수와 부채를 손바닥에 탁탁 두드리기도 하며, 연신 앞뒤로 왔다 갔다, 굽혔다 젖혔다 하며 허리춤을 추는 여인이 있다. 약간은 방정스럽게 목청을 다듬는 품새가 끊긴 듯 이어지며 짐짓 구성지게 보이려는 듯, 더러는 당당하게 가다듬기라도 하려는 듯한데, 아무리 보아도 연습생을 조금 면한 듯하다. 그렇게 얕잡아 보이게 하는 것은 나의 교만스런 귀 탓인지 모를 일이다.

인간은 망각의 동물이 맞다. 오르막에서의 그 심난함을 벌써 잊었다. 갑자기 쳐들어온 봄을 만지며 걷는 걸음이 숨도 차지 않다고 다시 느낀다. 연둣빛 잎새들이 너나 할 것 없이 비죽비죽 손가락 반 마디만큼씩 키워냈다. 보들보들하고 야들야들하기가 이를 데 없다. 손바닥에 와닿는 느낌도 그만이다. 살짝 건드려도 보고 쓰다듬고 어루만지고 살살 문지르고 손가락 사이에 끼고 흔들어 가며 걷는 발걸음이 가벼웠다. 무엇이 이보다 부드럽고 어느 것이 이에서 더 아름다울까 싶어지는 것이다. 진달래는 잎보다 꽃을 먼저 틔우고 핀다. 그렇게 화신을 전해 주지만 그들에게도 순서는 있다. 그러던 녀석들이었는데 무엇이 급했던지 올핸 제멋대로다. 매화 산수유가 같이 벙글고 명자나무가 짙게 피고 진달래 개나리가 함께 흐드러지게 피는가 싶더니, 수수꽃다리와 매발톱도 꽃망울을 달고 한껏 돌기(突起)를 세우고 있는 것이 아니냐. 이렇게 한꺼번에 봄의 친구들이 우쩍대는 것을 본 적이 없었다 싶은데 올핸 유난스레 바쁜 모양새들이다. 시절도 세상사를 닮는 겐지.

면천에서 귀양살이를 여덟 해나 했던 김윤식이란 이는 등양산기(登兩山記)란 글을 남겼는데, 양산(兩山)은 아미산과 몽산을 지칭하는 말이니, 그 두 산을 올라 보고 듣고 느낀 감회를 남긴 글이다. 기껏 삼백 미터도 못 되는 산과 고작 사백 미터에도 훨씬 못 미치는 산에서 무슨 대단한 수회(愁懷)가 있었을까 싶지만, 높다고 위용이 더한 것이 아니요, 낮다고 품격이 덜한 것도 아닌 것이 또 산 아닌가? 아미산에서 몽산으로 이어지는 산세는 그야말로 미인의 두툼한 눈썹 모양새다.

두 산의 아름다움과 자태가 어우러져 격조가 배가 되었달까? 육사는 모든 산맥들이 바다를 연모해 휘달린다고 표현하여 광야에 홀로 돌올(突兀)한 산의 모습을 노래했는가 하면, 어떤 이는 작은 산들이 파도치듯 밀려오는 듯하다고도 했다. 뿐만이 아니다. 가장 높은 봉오리에 올라 뭇 산의 낮음을 내려 보겠다고 호연지기(浩然之氣)를 말한 이가 두보 아니던가? 산의 모습은 그야말로 보는 이의 시각에 따라 달리 보이는 것인가 싶음을 느끼며 예쁜 이름을 음미하게 되는 것이다. 임자 없는 영혼조차 위무해주는 여단 곁을 지나려니 진달래는 더욱 진한 빛을 띄는데, 김부식의 검이불루 화이불치(儉而不陋 華而不侈: 검소하되 누추하지 않고 화려하나 사치스럽지 않다) 한 구절이 떠오른다.

관악산 둘레길

    과천시와 안양시, 그리고 서울시에 걸쳐있는 해발 629m, 31.2km의 관악산 둘레 길을 1차 과천향교에서 만장사, 2차 만장사에서 석수역, 3차 석수역에서 서울대 주차장, 4차 서울대입구에서 사당역, 5차 사당역에서 과천향교까지로 나누어 걸어 볼 생각을 하니 시작도 하기 전인데 가슴이 뿌듯함은 무슨 까닭일까? 인터넷을 뒤지고 위성사진을 펼쳐놓고 손 뼘으로 어림잡아 나눈 거리지만 마음엔 그럴듯하다고 여겨진 때문이리라. 본디 길치라 방향감각이 아둔하고 동서 분별이 쉽지 않았던 터, 떠밀리듯 맡은 도보 길의 길라잡이 노릇이 쉽지 않음은 언제나 고민이었다. 어디라 많이 다녀봤던 것도 아니니 한 회, 한 회가 만만치 않음이 사실. 그러던 차에 5회분을 기획한 것만으로도 든든해지고 헛배까지 꼭 차오는 느낌이다.

    가뭄이 심해 답답하던 터, 수목도 들풀도 갈증으로 시달리고 있다. 더더욱 관악산은 돌산이니 스몄던 물이 흐르는 산이 아니요, 고여진 물이 넉넉한 산도 아니다. 팍팍하기 이를 데 없는 길을 걸으며 둘레길 표지 리본만 보물찾기하듯 찾으며 걷는 답사길이 설기만 했던 기억은 지금도 쓴웃음을 짓게 한다. 자주 마주치는 돌길에도 적지 않게 힘들어했었나 보다. 첫 길은 어떻게 시작했고 어떻게 끝냈는지도 기억이 가물가물할 뿐이었으니, 그저 만장사를 빠져나올 때가 돼서야 한 회를 마쳤구나 싶었던 기억만 떠오른다.

두 번째 길의 들머리 만장사까지의 1km 남짓 시내를 통과하는 길이 결코 짧지는 않았지만, 기대 만만하게 둘레 길을 걷겠다는 우리의 의욕은 발걸음에도 힘을 주었는가? 어느새 망해암을 가리키는 표지목을 만난다. 차곡차곡 쌓아지고 놓인 돌길을 밟고 간다. 망해암(望海庵), 바다를 바라볼 수 있는 곳에 지어진 암자란다. 바다까지는 아니었어도 기실 시야가 탁 트여 안양 시내가 한눈에 내려다보인다. 집채보다도 더 큰 바위 틈으로 새어 나오는 약수는 그야말로 감로수다. 가뭄 속에도 꿋꿋이 솟는 샘물이 더없이 고맙다. 기갈(飢渴)을 해소하고 다시 오르고 내리며 숲길을 헤집는 발걸음이 무겁다고 느낄 즈음 다다른 곳이 안양 예술 공원이다. 둘레 길가에 접한 곳인데 제법 그럴듯한 미술 작품들을 설치해 두고 있다. 우리가 쉬어가며 허기를 면할 곳으로 택한 곳이다. 이것저것 설치 미술을 둘러보게 되었지만, 미술에 문외

한이어서였을까 보다. 특별한 예술성을 느끼지 못하니 그저 험험 헛기침만 남긴다.

관악산 둘레길, 특히 안양엔 사찰이 유독 많다. 오늘 우리가 만난 사찰만도 만장사, 망해암, 금강사, 안양사, 네 곳이니 말이다. 그도 그럴 것이 안양이란 지명의 의미가 극락정토(極樂淨土)의 뜻이 아니던가. 안양사의 사찰 명칭을 지명으로 빌려 쓴 것이 안양시라 어쩌면 당연한 일일지도 모른다.

세 번째 도보 날엔 비 예보가 있었다. 너무 오래 가뭄이 계속되고 있었으니 당연히 반가워야 할 소식이련만 도보가 끝난 뒤 내리면 좋을 텐데 하는 맘이 드는 걸 보면 나도 무던히 이기적 존재다 싶어 실소로 내 자화상을 보며 석수역을 향했다. 오늘 행선지는 80% 이상이 서울 둘레 길과 겹쳐진다. 5차로 나누어 걷는 길 중 시내 길과 닿지 않는 가장 걷기 좋은 길이 될 것에 기대도 만만했고 마음도 가벼웠다. 부지런한 동행자들이 벌써 반 넘게 나와서 반긴다. 서로 인사를 나누고 간단히 몸도 풀고 시작한 산행, 초입의 오름 길에서 벌써 숨차했지만 그늘진 숲길에서의 발걸음은 언제나 가벼웠다.

엊저녁 잠시 잠깐 내린 비에 산길은 폭신하다. 한 두어 보지락쯤 내렸더라면 좋았을 텐데 해갈은커녕 목만 더 타는 듯싶다. 계곡에서조차 물줄기를 볼 수 없는 것이 안쓰러웠다. 계곡의 곡(谷)자는 원래 물이 샘솟는 입구라는 상형(象形)의 자형이다. 그런데 지금 우리가 지나는 계곡엔 물 비슷한 것도 없으니 원. 잣나무 숲길에 당도했을 땐 허기를 느낄쯤이었다. 만든 이가 누구일까? 앉고 눕고 편하게끔 널찍하게 좌대를 평상마루처럼 우리를 위해 만들어 놓은 듯싶어 그저 고마울 뿐이다. 둘러앉아 먹거리를 나누니 따사로운 정이 닿는다.

산의 우뚝한 형세가 마치 범이 걸어가는 듯하다고 해서 그곳에 절을 짓고 호암사라 했다는 사찰 앞에 섰다. 옛날 한양엔 호환(虎患)이 많았고 궁궐을 지을 때 사고도 잦았더라나. 호랑이 모양의 산봉우리가 한양을 굽어보는 곳. 꼬리 부분에 절을 지으면 만사가 형통하리라 말하는 이가 있어 그곳에 절을 지었다는 유래를 간직한 절이 호암사다. 절 벽면엔 호랑이가 큼직이 그려져 있는 게 마치 동화 같다고나 할까? 호사가들의 입방아가 재미있을 뿐이다. 행여 내 눈에도 산세가 보일까 싶어 둘러보지만 울울창창 소나무만 각양의 자태를 뽐낼 뿐 산세를 알아볼 눈이 내겐 없었다.

얼마나 걸었을까? 더러는 묵묵히 땅만 보고 몇몇은 재잘거리며 외줄로 밀고 당기고 걸으니 어느새 신선 길, 삼성산 성지를 지난다. 오늘의 기착지도 가까이 있음이다. 솟대가 꽂혀있는 곳 밑으로 나란히 서 있는 장승들을 본다. 모습이 험상궂다. 사찰의 경계를 표시했다는 상징 목을 보면서 불연듯 가슴속에서 왜 다른 의미의 경계를 느끼는 것인지. 길을 걷는다는 것이 건강이나 즐거움만 추구하는 게 아니어야 하느니, 힐링이 되었느니 안 되었느니만 따질 일이 아니어야 하느니. 걸으며 느끼고 만족했던 내 몸과 맘에 닿던 모든 생각이 우쭐하고 교만했던 것의 산물은 아니어야 하느니 하는 생각이 자꾸 닿은 까닭은 뭘까? 의문부호를 가슴에 둔 채 세 번째 길을 마치다.

　서울대 정문을 지나 접어든 넷째 길은 간수가 흘러 꽤 질퍽했다. 답사차 향도역을 맡았으니 다시 다녀오고 하기를 반복한 길이건만 관악산 길은 언제나 팍팍한 길이다, 그래도 온 산이 모두 갈증으로 헉헉대고 있는 참에 고맙게도 며칠째 내린 빗줄기가 활기를 주고 있는 것이다. 세상사 알맞고 적당한 것이 얼마나 어려운 노릇인지를 또 알게 한다. 넘치게 내린 빗물의 흐름이 세차다. 시원함은 촉각에 의한 느낌이겠지만 물소리는 청각만으로도 시원하게 해 주는 힘이 있음을 체감한다.

　우리가 물이 되어 만난다면
　가문 어느 집에선들 좋아하지 않으랴
　우리가 키 큰 나무와 함께 서서
　우르르 우르르 비 오는 소리로 흐른다면.
　흐르고 흘러서 저물녘엔
　저 혼자 깊어지는 강물에 누워
　죽은 나무뿌리를 적시기도 한다면.

아아, 아직 처녀인
부끄러운 바다에 닿는다면.
(하략)

강은교 님의 시구를 떠올려보았다. 겹쳐지고 공감할 뭔가가 꼭
있어서는 아니었다. 우르르 우르르 들리는 빗소리 물소리가 생명
을 감싸는 소리로 와닿고 있다고 느꼈나 보다

적군을 향해 돌진하는 형상의 강감찬 장군의 동상 뒤로 관악
산 주봉이 우뚝하다. 강감찬 장군의 위패와 영정을 모신 사당 안
국사(安國司) 편액을 보며 옆길을 따라 오르는 길목엔 물소리가
정겹다. 땀범벅이 되어 선 곳은 전망대. 시내를 조망하자니 관악
수목들의 숨소리가 먼저 들린다. 안심을 토(吐)하는 듯하다. 얼
마를 기다리던 생명수였던가? 삼라만상 모두가 싱싱함에 마음
이 마냥 즐겁다. 많은 기원(祈願)의 흔적일까? 거무튀튀하게 묻
어진 빛깔이 가볍게 보이지만은 않은 무당골 옆길, 알지 못할 아
픔과 한이 묻어 있음을 보며 천년 고찰 관음사를 돌아 나오며
우두커니 서서 걸은 길을 돌아본다. 관악산 둘레 길 웅자의 산세
가 그윽한 눈빛을 주는 듯싶고, 청량한 바람 소리가 어깨와 가슴
에 닿는 듯싶다. 이제 길 꾼의 태가 배어 가는 걸까.

다섯 번째 날. 관악산 둘레 길을 마무리하는 날이다. 막연히
관악산 둘레길을 걸어보려는 맘을 가졌던 것이었을 뿐, 인간 신

체의 한계를 시험한다거나 무슨 도전의 의미가 있을 리 없는 지극히 아마추어적 발상으로 시도한 걸음이었다. 그러니 한여름 무더위 속에서 무리가 되지 않을 만큼 걷는 거리가 얼마일지 산출해 낼 방도가 없었다. 그저 인터넷에 소개된 문구에 의존하고 지도를 참고로 어림잡은 5회였고 거리였다. 다행인 것은 각 지자체의 선전 문구였었을까 보다. 그러나 자랑엔 적지 않은 과장이 담겨있음을 경험하게 된 것은 아픈 추억이다.

석수에서 사당에 이르는 길은 상당 부분이 서울 둘레길과 겹쳐져 있었다. 지금까지 관악산 둘레길의 리본을 보며 걷던 걸음인데 행정구역이 바뀌었다고 서울 둘레길 리본을 의존하기가 쉽지 않았다. 서울 둘레길을 표시한 리본 옆으로 관악산 둘레길을 병기해 주었으면 좋았을 텐데 싶었다. 지자체끼리의 협업이 필요한 부분이라는 생각이 든다. 특히 사당에서 과천까지의 길이 문제였다. 이 구역은 서울 둘레길도 아니요, 과천에 속한 지역도 아니니 관악산둘레길의 표지가 아예 없다. 관악산이 서로의 명소임을 자랑만 할 일이 아니고 관악산을 찾는 이들에 대한 배려를 지역 간 협업으로 마무리부터 할 일이다.

남태령 옛길을 걸으니 어느새 배낭은 괴나리봇짐으로 변한 듯하다. 팔자걸음을 걸으며 닿은 곳이 용마골, 우리 일행은 어제까지 내린 비로 철철 넘쳐흐르는 물줄기의 유혹에 기꺼이 빠지고 만다. 삼복더위를 계류에 흘리고 산마루 쉼터에 오르니 여기가 바람 모지다. 물속에서 느꼈던 시원함과는 또 다른 상쾌한 기분으로 콧노래가 절로다. 과천향교 앞에도 전에 없이 맑은 계류가 흐르고 있다. 일정을 끝냈다는 자족한 마음에서일까 보다. 물은 더 맑아 보이고 산은 더 깨끗해 보인다. 하늘의 구름도 예쁘기 그지없고 바람은 더 시원했다. 함께한 모든 이들에게 감사의 마음을 전한다.

광교 뚝방 길

광교 뚝방 길을 오르려면 일백 육, 칠 개의 계단을 밟게 된다. 하나 둘 헤아리며 오르지만 언제는 백여섯이고 어느 때는 백일곱이다. 하나둘 세며 걷는다는 게 어디쯤에선가 겹쳐 센 때문이겠지만 그것도 나이가 들어 총기가 흐려진 탓이겠다. 그러나 개의치 않을 심사다. 까짓것 백일곱이면 어떻고 여섯이면 대수랴. 또 백여덟이면 어떠랴 싶은 거다. 그래 백여덟이면 외려 좋았을 성싶기는 하다. 백팔 번뇌라니까 번뇌 하나하나를 밟고 밟으며 오르는 심사라도 가져질 테니 말이다.

눈 코 귀 입 몸 맘에서 느끼는 고(苦) 락(樂) 불고불락(不苦不樂)을 과거나 현재, 미래에 탐(貪)했거나 불탐(不貪) 하는 것 모두가 우리 인간의 번뇌라는데 어찌 완벽하게 벗어 내고, 딛고 지날 수 있을까만, 한두 개쯤 번뇌에 묻히고 건너뛰었다 한들 또 어떠랴 싶기도 한 것이다. 그래 그것도 괜찮다. 모두 아귀가 딱딱

들어맞는 것이 똑 좋은 것만도 아닐성싶다. 매사 착착 들어맞는 것보다야 한 귀 어그러지고 어느 부분 차지 않고 모자라는 곳이 있어 그곳을 잇대려 하고 채우려 할 때 오히려 우리들 마음에 여유가 생기는 것은 아닐까 싶다. 이게 오히려 억지스런 생각일까?

새벽잠을 잃어서였을 게다. 다섯 시쯤이면 일어나 앉아 신문을 펼친다. 큰 활자를 먼저 훑어보고 만화 만평에 쓴 웃음을 보태며 한참을 뒤척이고 있으면 내 부스럭거리는 소리에 잠을 깬 내자가 나온다. 더러는 TV가 저 혼자 지글거리기도 하고, 어느 땐 신문지를 쥔 채 코를 박고 기도하듯 엎드려 다시 졸기도 한다. 그럴 때면 기세 좋게 한소리가 들린다. 더러는 혀를 끌끌 차면서 내 궁상떠는 모습을 보며 쟁그럽게 하는 힐난(詰難)이다. 그러나 이 야단이 화를 낸다거나 성을 내는 것이 아님을 나는 금시 안다. 관심이고 걱정이며 배려임을 읽고 듣는 것이다. 행여나 병이라도 나면 어쩔까? 탈이 생기면 어떡하나 하는 배려 차원임을 보는 것이다.

여섯 시가 조금 넘으면 으레 수원천 길을 따라 광교산 뚝방 길을 걷는 것이 우리 부부의 일과다. 시간은 대략 한 시간 이십여 분 남짓 소요되지만 이제는 꽤 이력이 붙어서 시간이 많이 단축되기도 했다. 걸음걸이로는 대략 칠팔 천 보 남짓한 거리다. 원래 천성적으로 바지런한 성격이 못되어서 걷는 것을 좋아하지 않았지만 배가 나온 건 만병의 근원이라고 근심과 걱정으로 매어 놓고 몰아세우듯 나를 끌어낸 것은 아내다. 만병의 근원이라는 데야 별도리가 없다. 개 끌리듯 끌려가면서도 불만도 토하지 못하고 따라 걷게 되니 자연 발걸음이 무거울 수밖에. 신발 끌리는 소리가 귀에 거슬리는지 신발 끈다고 잔소리요, 보폭이 짧다고 또 군소리다. 속에서야 에이에이 하지만 내색도 못하고 걷는 걸음이 팔자걸음이었던가 보다. 노인네 걸음걸이 같다고 또 잔소리다.

언제인가부터는 아예 도보 여행 멤버로 가입시켜놓고 또 몰아대었는데 그럭저럭 2년 차의 연륜이 얹어졌다. 그것이 제법 걷는 맛을 느끼게 했던가. 다리에 근력도 생기고 힘이 붙고 탄력이 생겼음을 느낀다. 요즘은 보폭이 넓어지고 신발 끄는 버릇도 없어졌다. 꽤나 재미도 느끼는가 싶은 걸 보면 인간은 역시 환경 적응 능력이 뛰어난 존재임을 다시 보는 것이다.

이른 새벽 대문을 나서서 보무도 당당하게 걸음을 옮겨 수변 길에 이르면 으레 뛰고 걷는 이들을 만나게 되는데, 이들 모두가 동무다. 대화는 없어도 눈인사를 나누는 벗들이라 여겨져 반갑다. 동녘 하늘에 홀로 빛나는 효성(曉星)이 반갑고, 기웃하게 걸린 초승달의 모습이 또 반갑다. 발끝에 채는 돌덩이 하나, 귓전에 와 닿는 물소리 바람 소리가 정겹고, 뚝방길 계단을 올라 길게 숨 고르며 바라보는 아직은 미명에 묻힌 광교산의 모습이 곱고 저수지 아래로 깊숙이 어리어 비추이는 산영이 다시 정겹다.

광교 저수지의 뚝방 길은 내 하루의 시작 점이다. 어제를 돌아보는 공간이며 오늘을 여는 사색의 터다. 새벽 찬바람을 가슴 열어젖혀 맞으며 오늘을 공하(恭賀)하게 되는 시간이 넘쳐나는 곳이어서 더욱 사랑스럽다.

안중걸 산문집

굴업도

연안 부두를 출발하여 두어 시간 이상 달려 온 뱃길이다. 익숙하지 못해 울렁거리는 속을 붙잡고 겨우 숙소에 닿으니 벌써 점심상이 차려져 있다. 부지런한 섬사람들의 준비성을 읽는다. 냉큼 당기는 것은 아니었지만 허기를 면해놔야 여정을 놓치지 않을 듯싶어 쫓기듯 식사를 끝냈다. 짐을 풀고 숙제하듯 허위허위 산행을 따라나서다.

초입의 길이 험상궂다. 가파르기도 하려니와 자잘한 돌멩이들이 미끄럽다. 맑은 하늘과 햇살을 고대하고 오르지만 수평선과 잇닿은 하늘엔 겹겹 구름이 회색빛을 내뿜고 있다. 어쩌랴. 비를 품었다 해도, 바람이 덧보태진다 해도 상관할 일이 아니다. 맑으면 맑은 대로 흐리면 또 흐린 대로 비가 온다면 그대로 그 맛을 즐기려는 심사가 닿고 있는 것을 보니 제법 나이테가 새겨진 것인가? 일상을 벗어낸 것만으로 가슴이 휑해진다. 실실 콧노래가 새어 나오고 발걸음이 가뿐해서 좋았다. 이것이 산행의 즐거움일런가? 내 산하 찾아 걷는 길 꾼들의 맛이요 멋일런가?

개머리 능선 길을 오르려니 산사나무 숲을 지나게 된다. 해풍에 자란 덕인가 보다. 수목의 질이 단단하기가 여간 아니다. 더 특이한 것은 대다수의 수목은 굵은 줄기에 곁가지를 키우며 자라는 게 보통인데, 이 나무는 밑둥 하나에서 여러 개의 가지를 틔워 동시에 키우고 있었다. 그러니 굵고 크게 자라는 나무가 아니라 한 손에 움켜잡기 좋을 만큼의 굵기로 여러 개 줄기를 갖고 크는 관목이다. 붙잡고 오르내리기 좋은 나무다. 바닷바람에 자기를 생장시키기 좋게 진화된 최선의 모습들이었을까 보다. 얼마쯤을 더 걸었을까? 파랗고 발갛게 횃불 모양으로 아님, 무슨 방망이 모양으로 대를 쭉 뽑아 올린 풀이 여기저기 눈에 띈다. 막 익어가고 있는 천남성. 옛날 사약을 만들 때 쓰였다는 독초다.

섬뜩한 마음이 일어난다. 천지의 기가 합해져 자란 풀이, 이 좁디좁은 땅에 이다지 많은 것인가? 불미한 생각이 미치는 것을 털어버리고자 도리질을 하는데 동서의 두 바다가 한눈에 들어온다. 개머리 능선 그 칼날 위를 따라 걸으며 두 편 바다를 훤히 내려 보는 정경이 참으로 경이로운 모습을 하고 서 있다. 소사나무를 초병처럼 세워 놓은 속으로 파도 소리가 또 아련한 것도 멋이려니와 해풍이 속살을 헤집는 것 또한 새로운 풍광이다. 여기저기 비박을 준비하는 이들이 분주히 움직이고들 있다. 하늘과 맞닿은 천혜의 능선을 보다.

굴업도는 참으로 굴곡진 역사를 간직한 섬이다. 허기사 어느 섬 어느 땅인들 나름의 신산한 역사가 없을까만, 핵폐기장 후보 지로, 꼭 지켜내야 할 자연유산의 한 곳으로, 골프장의 예정지로 오르내린 섬이 굴업도요, 유인도 중 원형이 가장 잘 보존된 한국 의 갈라파고스라 지칭되는 섬 역시 굴업도다. 화산섬의 모래땅은 척박하기만해서 농사가 잘 안된다. 고작 땅콩 농사가 주종. 항상 엎디어 땅 파고 살아야 생업을 이을 수 있다는 척박한 이곳, 지 형조차 엎드려 일하고 있는 형상의 섬이 굴업도다. 처음 찾는 이 들이야 멋을 덧발라 감탄사를 토하기도 하지만, 염분으로 풍화 된 바위는 코끼리 피부보다 거칠게 갈라진 채 검듯 붉듯 부서지 는 섬. 갈매기 울음소리도 없는 한적한 곳, 보랏빛 향유꽃만 다 문다문 채색한 모습이지만, 곱게 보인다기보다는 왠지 퇴색한 모 양새다.

여전히 햇살은 없는데 어제보다는 밝은 빛을 보이니 오히려 산 행에 좋겠다 여기며 기를 쓰고 연평산을 오른다. 연평도를 바라 보고 있다고 하여 이름 붙여졌다는 연평산. 고작 해발 122m라 니 산이라기 보다는 언덕이라는 단어가 맞춤한 둔덕이지만 그래 도 기를 쓰고 오른다. 고산 준봉을 타고 오르는 사람들이 본다면 웃기는 얘기라고 할지 모른다. 그러나 이제 겨우 평지 도보로나 걷기를 즐기게 된 나로서는 참으로 힘든 산행이요 쉽지 않은 등

정이었음에 대한 나의 소회다. 줄을 붙잡고, 당기며 안간힘을 쓰며 올라야 했으니 말이다.

정상에는 플라스틱 막대기에 연평산의 정상임을 표시해서 잔돌을 모아 쌓고 삐뚜름하게 꽂아 놓은 것이 전부. 보잘것없고 성의라곤 눈 씻고 찾아보려 해도 한 줌 찾을 수 없어 보이지만, 섬의 구성을 알고 나니 - 일곱 가구에 스물 남짓이 섬사람의 전부였다 - 그럴 수밖에 없으리라 싶기도 했다. 하여튼 정상에서 바라보는 굴업도의 모습은 나를 사로잡고 있다. 아하, 그랬다. 늙은 서예가가 힘겹게 붓을 놀려 장인 공(工) 자를 삐뚤삐뚤 써 놓은 형상의 섬이 굴업도였다. 개머리 능선이 첫 번째 윗 획이요, 목기미 해안의 사구가 둘째 획의 자형이었고, 물산에서 연평산까지가 그 밑 획이라면, 너무 나의 자의적 해석인 걸까? 어쨌든 내 눈에는 그렇게 비쳐오고 있었다.

원래 방향감각이 둔한 처지여서 어디가 동쪽이고 어디가 서쪽인지 잘 분간해 내지 못하는 나로서는 한참을 계산해서야 동서를 구분하며 사위를 다시 굽어보는데 사방에서 넘실대는 대양의 일렁임에 연방 탄성을 올려놓게 되는 것이다. 한참을 숨 고르기에 허비하고 다시 내려오는 발길이 후둘 거려진다. 일행들의 씩씩한 발걸음을 쫓아 허위허위 내려오면서 겨우겨우 따라다니기에 바빠 흘려 보았던 목기미 연못 해안사구 습지를 본다. 어떤 이는 천지라 하고 어떤 이는 백록담 같다고 허풍을 보태놓지만, 호사가의 그 수사(修辭)가 오히려 따습다.

일정을 마치고 다시 일상으로 가는 시간, 무엇이 미진한 걸까? 무엇이 부족한 걸까? 뱃길 뒤 녘으로 길게 자욱이 남겨지는 저편에 둔 굴업도의 잔영이 자꾸 따라오고 있는 듯한 환상은 무엇이고 새벽길에 만난 꽃사슴의 눈빛이 자꾸 겹쳐 보이는 건 또 뭐란 말인가? 시대를 넘나들며 불러제끼던 우리의 가락이 머물고 있을 개머리 능선, 목기미 해안의 고운 모래를 다시 만지러 와야 한다는 다짐이라도 해야 한다는 말인가 보다. 서나서나 검은빛 속으로 오늘도 여지없이 빠져들고, 내 마음은 저 깊은 바닷속으로 가라앉고 있음을 본다.

제주 오름길

제주는 거무틔틔하고 붉으죽죽한 피부의 살을 갖고 있다. 한복판 분화구로 치솟은 불덩이 식어 준봉을 이루고, 분화구는 물로 채우고 잔재들은 숭숭 구멍 뚫린 돌덩이 되더니, 수천 수만 년 풍화작용으로 갈라지고 부서져 흙이 되었으리라. 팥죽 끓어오르듯 여기저기 푹푹 솟아올랐다가 픽픽 터져 김빠진 곳곳마다 작은 구릉이 되고 봉(峰)으로 솟은 것이 수백 개, 각각의 형태가 다르고 크기도 달라 무슨 무슨 악(岳)이라 명명된 오름의 땅이 제주다. 그러니 오름 산이 모여 된 오름 터의 섬이다.

제일봉 한라산에 가려 작은 분화구의 봉우리들은 제대로 알려지지 못했지만 기실 제주의 풍광을 장식하고 아름다움을 배가하고 있는 것은 여기저기 자리한 오름의 작은 봉우리가 있기에 제주가 더욱 빛나는 게 아닐까? 오름과 오름으로 이어져 작은 산맥과 같은 봉봉(峰峰)에는 서식하는 생명체도 각양각색이다.

노꼬메오름으로 가는 내내 아직도 울울창창(鬱鬱蒼蒼) 숲을 이루고 있음에 감탄사를 연발하게 된다. 산 내음 풀 내음에 젖어 걷는 길이 이렇게 신선할 수 있을까. 달갑게 그 신선함을 가슴에 담고 오르다, 숨이 턱에 찰 즈음 능선 위를 걷게 되는 자신을 보게 되는데, 아래를 조망하니 멀리 이등변 삼각형 모양의 삼나무인지 전나무인지 숲이 되어 보이고 한 녘으로는 억새풀이 바람결에 너울거린다. 또 이름도 모를 나무들이 한 줄로 살펴 딛고 있는 모습이 귀엽다. 제주가 이렇게도 넓은 땅이던가! 오름, 그 낮은 산과 들이 잇닿아 광야의 너른 모양새다.

따라비 오름은 가을에 올라야 제멋이라는 말뜻을 알겠다. 누구는 오름의 여왕이라 칭한다지만, 견줄 기준이 딱히 있는 것도 아니고 하얀 너울을 덮어쓴 양으로 나풀거리는 것을 치어보노라니 아름답기가 그지없다. 역시 가을에 오르고 볼 오름임이 분명했다. 역광을 받아 더욱 반짝이는 억새의 자태에 눈이 부실 지경이다. 정상에 서서 동서남북을 조망하는 맛도 일품이다. 일망무제라면 허풍이겠으나 산의 등고를 음미하며 억새 숲길을 걸으니, 나그네의 마음을 어루만지고 쓰다듬어 주는 곳임을 알겠다.

붉은 오름길은 지표가 온통 붉다. 입구부터 내방 객을 위압하는 삼나무들이 하늘을 찌를 듯이 쭉쭉 뻗어 있다. 이름을 알 수 없는 수종들이 온통 뿌리를 뻗어 바위를 감싸고 자라는 것도 여느 곳과는 다른 모습이다. 땅속은 아직도 굳어진 용암의 덩어리

여서일까? 뿌리를 흙 속 깊이로 묻지 못한 채다. 여기저기 세찬 비바람에 넘어진 나무들은 뿌리를 통째 드러내고 있다. 살아 있는 것들도 온통 뿌리로 바위를 감듯 안듯 그렇게 서 있다. 저들의 생존 전략이리라.

어느 봉우리든 억새풀로 장관을 이루고 있는 가운데 꽃과 자갈이 어우러지고 뒤섞여 원시림을 이어간다. 한구석에 남방계 식물과 북방계 생명체를 함께 키우고 있는 땅. 어떻게 그럴 수가 있을까? 미세 기온대가 숲속 곳곳에 형성되어 각기 다른 계의 식물을 키워 품고 있는 '곶자왈'이 여기저기 널려있는 것이 다만 신기롭다.

고개를 묻고 걸어 내리며 오늘의 여정을 돌아보려는데 문득 어느 해설사의 마지막 말이 귓전에 쟁쟁하다. "인간이 자연에게 해 줄 것이라곤 하나도 없지요". 그냥 두고 보는 게 사랑일지 모를 일이다. 놓아두고 이렇게 보는 것만이…….

망우 사색길

근심을 달고 살지 않는 이가 있을까? 걱정을 담고 있지 않은 이가 과연 있을까? 우리 삶은 매양 근심과 걱정을 경위로 짜는 천과 같은 것일지 모른다. 한 걱정 덜어내면 다른 근심거리가 앞에 서고 한 근심 털어내면 다른 걱정거리가 막아서고 있지 않은가?

한평생 이렇게 편할 날 없이 살다 보니 묻힐 곳조차 제대로 마련하지 못한 현실이 또 자식들의 아픔이고 걱정일 터. 한 몸 뉘일 곳 없어 더러는 무연고의 터라도 차지해 모여진 곳이 공동묘지 아닌가? 장례 풍속이 매장 문화였던 시대와 그 관습의 산물이었던 것. 그랬던 망우리 공동묘지 안에 사색의 길이라 명명되어진 것은 왠지 어울리지 않는다고 느끼며 뇌이고 곱씹으며 오른다.

살아갈 것이 근심인가? 죽게 될지 모르는 것이 근심인가? 지금이 걱정의 터인가? 살아남아야 할 앞날이 더 걱정의 터인가? 아님 사후에 대한 맹목적인 두려움이 우리를 걱정의 터로 몰아대는 것인가? 자식에 대한 안쓰러움이나 미련이 근심의 조각을 가지게 하는 것인가? 그렇다. 모두가 아픔이며 두려움이고 근심이며 걱정일까 보다.

이 생각 저 생각을 둘러대며 다다른 곳이 박인환의 묘이고, 이중섭의 묘 앞이다. 한 시대를 문학가로 미술가로 풍미하고 간, 이들의 묘가 이렇게 옹색한 모습으로 자기 터 한 곳 마련하지 못하고 있는가 싶음에 보는 이도 조금은 시린 눈빛을 갖게 하지만, 돌이켜 생각해 보면 외로이 빈산을 저 홀로 지키며 긴긴 세월 누워있는 것보다는, 더러더러 혼백(魂魄)끼리 만나고 모일 수 있는 공동의 터로 있어도 괜찮을 법하다는 생각이 머문다.

산 뒤 녘으로 시인 한용운 선생이, 정치 사상가 조봉암이, 아동 문학가 방정환 선생이 또 잠들어 있다. 달필가 오세창 외에 누구누구라 많은 이들이 함께하고 있지만 내 기억할 수 있는 이름들이 못되니 무심결로 지나친다.

죽음이 삶을 껴안은 채
한 죽음을 받는 것을
끝까지 사절하다가
죽음은 인기척을 듣고

안중걸 산문집

저만큼 가서 뒤를 돌아다 본다.

－문의마을에 가서－

    멀리 내려 보이는 도시의 바쁜 움직임은 우리의 모든 근심을 내려놓으라 하고 묻으라 한다. 고뇌의 사고는 사색(思索)의 길에서 벗으라 한다. 망우(忘憂)를 가슴에 새기라 한다. 망연히 서서 산 자와 누운 이의 거리를 가늠하는 초추의 오후, 가슴 속으로 스멀스멀 다시 와 닿는 것이 또 다른 근심과 걱정의 씨앗은 아닐까.

꽃마중

　기대도 궁금증과 동류다. 인구(人口)에 회자(膾炙)되는 매화에 대한 칭송, 그 입소문에 대한 궁금증과 봄의 화신에 대한 기대가 뒤범벅이 될 무렵, 앞뒤를 가릴 것 없이 향한 곳은 광양이었다. 섬진강을 배경으로 둘러진 홍매(紅梅) 백매(白梅)의 진경이 유별나다는 그 유혹의 말에 기꺼이 넘어가 택한 발걸음이었다. 결코 짧지 않은 거리요 무던히 많은 이들이 찾아 붐비는 곳을 어찌 나만 쉽게 다녀올 수 있을까 싶어졌으나, 남들보다 일찍이 편하고 쉽게 돌아 볼 양으로 택한 소위 무박 2일의 여행길에 몸을 맡겼다. 나 정도의 이런 생각을 갖고 있을 이들이 어디 한둘일까 싶기도 했다.

　무리되어 웅성거리고 흥성스럽게 수다를 떨어가며 수인사를 나눈 것도 잠시. 어둠 속을 헤집고 질주하는 차 속은 가끔씩 어색한 침묵이 엷게 깔리곤 했다. 시선을 야경 속으로 던지고 있는 것은 무엇을 보기 위함이 아니다. 편치만 않은 차 속의 긴 시간을 다독여 놓아야 내일의 꽃 마중을 제대로 할까보다고 내심을 누르는 모습이요, 옆 사람에 대한 배려의 자세들일라 싶다. 비몽사몽 숨소리조차 서로 아끼고 불 꺼진 채 미끄러지듯 내닫는 차체도 무척이나 조심스럽다.

언제 어떻게 닿았는지도 모른 채 미동도 없는 낌새가 이상하다 느껴질 무렵 새벽을 일러주는 목소리가 상쾌하게 들렸다. 적지 않은 이들이 벌써 지루하게 여명을 기다리고 있었나보다. 앞다투어 하나둘씩 서둘러 내려들 간다. 망덕포구의 널찍한 공터다. 앞에는 너른 물결이 넘실대는데 바다인지 강인지 가늠이 쉽지 않다. 호남정맥의 끝자락 망덕산이 뒷 녘으로 우뚝하고 강 너머로 또 작지 않은 산이 있어 아늑하게 느껴지는 곳.

멀리 예 닐 굽의 굴뚝에서 꼿꼿이 연기를 뿜어내고 있는데 포구로는 살짝 바람이 느껴지는 것이 시리게 닿는다. 깔끔하게 다듬어진 포구의 데크 길을 걷다, 우연찮게 윤동주의 유고(遺稿)를 보존했다는 정병욱의 가옥을 만난다. 병욱은 동주와 연희전문학교를 같이 다닌 동창이다. 두어 해 후배였지만 지음지우(知音之友)의 교분을 나누었던 사람들이다. 동주는 육필 원고를 나누어 주었고, 이것이 보전되어 우리 문학사에 그 주옥같은 시들이 남게 되었다니…….

말갛게 단장을 한 해가 살금살금 동산을 딛고 올라서고 있다.

곱다. 섬진강에 어려비친 햇살이 곱고 대죽 잎에 닿고 매화 꽃 잎에 얹어지는 햇살이 또한 곱다. 느랭이골을 지나고 내압리를 벗어나는가 차창 밖으로 살처럼 지나가는 입간판의 지명 패를 읽기가 쉽지 않은데 넓고 긴 강가 좌우로 희끗한 머리 채로 서 있는 것은 모두 백매의 원경이고, 다문다문 연지를 찍은 듯 그린 듯한 모양새를 한 꽃은 홍매의 모습들이다. 매화마을을 눈에 담고자 하는 마음이 커 부풀어 있음은 익히 들은 입소문의 딱지가 덮여진 때문이지 실상을 본 적이 있어서는 아니었다.

홍쌍리 매실가(梅實家) 뒷 녘 쫓비산을 둘러싸고 온통 둘러진 것은 삼색의 매화였다. 지천(至賤)이란 이를 두고 이르는 것이려니 싶다. 여기저기 탄성의 소리가 높다. 정자 위에서 튀어나오는 호들갑 소리에 화들짝해지고, 산꼭대기를 가리키며 지르는 연탄성에 덩달아 눈길이 돌려지기도 한다. 그러나 매화는 어느 것 하나 단장을 한 것이 없었다. 그저 하얗게 빨갛게 태생대로 벙글어져 있을 뿐, 치장한 모습이 아니었다. 더러 연분홍을 띤 것이나 연둣빛 꽃받침의 푸른빛이 은근한 청매도 그대로의 아름다움일 뿐 가꾼 모양새가 아니다. 그냥 그렇게 태생대로 숭어리 숭어리 매달려 피어있는 것이요, 그대로의 아름다움이다. 이것이 이들의 삶의 방식일 듯 싶어지는데, 적잖은 꽃 멀미로 현기증을 느끼는 것은 뭐란 말인가?

육사는 이렇게 노래한다.

지금 눈 내리고

매화향기 홀로 아득하니

내 여기 가난한 노래의 씨를 뿌려라.

(중략)

물론 시대성을 염두에 두고 행간을 읽어야 할 터. 그러면 '지금 눈 내리고'라 한 것은 일제 질곡(桎梏) 하의 암울한 시대 상황을 이르는 것이요, '매화 향기 홀로 아득하다' 함은 광복의 기운이 지펴지고 있는 희망을 노래한 것이겠는데, 왜 하필 가난한 '노래의 씨'를 뿌리겠다고 했을까? 반어적 표현이었음이 분명할 것이요 일제의 검열을 피하고자 하는 의도였으리. 그렇다면 육사는 광복의 의지를 불태우는 우리의 염원, 그 원대하고 웅장한 노래가 울려 퍼질 씨를 뿌린 것이 틀림없다.

내 지금 현기증을 느끼고 꽃 멀미를 감지하는 것도 그와 동류일는지 모를 일이라면, 어림도 없는 말이라 질타(叱咤)나 들을까. 섬진강 물줄기를 온몸으로 받아 이렇게 흐드러지게 민족의 염(念)과 원(願)을 기르고 피우고 있는 쫓비산 자락에 서서 망연히 그리고 무연히 오늘을 본다.

소금산 출렁다리에서

소금산 출렁다리는 이쪽 절벽과 저쪽 석벽을 잇대어 철삭(鐵索)을 걸쳐놓은 다리다. 그것도 백 미터 이상의 높이에 만든 것이요, 이 백 미터가 넘는 거리를 잇댄 다리다. 그러니 이제까지 만들어진 것 중 최장 최고의 다리다. 장황설로 이렇게 표백하는 이유는 사실 내겐 약간의 고공 공포증이 있어서다. 그런데 여길 첫 여행 도보지로 가자는 데 아연할 밖에. 그러니 억지춘향으로 끌려 택한 길이었다.

인간의 욕심은 어디까지일까? 끝대일 곳이 없을까 싶다. 칼바람이 얼굴을 때리고 어깨는 움츠러들었지만 자라목을 해서도 시야는 자꾸 천 길 아래를 향한다. 얼어붙은 삼산천 계곡물의 빛바랜 그 자태, 눈 덮인 희미한 자국은 고작 가는(細) 동물의 기어가는 모습 같았달까? 아님 말라붙은 형상이랄까? 강물 그 일렁이는 도도함이 없음에 오히려 품격이 손상됨을 보는 듯했다. 강물

안중걸 산문집

은 적당한 높이 위에서 눈을 주어야 옳다. 얼어붙은 것보다는 일렁여야 제격임을 느끼는 것이다. 이런 시각으로 내 눈에 비쳐오는 것은 다 높은 곳을 병적으로 싫어했던 내 안의 심파(心波) 그 작용의 연속선에서의 결론일는지 모를 일이다.

최고와 최초를 유별나게 선호하고 새로운 것을 유난히 추구하는 우리네의 습속이 어디에서 배인 것인지는 분명하진 않다. 이러한 성향의 일부를 지나치게 폄하(貶下) 하는 이들도 없지 않음을 더러더러 듣고 보기도 하지만 꼭 그렇게 여길 필요가 있을까? 오히려 우리의 오늘을 있게 한 원동력은 아닐까? 내일을 이어갈 우리의 신선한 힘은 아닌가? 남을 억누르자는 최고가 아니요, 자랑질의 선봉이고자 하는 최초가 아니라 인류 문화의 기여보비(寄與補裨)하는 최고요, 일일신(日日新) 새로워지려는 변화에 길라잡이로써 선봉자이고자 하는 최초라면 얼마나 큰 우리의 자랑이요 행복이겠는가 싶은 것이다.

우리나라에서 최고 높이에 만들어진 출렁다리요 최장 거리의 다리다. 누구보다 먼저 딛고 싶고 빨리 건너보려는 다급한 마음이 많은 이들을 이끌었으리라. 전국 각지에서 모여든 이들이 장사진을 치고 있다. 앞 사람의 등과 내 코가 거의 맞닿을 지경이다. 이 정도면 극성도 극에 달한 느낌이다. 다리 입구까지의 기존의 등산로가 협소하고 가팔랐다. 옛길의 형질을 여기저기 펴고 돌려 목잔(木棧)과 목계(木階)로 길을 새롭게 한 것이 맘에 든다.

숨 고르기 좋을 만치 대여섯 계단을 오르게 하고, 몇 발자국 돌아 디디고 다시 여남은 계단을 오르게 한 목계. 더러는 좌로 꺾고 우로 돌려 걷기도 좋게 한 길이 오 백여 미터의 길이다.

입구에 서니 공포 섞인 한숨이 나도 모르게 새어 나오는데, 문득 의구심이 보태지는 것이다. 아무리 철삭(鐵索)을 잇고 꼬아 만든 다리라지만, 어떻게 저 무게를 지탱할까 싶어지는 것이었다. 저 많은 이들이 무사히 건너지기는 할까도 싶어지는 거다. 이런 고민과 두려움에 안절부절못하는 것도 잠시. 선택의 여지도 빼앗긴 채 등 떠밀려 벌써 몸은 허공에 맡긴 채다. 맵찬 바람이 얼굴을 사정없이 쓸고 간다. 다급한 숨이 허파 저 깊숙이 헉!하고 채워지는데 잡다한 세사가 일시에 씻겨지고 있음을 느끼다. 그래, 그래, 그래, 입으로 가슴으로 신음처럼 뱉어지는 말이다. 그래, 그래, 그래, 내가 만난 많은 이들 가슴에 연이 닿았던 많은 이의 기억 속에 좋은 모습으로 남게 하자. 저네들의 좋은 모습만 기억으로 남겨두자고 마음을 도스르는* 것이다. 탓하지 말자고 도스르고 원망하지 말자고 도스르고 사랑하자고 도스르자. 내 속에 얽매어진 잡다한 것은 왼새끼 버리듯 지우자고 도스르니 두려움도 차가움도 서운함도 훨훨 사라지는 것이다.

---

*도스르다: 마음을 긴장 시켜 다잡아 가지다.

소똥령(嶺)

옛길을 걷는 걸음걸이엔 언제나 즐거움이 묻어 있다. 가슴은 활연*해지고 청신한 심사가 자리해 온다. 왜일까? 매연에 찌들고 급 브레이크 소리에 자주 놀라고 시달려서일까? 경적 음의 소음 대신 귓전으로 와 닿는 솔바람이 정겹고 산새와 풀벌레 매미의 울음소리가 달갑기 때문인가? 멀리 흐르는 물소리가 신선하고 이름 모를 풀포기 나뭇가지의 푸르름이 싱그러워서일까보다.

옛길은 어디나 가파르고 후미진 곳에 자리 잡고 있다. 인적 멀리 숨겨져 있다. 길 폭은 좁고 구불구불 휘어졌으며 숨차도록 힘들여 올라야 한다. 소똥령도 마찬가지였다. 초입부터 구름다리를 건넌다. 그 옛날에야 구름다리도 놓여 있지 않았을 게 뻔하다. 간수를 가로질러 시내 물을 건너고 돌부리 디뎌 밟고 둔덕을 넘었으리라. 원통 장날 소 장수들이 소를 몰고 넘나들던 길 소똥령. 어찌나 수효가 많고 빈번했던지, 얼마나 힘에 부치고 어렵던지 그 좁은 길에 안간힘으로 걷던 짐승조차 똥을 많이도 싸 놓았던 길이다. 그래서 얻어진 이름이었을라.

숨 가쁘게 오르길 얼마였을까. 틀고 돌며 내딛는 걸음이 더뎌질 쯤, 잠시 쉬어가고 싶다는 생각이 미친 곳이 제일봉이다. 염제(炎帝)**의 몽니, 그 심통이 극한 때였지만 숲속의 길 꾼에겐 삼복더위를 피한 듯싶어 오히려 발걸음이 가벼웠다. 삼십 오륙 도를 오르내리는 때의 도보 여행. 그것도 옛길을 찾아 걷는 즐거움으로 피서를 대신하고 있다. 사실 나 혼자였다면 엄두도 못 냈을 길이다. 오가는 이 하나 없는 후미지다 못해 외딸고 궁벽한 길. 길동무들이 있어 함께하는 산행이기에 가능한 걸음이다. 이 봉, 삼 봉을 지나고 칡소 폭포에 닿았을 땐 기진한 상태였으나 물소리가 금시로 활력을 찾게 한다. 물가로 내려가는 길이 가파르고 위험할 듯 보였지만 땀으로 범벅이 되고 갈증이 극에 달한 무리가 심신을 닦아내고 곧추세워야 할 시점에 이런 것쯤은 걸림돌이 될 수 없다. 벌써 여럿이 소(沼)에 뛰어들어 몸을 헹구고 있다.

어렸을 때 학교 길엔 마방간 곁을 지나야만 했다. 무슨 날-장날이었을까 보다-이면 얼마나 많은 소(牛)들이 매어져 있었던지 소를 피해 헤집고 가야 하는 길이 겁났다. 행여 뒷발길질을 할까 두려웠고 황소 영각하는 소리가 무서웠다. 소똥 냄새는 참으로 고약했다. 환후였을까? 소똥령을 걷는 내내 내 코는 그 옛날의 그 냄새가 진동하고 있음을 느끼고 있었다. 어느 낭만적 길벗은 아직도 소똥 냄새가 난다고 호들갑을 떤다. 그랬다. 우리는 스스럼없이 환후(幻嗅) 환취(幻臭)***를 실제의 내음으로 맡고 있었는지 모른다. 이름도 예쁠 것이 없는 소똥령길. 더는 돌아갈 길도 없는 숙명의 그 길을 우리 조상님네가 겸허히도 받아들이고 살았던 길. 오로지 앞으로 내딛고 돌아 걸으며 살아온 그들 삶의 현장을 다시금 찾아 더듬는 내 발걸음이, 우리들의 이 걸음이 그저 낭만에 취한 무모한 따라하기 만이 아니었으면 하는 심사를 올려놓을 뿐이다.

길은 언제나 우리에게 손짓한다. 그 손짓은 유혹이며 구속이다. 아 언제부터이던가, 걷고 쉬다, 다시 걸으며 내가 살아 있음을 느끼고 있는 것이. 기꺼이 유혹 속으로 스스로 구속되어 가는 즐거움이 배여도 좋고 돌아보고 또 돌아보아도 흔적이 남을 일 없는 그것이 내 삶의 모습이라면, 길을 걸으며 길에서 더 자유로운 영혼을 만지며 살고 싶다는 생각을 새기며 소똥령길을 걷는다. 풀벌레의 합창이 푸른 오후다.

---

*활연: 환하게 트여 시원한 모습
**염제: 여름을 주재하는 신
***환후/환취: 실제는 없는데 느낀 냄새의 조어.

구로 올레길을 걸으며

목감천을 따라 걷는다. 겹겹이 빌라와 아파트로 둘러싸인 천변이다. 문명의 잔영들이 헝크러진 채 겨울 목 찬바람을 맞고 있다. 인도를 닦고 자전거 길도 곁에 두었다. 사이사이 꽃길도 나누어 놓았고 한 뙈기 억새 풀을 심어 자연스런 정취를 마련해 놓기도 한 길이다. 징검다리로 개천을 건너뛸 수 있게 했고, 흙길 만들어 맨발로 걷게도 해 놓은 건강 길을 보면서 주민을 위한 지자체의 배려를 본다. 토사를 막으려는 장치였을까? 노약자들의 미끄럼을 막아주려는 배려의 장치였을까? 펴고 돌려 덮고 멍석을 깐 듯 편리를 배려한 길을 걸으며 인본 중심의 길임을 본다.

개웅산은 정상이 고작 130m도 안 되는 작은 산이다. 딱히 정상이라 운운할 것도 없을 야트막한 동산이지만, 사위(四圍)가 모두 낮은 지역들이어서일까보다. 시야가 탁 트여 시원함을 준다. 왼쪽 멀리 관악산이 눈에 들어오고 조금 우측으로 광교산이, 조금 더 오른쪽으로 수리산이 자태를 드러내고 있다. 나름 훌륭한 조망권을 갖추고 있는 이 작은 산의 맛깔에 놀란다. 골이 깊을 리 없다. 옆으로 틀고 돌려 걷게 만든 길을 또 오르고 내리는 길맛도 제법이다. 관목과 교목이 어우러져 친구로 서 있는 숲길에서 인위적 멋과 인간적인 맛을 함께 맛보게 되는 것이다.

도심 속을 흐르는 물을 끼고 나 있는 길, 도심의 언덕 같은 낮은 산들이 겹쳐지고 이어져서 나름의 때깔과 맛깔을 내는 길이, 구로 올레길이다. 개웅산에서 청왕산 그 옆으로 와룡산 지양산 매봉산으로 이어진다. 어느 하나 험상궂은 산이 없다. 병풍처럼 둘러싸고 품어 앉고 있는 모습이다. 이렇게 아기자기하고 예쁜 길이 시내 한가운데 있다는 게 도대체 믿기지 않은 일이지만, '더불어 숲길'이라 명명된 길을 걸으며 그야말로 사랑의 길이며 명상의 길임을 체감한다.

성공회 순환 길이라 하기도 하고 추모 공원이라 불리기도 하는 더불어숲길은 한평생 사랑의 복음을 전한 신영복 선생의 어록과 글씨가 영인(影印)되어 시비(詩碑)처럼, 아님 시화(詩畵)처럼 여기저기 세워져, 걷는 이의 가슴을 어루만지고 영혼을 보듬어 준다. 어느 구절은 살아온 삶을 되돌아보게 하고 어느 구절은 살아갈 길을 살피게 한다. 구절구절이 아프고 아리게 하는가 하면, 고개 끄덕여 수긍(首肯)케 하는 글귀 들이다. 좋고 고운 글이 넘쳐나는 세상이지만 선생의 글은 곱씹을수록 말맛이 와 닿고 있음을 느끼게 한다. 그야말로 더불어 숲길 속만의 말씀임을 보다. 어느 길벗은 책 한 권 다 읽고 나온 것 같다고 너스레를 말하지만 결코 너스레가 아니다. 많은 이들이 숙연한 모습으로 공감하는 표정들이질 않던가.

　삶 - 우리의 삶은 사람과의 만남입니다. 좋은 사람을 만나고 스스로 좋은 사람이 되는 것이 나의 삶과 우리의 삶을 아름답게 만들어 가는 일입니다. -

　함께 맞는 비 - 돕는다는 것은 우산을 들어 주는 것이 아니라 함께 비를 맞는 것입니다. -

　누구나 할 수 있는 지극히 평범한 님의 어록이지만 오래도록 되새겨지는 말들이라 여기게 되는 것이다. 왤까? 더 없이 인간적인 내용에서 느끼게 하고 갖도록 함이 아닐까. 구레 올레길에서 본 인간적인 아름다운 길의 모습처럼.

예천을 가다

낙동강과 그 지류 내성천 금천의 물줄기가 모이는 삼강 나루터 엔 삼강주막이 있다. 낙동강 남과 북을 연결하는 곳, 상인이나 뱃사공, 보부상, 시인 묵객 할 것 없이 허기를 채워주었을 주막이었고 숙소의 몫도 담당했을 곳이었을 게 분명하다. 서울로 잇닿을 수 있는 교통의 요지였던 곳이다. 흥성스럽기도 붐비기도 했을 삶의 흔적을 고스란히 지켜보았을 회화나무가 아직도 함묵으로 강줄기와 주막의 지붕을 내려 보고 있다.

칙칙하게 푸른 잎새들은 잃어버리고만 옛 영화를 슬퍼나 하는 듯 그리워나 하는 듯 제 몸을 떨고 섰는데, 세월의 흔적이 아직도 걸려있어서일까? 주인 없는 빈 주막이 을씨년스러워서일까? 글도 몰랐을 주모의 외상 장부만 발라놓은 생선 가시처럼, 빗살무늬 토기처럼, 가로로 세로로 그어지고 옅게 지워진 채로 있다. 만지기도 민망스러울 만치 가슴으로 와 닿는 허허로움은 뭐며

실소가 의미 없이 번지는 것은 왤까?

예천 읍내를 가는 길목, 들녘 한가운데 우뚝하게 오층 석탑이 서 있다. 개심사(開心寺) 터라는 데, 달리 흔적이라고는 없다. 다만 덩그러니 남은 석탑의 자태만 외롭다. 그러나 당당하고 우뚝하다.

하층 기단엔 문관 복장을 한 모습이 분명하게 새겨져 있고, 상층기단엔 팔부신중이 무관의 복장이다. 일층 몸돌엔 자물쇠가 채워진 문양이 새겨져 있고 양옆으로 금강역사가 칼을 거머쥐고 임무를 충실히 수행하고 있는 형상이다. 이름도 정겨운 개심사는 흔적도 없고 석탑만 길손을 맞나 싶으니 마음이 수수로워진다.

비룡산 장안사로 향하는 길목은 걷기가 쉽지 않다. 은근히 오르막길이 길다. 회룡포를 한눈에 내려다볼 수 있는 팔각정의 전망대를 오름은 온전히 회룡포를 조망하기 위함이었지만 냉큼 조망의 터를 내어주지 않는 산세는 누구의 몽니란 말인가? 철철 등줄기로 땀을 쏟아 놓게 하고야 만다.

거친 숨을 고르며 붙잡고 오르는데 문득 예천 사람들의 슬기를 본다. 투박한 편액과 보잘것 없는 나무토막 널빤지에 쓰고 그린 것에 불과한 것이었지만 정지용의 '고향', 서정주의 '푸른 날', 김현승의 '가을의 기도', 김기림의 '바다와 나비', 황동규의 '조그만 사랑의 기도', 이육사의 '꽃', 그뿐만이 아니다. 유치환, 강은교,

정희성, 노천명, 윤동주의 시가 얄푼하게 켠 널빤지에 별로 곱달 것 없는 서체로 쓰여 있고, 투박한 수묵화 그림이 더러더러 얹혀 있어 오히려 우스꽝스런 시화로 보이는 것들이 여러 편 걸려있는데, 그것들이 오히려 정겹다. 그뿐만이 아니다. 변계량, 이존오, 황진이의 시조도 걸렸고, 신라 향가인 제망매가도 보인다.

어떤 선별 기준이 있었을 리 없음이 확연하다. 그저 길손들 서두를 것 없이 천천히 숨 고르며 읽고 시심으로 다독이며 오르라는 의도로 선별되었을 터. 별로 멋스러울 것도 없는 편액들이었지만, 나름 격조 있는 배려다 싶어 고마움과 반가움을 느낀다.

회룡대에서 내려 보는 회룡포의 모습은 가히 장관이었다. 거의 350도를 휘돌아 흘러내리며 형성된 물돌이 마을 회룡포. 용이 날아오르면서 한 바퀴 크게 돈 자리를 강물이 흐르게 되었다는 회룡포. 지명이 지나치게 신비로 도색된 듯싶어 슬그머니 이는 반감을 버리지 못한 채 올랐지만 시야에 펼쳐진 진경은 표현 이상의 빼어난 경관임에 탄성을 토하게 한다. 감고 안은 채 흐르는 물돌이 마을은 이내 지심이 송두리째 뽑힐지도 모르겠다는 걱정이 더럭 나서 다리가 다 후둘거렸다면 믿길까. 비룡산을 끌어안고 하늘로 오르는 용은 아직도 내성천에 꼬리를 묻어둔 채, 다 날아오르지 못한 형상 같다면 지나친 호들갑이요 과장이라고들 힐난을 할까. 휘돌며 흘러내리는 물돌이 마을을 보면서 아슬아슬하게 죄여오는 가슴을 자꾸 움켜쥐게 하고 엉거주춤 뒤로 몸을 빼게 됨은 비경에서 갖게 된 외경이리.

어디에서 솟은 돌일까? 들녘 한 켠에 집채보다 몇 배나 큰 바위, 그 위에 지은 권씨 문중의 공부방이었을 병암정 지붕 위엔 할배 형상의 문향을 선으로 그려 놓은 것이 재미있다. 정자는 열린 공간의 건축물이다. 안에서나 밖에서나 훤히 맞보이는 트인 구조다. 그러나 병암정은 담으로 둘러놓은 것이어서 색달랐는데, 정자라기보다는 공부방이었기 때문이 아니었을까? 늦여름 강한 햇살과 심술궂은 빗줄기가 변덕스럽게 교차한다. 곁에 있는 연못엔 연꽃잎이 수줍게 속살을 보이는 오후, 동글동글 연잎 위로 빗물이 구르고 다시 햇살이 앉는다.

백승각(百承閣) 백대를 이어갈 집, 대동운부군옥의 목판본이 소장되었다는 백승각 문이 굳게 닫혀 있어 볼 수 없음이 서운했다. 대소재(大疏齋) 마루에 앉아 권문해 일가에 얽힌 인간애와 책 사랑에 얽힌 이야기를 듣게 된 것도 한 복이요, 수백 년도 넘게 한자리 틀어잡고 서서 살아 낸 울창한 송림을 마주함도 또한 적잖은 안복이다. 개울 위로 올라앉은 초간정 밑으론 여울물 소리가 명랑하고 몸을 감싸 돌며 흐르는 송뢰(松籟)와 잔잔한 여울엔 향기가 가득하기만 하니 몸과 맘이 다 삽상해지는 느낌이다.

어느새 발걸음은 용문사 앞 보광명전을 중심으로 동서 산 위쪽으로 무슨 전과 무슨 각, 당이 세워져 있고 조금 우측으로 대장전이 있다. 특이함은 그 안에 두 개의 동서 대칭으로 선 윤장대와 목각탱이다.

대장전을 기둥처럼 받쳐있는 팔각형 모양으로 천장과 바닥에 축을 세워 돌리면서 예불을 할 수 있고 경전을 넣어 두기도 하는 것이 윤장대요, 석가여래 뒤에 여덟 보살과 석가의 제자 아난과 가섭 그리고 사천왕을 새겨 금단청을 한 목각탱이. 특히 새겨진 인물들의 표정은 장난스럽다고 할 만치 인간적이고, 사이사이의 장식 문양은 자연스러움을 느낀다.

하루 한나절 쫓기듯 몰리듯 내달으며 보고 만짐은 무었을까? 우리 산하 곳곳에 서려 있는 우리 조상님 삶의 흔적이었으면 좋겠는데 그분네들의 정신이었으면 좋겠는데 그냥 관광만 한 것이 아니었으면 하는 사이, 차창 밖으로 어둠이 스멀스멀 다가온다.

외연도 가는 길

얼마나 달렸을까? 졸다깨다를 반복한 것은, 조금 일찍 시작한 하루, 모자란 잠을 보충하려는 몸에 붙은 습관 때문인가 보다. 차량은 벌써 고속도로를 빠져나와 성주 시내 길로 들어서고 있었다. 성주는 작은 시골 마을이다. 몇 번을 기우뚱거리고 덜컹거려 닿은 곳이 성주 휴양림 화장(花藏)골이다. 화장골? 얼마나 많은 꽃을 숨겨 놓았길래 화장골일까? 얼마나 많이도 꽃을 마련해 두었고 심어 놓았다는 자부심인지 그 명칭이 자못 궁금하다.

외연도 배편은 2시란다. 그때까지 남은 시간을 보낼 장소로 택한 곳이 화장골이다. 한 시간 남짓 숲길을 걷고 점심을 해결하면 뱃시간을 맞추기에 딱 맞을 더없이 좋을 곳이라 찾아낸 곳이 성주 휴양림이었다. 울울창창 덮인 수림도 좋거니와 산세도 수려하다. 주저 없이 내딛는 우리의 발길은 거칠 게 있을 리 없다.

무궁화 소나무 등등 나무의 이름을 당호로 삼은 몇 채 숙소

곁을 지나니 편백 나무숲이 널찍이 펼쳐진다. 더러더러 쉼터 자리에서 상쾌한 공기를 마시며 눕고 서고 서성이는 이들, 모두 자연에 심신 치유를 맡기고 있는 것일 터. 무심으로 지나 잔디 광장 길을 이 삼십 분 들어가니 꽤 넓직한 공터가 있다. 둔(屯)이나 가리로 표현하기야 합당치 않을 숲속에 탁 트인 공터가 싱그럽기 그지없다. 더욱이 공터를 잔디로 깔고 빙 둘러 시비를 세워 놓았다. 설계자의 안목에 그저 박수로 공감을 보탠다.

하나하나 눈에 담고 걷노라니 발걸음이 더뎌진다. 어느새 선두는 저 멀리 시야를 벗어나려 하는데, 내려오는 길목 좌우로 시비가 또 도열해 있다. 읽기를 포기하지 않는 한 쫓아갈 수가 없겠다. 소월, 육사, 신석초, 윤동주, 유치환, 김광섭, 조병화, 김영랑, 이해인, 김억, 서정주, 신동엽, 김수영, 등등 근현대를 대표하는 시인들의 시가 고스란히 시비로 길목을 장식하고 서 있다. 놀랍달까 고맙달까 반가운 싯귀를 읽으며 내려오는 발걸음은 더뎌도 가슴은 뿌듯하고 삽상하기 이를 데 없었다. 또 다른 의미의 도보 길임을 가슴으로 읽는 게 하냥 기뻤다.

점심을 해결하고 가야 할 곳도 성주다. 한껏 삽상해진 심사에 까짓 한 끼 먹거리야 시골 허름한 식당이라면 어떨까 싶어진다. 가슴을 이미 채웠다 싶은데 까짓 공복쯤이야 어떻게 잊게 못할까 싶은 것이리라. 헌데 시골 식당의 밥상이 또 다른 감동을 준다. 한 가닥 김치 쪼가리가, 감자조림 한 덩이, 그리고 된장찌개

한 숟가락이 모두 착착 입에 감기는 게 아닌가.

이구동성으로 잘 먹었음을 표하고 감사의 인사를 한다. 그러고 다시 나선 거리, 이번엔 담장에 그려진 작은 벽화가 탄성을 자아내게 한다. 바다를 등지고 앉아 기타를 튕기고 있는, 약간은 외로워 보이는 젊은이의 모습이 어찌 이리도 자연스러울 수가 있을까.

풀숲에 앉아 있는 사슴의 눈망울이 어쩜 저렇게 똑같을 수 있을까. 누군가에게 들킬세라 웅크리고 앉은 계집아이의 모습이나, 날개 짓하는 작은 새의 모습이나, 장미의 모습이 사실 그대로다. 울퉁불퉁한 벽면에 어쩌면 저렇게도 정교하게 그릴 수 있을까? 신기하기까지 했다. 성주 작은 마을 담벽에서 만난 명품의 벽화를 보며 또 다른 의미의 행복을 채운다.

호도 녹도를 거쳐 닿은 섬. 지정된 숙소에 내팽개치듯 물건을 놓고 나선 곳은 노랑배 둘레길이다. 평편한 돌을 깔았는데 보폭에 맞추어 디디기 좋을 만큼의 간격이다. 걷는 이들을 배려한 모습이 곳곳에 있는데 오히려 밟기가 미안할 정도다. 그뿐인가? 군데군데 데크 길을 만들었고, 약간의 경사가 있는 곳은 밧줄을 걸어, 잡고 오르게 했다.

잔잔한 바다다. 섬 뒤편 수줍게 돌아앉아 있는 터, 바닷가 너른 반석에 오른 일행들은 거친 숨을 고르고 땀을 훔치고 사진으로 추억을 담기에 여념이 없다. 고요 바다를 무심의 눈길로 눌러두고 돌아오는 산길은 온통 수림으로 뒤덮여 한 줌 볕도 허락하지 않는데 놀랐다. 두어 길 이상의 동백나무가 숲을 이루고 있는 곳이다.

그랬다. 외연도는 동백나무의 섬이다. 섬 전체가 동백 숲이라 해도 과언이 아닌 섬이었다. 차라리 어두울 정도의 숲길을 걷는 맛도 일품이라 뇌까리며 걷고는 있지만 은연중 두려움이 닿는 것을 숨길 수 없다. 어느 때쯤이나 벗어날까 싶은 마음으로 발걸음을 재촉하는데 마음이 조급해서일까 전정은 더더욱 길고 멀게만 느껴지는 것을.

연기에 쌓인 듯 까마득한 섬이라 해서 얻어진 이름이 외연도(外煙島)다. 외연도는 앞바다의 수심이 깊고 선착장이 곧바로 동네와 붙어 있는데, 선착장을 에워싸듯 에둘러 있는 봉화산과 망재산은 마치 삼태기처럼 선착장을 안은 형태의 섬, 갈매기들은 동리를 벗 삼아 날고 있다. 아낙네들이 수시로 내다 놓는 생선 내장 따위가 이들의 먹이로, 선착장 뱃머리에 놓여지면 녀석들의 먹이 사냥이 이어진다. 인간과 갈매기가 바다와 산이 어우러져 정겨운 섬이다.

섬의 길에 매료되어 아직도 흥분은 가슴에 있는데 창밖 빗소리가 제법이다. 내일의 여정이 약간 걱정되었으나 원체 말랐을 대지며 작금의 상황을 생각하니 여행의 호사만 걱정한다는 게 사치다 싶다. 하늘에 맡기고 잠을 청하다.

신새벽 눈을 뜨니 갈매기 소리도 들리지 않는다. 멀리 숨죽이 듯 닿는 파도 소리뿐. 밖으로 나서니 청량감이 가슴에 닿고 신선한 바람이 옷깃을 흔든다. 간밤 한줄기 훑고 간 빗줄기가 먼지만 눌러놓았다. 오늘을 위해 남겨두었던 당산 길을 해변을 따라 에둘러 오르다. 조금만 걸으면 해변가. 다시 돌아 몇 걸음 옮기면 또 서해의 끄트머리. 명징하기 이를 데 없는 바다는 속살을 다 내보인다. 영화 속의 한 장면 같다는 길벗의 얘기가 과장이 아니다. 당산은 온통 상록수림. 아름드리 동백나무가 즐비하고 더러 팽나무가 자라고 있다. 이렇게 큰 동백나무가 있다니. 당산을 돌아 데크 길을 따라 올라가니 연리지(連理枝) -사랑나무- 형태의 수목이 자태를 뽐낸다. 외연도 상록수림의 장관이 펼쳐지는 길목이다. 동백나무 군락만으로도 보배임을 느끼게 하는 섬이다.

미끄러지듯 빠져나온 배는 어느새 외연도를 등 뒤 멀리에 두었다. 연기로 쌓인 듯 해무에 쌓인 듯 멀리 보이는 작은 섬 외연도. 두고 떠나는 것이 아쉽다기보다 여행 일정이 짧아 더 둘러보지 못했다는 미련이, 일행들과 좀 더 많은 정담을 나누지 못함이 서운함으로 스민다. 서해 어느 녘일까? 방향도 목적도 없이 그저 흥에 의존해 고래고래 함께한 가락과 몸짓을 곱씹으며 돌아오는 길, 어느 때 지금의 흥을 다시 만날 수 있을까?

평화의 댐을 지나며

　계절을 맞고 보내면서 가슴에 닿는 느낌도 다르다. 나이가 들면서 마음이 여려지기라도 하는 걸까. 늘 보아온 평범한 일상에도 그냥 그대로의 모습이 아닌 것 같이 덧입혀지는 의미가 있다. 봄을 보며 느끼는 아름다움을 나 또한 야리야리하게, 손으로 가슴으로 만지며 맞고 보내면서 뭔지 모를 느낌에 스스로 갸웃한 적이 있었는데, 이번 가을빛을 보면서 다시 그런 심사가 일렁인 것이다. 텃밭에서 이울어 가고 있는 고춧대 이파리를 보면서 산딸나무의 물들어 가는 검붉은 이파리를 만지면서, 누렇게 황금빛으로 물들고 있는 들녘에 서서 힘을 잃었는가? 떨리는 나래 짓으로 겨우겨우 바람을 타고 오르내리는 고추잠자리의 비행을 보면서 예전의 그런 심사가 다시 와 닿고 있음에 적이 섬뜩해짐은 왤까.

　축축해진 심사로 차를 몰아가는 길은 아직 안개가 다 걷히지 않았다. 북한강을 끼고 돌며 천천히 구르는 내 안의 상념도 5번 국도를 따라 달리고 있다. 화천으로 이어지는 길이다. 파로호 산소백리길을 걷듯 뛰듯 미끄러지는 차창 밖에서 가을 냄새가 풀풀 날아든다. 화학산 곁길과 갈라져 얼마를 지났을까? 도로에는 거의 차량의 움직임이 없다. 산과 강 여기저기를 가슴으로 눈으로 훑고 지나노라니 조금은 시원해지고 마음에 여유도 생기는 듯하다.

딱히 목적한 곳이 있는 것도 아니요, 심파의 파장대로 나선 길, 어디든 그저 안전에 삼삼한 곳이면 쉬어볼 양이었지만, 내심은 평화의 댐 근처를 향하고 있었나 보다. 길목, 이태극 문학관을 알리는 표지판이 서 있다, 돌아갈 때 들러보겠다는 속내를 내자에게 전하고 직진하다. 말이 직진이지 굽이굽이 돌아 오르는 길이라 운전대를 잡은 어깨에 힘이 들어가고 있음을 느낀다. 아흔아홉 구빗길. 이름처럼 이리 꺾이고 저리 꺾인 길을 따라 해산령을 돌아 오르고 터널을 지난다. 어디를 향하든 셀 수 없이 지나게 되는 것이 터널이다. 두더지처럼 파헤친 인간의 억척을 느끼면서 대붕 터널을 빠져나오니, 댐 한가운데다.

총길이 600m 높이 125m, 그 위용에 어떤 찬사를 얹어도 모자랄 판이건만 슬쩍 시큰둥해진 것은 불신이 섞이고 거짓과 허위로 발라지고 쌓아진 제방이어서였다. 북에서 금강산댐을 헐어 수공으로 도발하면 서울이 물에 잠기게 될 거라는, 그래픽이 연일 TV에 방영되었고, 그렇게 국민을 공포로 몰아갔던 일련의 사건들과 그것을 기반으로 반강제적 국민 성금의 강요, 할당액까지 있었다는 식의 빈말(?)들이 난무했던 곱지 않게 얽힌 역사여서였을지 모를 일이다.

공사 중단이라는 우여곡절을 겪어야 했지만, 겨우 치수능력 증대 사업의 일환으로 완공된 댐. 이러저런 생각들을 뒤적이면서 753계단을 밟고 내려가노라니 댐의 정중앙에 크게 성곽 모양의 문이 그려져 있다. 문 안쪽에는 멀리 푸른 물길이 뻗어있고 평화로운 산야가 하늘에 잇닿아 있는 정경이다. 외형상으로는 저 물줄기같이 거침없이 통일의 길로 들어서고 평화의 터로 나아가라는 의지와 염원이 담긴 남북 소통의 문 같다.

비목 공원을 향한 길목에서 두 개의 종을 만난다. 그 하나가 염원의 종이고 다른 하나는 세계평화의 종이다. 남북 분단 그 침묵의 현실에서 이제, 그만 침묵을 깨고 울려 퍼지기를 염원하고 있는 종이고, 세계 각국의 분쟁지역에서 수집한 탄피들을 모아 만든 종은 세계평화의 종이다. 우리의 전통 종의 모습을 하고 있다. 종머리에는 비둘기 한 마리의 날개가 부러진 형상이다. 평화가 오고 통일이 되는 날, 부러진 날개가 마저 붙여질 것이라는 설명을 듣는다.

몸으로 겪은 고통이나 아픔, 그 절절한 슬픔의 상황은 감히 상상할 수도 없는 전장의 현실. 은원(恩怨)이 있을 수도 없었으면서도, 누가 쏜지도 모르는 총탄에 죽어간 동료의 서러운 주검을 방치할 수 없어 돌로 쌓고, 나무등걸을 비문 삼아 또 꽂고, 철모를 얹어 주며 아픔과 한을 위무(慰撫)했었을 당시를 연상하며 한 계단 한 계단 밟고 내려가니 참전국들의 국기만 을씨년스럽게 흔들리는데, 한명희라는 젊은 장교가 이곳에 근무하면서 지었다는 시에 곡을 붙인 가곡 비목의 가락이 은연(隱然)히 들려 오는 듯하다.

　　초연이 쓸고 간 깊은 계곡 깊은 계곡 양지 녘에
　　비바람 긴 세월로 이름 모를 이름 모를 비목이여.
　　먼 고향 초동 친구 두고 온 하늘가
　　그리워 마디마디 이끼 되어 맺혔네.

　　궁노루 산울림 달빛 타고 달빛 타고 흐르는 밤
　　홀로 선 적막감에 울어 지친 울어 지친 비목이여.
　　그 옛날 천진스런 추억은 애달퍼
　　서러움 알알이 돌이 되어 쌓였네.

　목적한 것 없이 나섰다고 했지만, 그 속에는 가을 단풍을 완상해야겠다는 의도가 다분했었으리. 세상은 언제나 느끼려는 사람의 편에서 함께 한다. 자연도 마찬가지다. 항상 거기 그렇게 있는 것 같아도 수시로 옷을 갈아입고 나름 대거리도 하며 변한다. 그윽한 눈길로 바라보고 맘을 주면 자연도 우리를 사랑으로 감싸 안는다. 문득 내가 자연을 완상하고 있는 것이 아니라 저 산과 들 그리고 나무와 풀 돌도 나를 보고 맞으며 품평을 하고 있을 거라는 생각이 든다.

산속을 거닐 때 나는 산의 일부요, 들녘을 걷는 나는 들의 한 부분이다. 부질없는 공념(空念)을 만지며 숨을 돌리고 있는 곁으로 낙엽 흩날리는 소리가, 갈잎 갈리는 소리가 물소리 바람 소리가 내 몸을 훑고 간다. 시원함인지 쓰라림인지 분간이 힘들다. 별 까닭없이 무거워진 마음 한구석을 추스르며 오르는 계단이 더 가파르게 느끼진다. 근현대사의 아픈 현장을 목격하고 있어서였으리라.

철원 물 윗길을 걸으며

전망대를 오르는 계단 길은 보수를 위한 것인지 철거를 하려는 것인지, 여기저기 마구 지저분하게 뜯겨 있다. 비닐 선이 대충 걸쳐있는 것으로 보아 출입을 통제하는가 보다. 이를 무시하고 기어이 올랐다. 외로이 서 있는 정자 주변에도 이것저것 뜯겨 방치된 것들로 어수선하다. 덩그러니 걸려있는 목어만 꺼떡꺼떡 흔들리며 무어라 지껄인다. 왜 하필 목어가 걸려있는지 의미를 모르겠다. 동서남북 어디가 동인지 서인지 분간이 서지 않아 고갯짓만 연신 하다가 내 멋대로 들어섰다는 자책이 들어 계면쩍어지고 낯간지러워서 뒤돌아 내려오자는데, 입에선 연신 이고득락(離苦得樂) 이고득락(離苦得樂)이 새어 나온다. 산사도 아니건만 목어라니 암만 생각해도 생뚱맞기 한량없다고 여기며 소이산 정상으로 발길을 옮긴다.

봉화터이기도 했던 소이산은 해발 362m의 높지 않은 산이지만 정상에 오르니 눈앞이 탁 트이고 고산에라도 선듯하다. 노산 이은상은 수필 '피어린 육백리'에서 북쪽을 향해 보면서 역사의 바둑판 위에 놓인 승부의 점인 양 솟아있는 피어린 고지를 바라본다고 읊었다. 검게 내리드리 세 봉이 이어진 것처럼 보이는 세 자매 봉을 보면서 강하게 이어놓은 바둑의 흑돌 세 점으로 본 것인가. 승부수를 내기라도 한 듯한 강수로 여긴 것인가. 수십 번씩 주인이 바뀌었던 치열한 전쟁의 흔적을 들추면서 치어 보는 철원의 들녘엔 여태 가시지 않은 신음소리가 바람에 실려 오는 듯싶었다.

널찍하게 펼쳐진 철원평야를 바라본다. 끝없이 내려 보이는 들녘, 그리고 비무장지대 북녘의 평강고원. 저기가 백마고지. 좌우를 둘러보며 역사의 흔적을 훑고자 하는데, 넘실대었을 풍요의 들녘과 희뿌연 화약 연기의 아픔이 뒤범벅되어 어지럽다. 미국과 소련이 38도 선을 경계로 나누어 점령한 군사 분계선, 민간인 통제를 위해 그어 놓은 민통선, 북방한계선, 남방한계선, 해안경계선, 선, 선, 선, 심란해진 마음을 추스르려 찬 바람에 가슴을 드러내고 한참을 섰다. 선은 아픔이었다

철원 물윗길은 한탄강 강물 위로 부교를 설치하고 마치 물 위를 걷는 듯한 맛을 내게 한 도보 길이다. 그러니 비가 많아서 물이 불어나기라도 하면 폐쇄되는 길이라, 늦가을에서 겨울까지만 살짝 즐길 수 있는 길이다.

일찌감치 일어나 물 윗길 부교를 걸어가는 발길이 가벼움은 설렘 때문이었으리. 태봉대교 밑을 지나 순담계곡 매표소까지의 대략 8km쯤의 새벽길이 여간 미끄러운 게 아니었지만 아랑곳하지 않고 하냥 걸었다. 은하수교 밑의 여울은 세차기가 이를 데 없다. 본래 한탄강의 유속이 빠르기로 유명하지만 유독 내리치듯 흐르는 곳이 예 아닌가 싶은 곳이다. 수심도 깊어 수색이 검다. 오가며 만나는 이들과 나누는 말인사 눈인사에 무슨 의미가 있었을까만, 따스함으로 와 닿는다. 하얗게 눈 덮인 산야 그 계곡 얼음장 밑의 재잘대는 물소리를 들으며 군데군데 터져 비치는 여울로 가슴을 씻고 마음속 진애(塵埃)를 띄워 보내는 이 아침이 신선하다. 이번 여행은 바람과 물 그리고 선(線)과의 만남이다.

금강소나무 길

처음 대하는 것에는 언제나 기대와 두려움이 함께하기 마련이다. 무박 여행에 대한 경외감이 한 켠에 있었다. 긴장감도 그 옆에 똬리를 틀고 있다. 새로운 얼굴, 낯익은 길벗들 모두가 동반자다. 거리낌 없이 눈인사를 나누며 차에 오른다. 경험이 많은 이들은 차 안에 들어서자마자 묵상하듯 눈을 감고 심사를 다스릴 양으로 앉는다. 새벽녘이면 곧바로 시작될 발걸음에 힘을 비축해두는 자세랄까? 초보자의 처지로서는 당연히 따라 해야 할 준비 자세임을 직감하고 따랐다.

미끄러지듯 움직이는 차창 너머로 어둠이 스며든다. 도시의 불빛도 사라진 지 오래. 영 다시 헤어날 것 같지 않을 암흑 속을 헤집고 목적지를 향한다. 숨소리조차 멎은 듯 침묵이 차내를 지배했지만 묵직이 코고는 소리도 더러 들린다. 기억도 없을 것들을 하나하나 헤듯 말듯 잠 속에 빠져든다. 잠자리가 바뀐 불편함을 적지 않게 느꼈던가? 뻐근해진 다리를 곧추세우려 깬 곳이 울진의 어느 주차장. 버스의 시동도 멈춰있다.

우리는 모두 한참의 시간을 버스 안에서 남은 새벽잠 탐닉에 빠졌다. 얼마의 시간이 지났을까? 둘씩 셋씩 해돋이를 보고자 망양정을 오르고 있으나 구름은 비켜줄 기세가 아니다. 적지 않은 아쉬움이 없지 않았지만 목적 외의 것에 연연할 일이 아니다. 울진 대종 앞을 지나 내려오며 한번 힘껏 쳐 울려보고 싶은 충동이 인다. 33천의 한 끝을 열어보고 싶었음일까보다.

六畜 離苦得樂(육축이고득락)
—우리 주변 동물들까지도 고통을 벗어나게 하여 낙원으로 이끌어 준다.—

동종에 담긴 이 우람한 소리를 마음의 귀로 듣고 있다고 낭만적 상상을 흘리며 내려오는 발걸음이 신새벽 바닷바람에 적셔짐에 삽상하다.

아침동자는 마을회관에서 맡아주었던가. 두천리 노인정의 마을회관엔 밥상이 놓여 우리를 반긴다. 토속적일 식감의 것들. 산나물의 이것저것이 일견해도 이곳이 그 산지임을 알겠다. 오히려 몇 숟가락 더 뜨고 싶을 만치의 양. '그래, 배불리 먹고야 어떻게 걸을 수 있을손가.' 길꾼들을 위한 배려의 식탁으로 여기다.

가볍게 몸을 풀고 하천 경관 길을 지나 소광리를 향해 걷는다. 보부상들의 옛길 그 초입. 선질 꾼 불망비의 내력을 보고 몇 걸음을 옮기니 옛 화전민들의 흔적일 듯싶은 밭고랑이 눈에 들어온다. 닭이나 앉아 울 홰 자리 같은 가는 나뭇가지를 엮어 표지처럼 밭배미를 나누고 있다. 완만하지만 계속적으로 오르막으로 형성된 길. 이제 시작한 발걸음인데 벌써 무겁다싶으니 전정이 아득함을 느낀다. 맨몸으로 걷기도 이리 힘이 드는데 어물 약재 소금이며 생필품 무엇이 되었든 바리바리 싣고 얹고 지고 메고 걸었을 그네들의 길 바룻재는 피땀의 길이요 애환의 길이었음을 가슴으로 새겨며 지금 내가 가는 길은 감상적 낭만만은 아닌가 싶어 저어된다.

금강소나무길, 그 이름의 유명세를 찾아온 길이다. 그러나 소나무가 전부는 아니다. 떡갈나무 참나무 감나무도 있고 낙엽송에 충충나무, 세고 헤아릴 수 없을 만치 많은 수목과 풀잎들. 어우러져 더더욱 유심한 산야다. 어느덧 찬물 내기 쉼터 그 옆길로 그 옛날 보부상들이 힘들여 걸었을 길을 오른다. 가파르기가 심해 몸을 곧추세우기조차 쉽지 않다. 새들도 쉬어 간다는 샛재란다. 오르기에 기진했음일까. 너삼밭 재를 넘을 때에는 말수조차 모두들 잦아든다.

마지막 쉼터에서 숨을 고르고 저진터 재를 넘으니 오히려 양양해진 발길에 힘을 더해 걷는다. 목적지가 눈앞이다. 쉬다 걷기를 몇 번인가? 참참이 새참 먹듯 짬짬이로 기운을 북돋우기도 했지만 대여섯 시간의 걷기가 쉬운 노릇이 아님을 몸으로 느끼다. 보부상들의 땀 길이 어디 여기뿐일까만, 이 길을 도생의 여정으로 수도 없이 넘나들었을 이들의 삶의 흔적을 더듬노라니 자연의 비경 속의 길이라는 둥, 낙엽이 쌓여진 이 길을 융단을 깔아 논 길 같다는 둥, 온갖 수사로 운운하는 것조차가 사치다 싶어 스스러워지는 맘이 든다. 그네들이 어디 철을 가려 걸었을까 싶어서 나온 맘일레라. 허나 내 지금 가고 있는 삶의 길도 시대만 달리하고 형태가 조금 변해졌을 뿐 어렵기는 한 가지. 우리 또한 현대판 보부상이 아닌가.

갈(喝)!

차라리 등산 같은 산행이었다고 스스로 대견했음을 토하는 길벗의 육성이 객쩍은 사념을 깨뜨린다. 공감, 공감, 또 공감. 그댈걸 그대야지…….

삽시도에서

사시봉(射矢峰)*에서 겨눈 화살이 서해 한복판에 꽂혀 아직도 살대가 떨리는가? 파장은 끝없이 흔들리고 있다. 민중의 원(願)과 원(怨)이 한(恨)과 섞여 대양을 흔들기라도 하는 건가? 진저리처럼 구물구물 몰고 또 몰고 오는 것인가? 아니다. 큐피드의 노림수로 박힌 시촉(矢鏃-화살의 끝)이 억겁을 서해 한복판에 박아놓고 사랑을 토하고 있는 것인지도 몰라 끊을 수 없는 정념을 파도 소리로 눌러둔 채 숨죽이고 갈망을 간절히 보이고 있는지도 몰라. 삽시도 앞바다의 일렁거림 속에는 정념의 물빛이 서린 듯도 싶고 민중들의 간절한 마음이 녹아든 듯도 싶어 혼란스러웠다.

면삽지 가는 길목 황금 소나무 길을 알리는 표지가 눈에 들어온다. 바닷가 근처 시린 바닷바람에 고스란히 몸을 내맡기고 있는 곰솔 한 그루. 늘 푸른 수종이 아닌 변이종의 나무 솔가지 끝이 마치 황금빛으로 수놓은 것 같다. 귀태의 나뭇가지가 바람결에 넘실거린다. 치열할 수밖에 없는 조건 속에서 자란 나무다. 감동의 탄사를 보태며 갈채를 얹으며 바라보고는 있지만 안쓰러운 마음이 동시에 일다.

모든 삶의 아름다움은 치열한 자기 투쟁에서 더 빛나게 되는 것이라 여겨지다. 이런 생각이 미쳐서일까, 여기저기 내 몸을 더듬고 살피고 있는 자신을 보며 계면쩍게 웃음을 풀풀 흘리게 되는 것은 내 삶이 그렇지 못했던 탓이었으리라.

여명도 채 풀리지 않은 이른 아침 바다, 쉽게 걷힐 것 같지 않은 구름과 해무가 뒤섞여 우중충한 얼굴로 애잔한 소리만 찰싹찰싹 뿜고 있다. 나래 접은 갈매기들은 몽돌처럼 여기저기 빼곡히도 앉아들 있다. 시끄러울 만치 재글재글 울어대던 소리도 멈춘 지 오래. 그 거뭇거뭇한 형태로 앉아 있는 것들은 여태 잠들어 있기라도 한 것인가? 의구의 심사를 보태고 있을 즈음 백사장 한끝을 느닷없이 내 닫는 여인네가 있다. 예기치 않은 돌출 행동과 갈매기들의 비상은 동시였다. 어디선가 본 듯한 행동이다. 연출한 것도 아니련만 동행인들에 웃음을 선사하기 위한 격의 없는 행동에 모두 환호로 동조하고 있는 모습이 쟁그러워 실소를 흘린다.

수백 계단을 딛고 내려 만나게 된 면삽지 터. 물이 빠져나가고 겨우 모래톱 길을 내줘 섬은 면하고 있지만 앞 편의 동굴엔 아직도 바닷물이 넘실대고 두려우리만치 어두운 빛을 드리고 있다. 물이 다 빠져나가지 못해서다. 굴 안에서 바라보는 바다의 영상은 팜프렛 표지로 쓸 만큼 멋진 풍광이었는데, 굴 안쪽으로 비쳐오는 햇살과 그늘의 그 실루엣, 꿈이 펼쳐질 것처럼 보일 서해의 모습을 상상하고 찾은 발걸음에 힘이 빠지는 듯싶다. 그 영상이 너무 아쉬워서였을까 보다. 열성의 몇몇 여인네들이 허리춤 이상 차오르는 물살을 헤집고 동굴을 향하고 있다. 어떤 얼굴을 접하든 섬에는 품고 담겨진 이야기가 있겠다 싶은 야릇한 상상이 동시에 뇌리를 자극한다. 저 동굴엔 어떤 이야기가 들어있을까 싶어지는 것이요, 어떤 이야기를 넣어두면 좋을까 싶어 사념이 깊어지는 것이다.

주어진 시간에 푸념을 얹으며 돌아 오르는 목 계단이 쉽지 않다. 한 발 한 발을 내딛는 순간 거친 숨을 토하게 되지만 그 자체가 삶임을 느끼게 된다. 그럴 즈음 나는 습관처럼 내 발걸음을 세곤 한다. 백팔을 세고 다시 백팔을 넘어간다. 인간사 모든 것이 번뇌라 여겨서일까? 번뇌가 아닌 것이 없다고 여겨져서일까? 아님, 지금 처한 상황이 번뇌 속에 있어서일까?

이런 의식이 결부될 일이 아닐는지 모른다. 그저 힘이 드니까 잊어보려고 찾아낸 나만의 해결 방식이요 정신 승리 법일는지 모를 일이다. 꼭 처음부터 연이어 세어 가는 것도 아니요, 어데라 끝이 있는 것도 아니다. 하나! 둘! 셋! 넷! 하나, 둘, 셋, 넷, 하나, 둘, 셋, 넷. 구령 부치듯 세기도 하고, 하나, 하나, 하나, 목낭청 조로 하기도 하는데, 오늘은 백팔이 기점이었나보다. 벌써 세 번째 백팔을 헤고 있다. 이게 삶이다. 기를 쓰고 오르며 안간힘으로 숨을 넘기고 숫자를 토하면서 희열을 맛보니 말이다. 범벅진 땀을 훔치며 밟는 마지막 계단에서조차 동굴 속에 넣어둘 이야기는 떠올리지 못한 채 모래톱 물가에서 건진 하얀 돌만 만지작거리고 있었다.

삽시도는 섬이 화살촉 형상을 하고 있어서 얻어진 이름이다. 그래서 이 섬을 걸으며 사시봉이 연상 되었는지 모를 일이다. 하필이면 얼룩진 근 현대사의 아픈 역사를 떠올리고 어디로 향할지도 모른 채 울분으로 당긴 화살이 꽂힌 듯싶었다고 느꼈던 것인지 모를 일이요, 내 조국 산하를 담당했을 신력으로 당겨진 화살촉인 듯싶은 것이었으리. 그리고 다시 큐핏을 떠올린 것은, 낭만적 사랑을 이 섬에 새겨 놓고 싶었었는지 모를 내 억측에 의한 연상이었을는지 모를 일이다. 소나무로 둘러진 섬 둘레 길을 돌고 돌아 내려오며 내력을 궁리하지만 결론이 날 성질의 것이 아니다. 화치는** 뱃전에 기대어 삽시도 앞바다를 바라보는 마음이 수수롭기 짝이 없다. 포말이 수면 밑으로 가라앉는 오후, 한과 사랑의 섬 삽시도를 연방 뒤돌아보고 있는 것은 아픔일까 사랑일까?

---

*사시봉: 동학혁명군이 봉기했던 근처의 산의 봉우리.
**화치다: 배가 좌우로 흔들리다.

안중걸 산문집

조무락(鳥舞樂)골

오늘 걷고자 하는 길은 가볍게 오르고, 쉽게 내릴 수 있는 길이었으면, 하는 생각을 하며 석룡산 폭포를 향한다. 간 겨울 아내와 한차례 오르려 시도를 했다가 눈길에 가로막혀 포기하고 돌아서며 내년 봄을 기약했던 조무락골. 길지 않은 복호동 폭포 길이다. 이름도 고운 조무락골은 삼팔교에서 대략 2km 남짓한 곳에 자리한 폭포에 닿는 곳이다. 종주 등산이 무리라고 여길법한 우리네에게는 적당한 정도의 하이킹 코스. 마음은 언제나 천리를 가고자 하지만 이제 몸이 따라주지를 못하는 우리네가 거리를 줄여서라도 어디 한 곳 정상을 찍어보자거나 올라보려는 욕구를 분출해 낼 만한 정도의 길이다.

스스로 만족해하며 이만치라도 허락해 줌에 그저 감사하는 마음으로 걷는다. 그리고 언제나 그랬듯이 한 걸음 한 걸음을 내디디며 살아 있음을 실감하곤 한다. 살아 있음이 그저 숨을 쉬고 있음을 뜻하는 것은 아니리. 내가 움직이는 동작 속에 무엇인가 하고 있음이 내포되고 있어야 한다고 느끼고 있었던 만큼, 무엇을 위해서가 아니라 무엇인가 내 마음속에서 의미 있는 것을 찾아가는 행위로 이어져야 오늘을 살아내는 의미일 테다.

삼팔교 밑으로는 여전히 맑고 고운 물이 흐르고 있다. 굽이치듯 흐르는 물줄기 그 소란스런 소리에서 생명의 힘이 배어있다고 느낀다. 조무락골 계류는 언제 보아도 흐른다는 느낌보다는 떨어지고 있다는 느낌으로 만나게 된다. 산세는 높은데 흐르는 간극이 짧아서일까? 쏟아지고 떨어지는 느낌이지, 유유히 흐르는 모양새나 니섬니섬 잇고 대며 흐르는 모습이 아니다. 그러니 물소리는 거칠고 세차다. 덩달아 우리의 호흡과 발걸음도 빨라지게 되고 만다. 그것이 마치 내가 당당해지기나 한 것같이 느껴진다. 그뿐만이 아니다. 조무락 계류를 따라 오르다 보면 어느새 시인이 되어 가는 자신을 보면서 기분 좋은 착각에 빠진다. 이는 주변 경관에서 자연스레 얻어진 것이리.

물줄기를 끼고서 좌로 우로 피어있는 진달래를 보면 어느새 제 분수는 잊고 시인인 양 영변의 약산을 읊조리게 된다. 워낙 소월의 표현이 강렬한 인상으로 새겨져 있어서일까? 그 꽃만 보면 여기도 저기도 모두 약산이 되고 또 영변이 되고 만다. 억지로라도 조무락골의 진달래로 대치시켜 보려고 더듬대는 것은 이곳도 한 경치를 하고 있음이 분명하다. 어느 곳의 꽃인들 이곳만치 곱고 예쁘지 않을까만, 왠지 예보다 더 나을 건 없으리라 아예 단정하고 스스로 쟁그러워하는 것이다.

발밑으로는 앙증맞게 핀 야생초의 엷은 꽃잎이 곱다. 하얗고 노란 꽃잎. 엷은 보랏빛으로 치장하고 긴 대롱처럼 길쭉한 모양새다. 별 모양의 각이 진 것과 둥그러니 또 다섯 잎을 달고 핀 것. 무더기로 군락을 이룬 채 모여 핀 이름도 모를 것들이 여기저기 모여 있다. 예쁘기가 그만이요, 사풍(乍風)에 슬쩍슬쩍 흔들리는 자태도 고운 모습이다.

시인이 될 것도 같고 가객이 될 것도 같다는 생각이 들게 하는 또 하나 요인은 복호동 폭포를 거의 다 오른 지점에서 만나게 되는 바위다. 마치 어떤 짐승이 웅크리고 앉은 듯한 형상을 하고 있는데, 집채보다 큰 것이 금시라도 저 아래 계곡으로 뛰어들 것 같은 자세다. 발걸음조차 조심스러워 가만가만 살금살금 뒷꿈치도 거의 들다시피 지나는데 여전히 웅크린 모습 대로다.

아예 애련에 물들지 않고
희로에 움직이지 않고,
비와 바람에 깎이는 대로
억년 비정의 함묵(含默)에
안으로 안으로만 채찍질하여
(중략)

두 쪽으로 깨뜨러져도

소리하지 않는 바위가 되리라.

이렇게 읊조렸던 유치환의 시구가 다시 입언저리에서 새어 나
온다. 그뿐인가 부질없는 욕심으로 살아온 삶 생각하지 말자고,
그리워 말자고 부르짖던 어느 가락도 흥얼거려본다. 에라이, 모두
가 허튼 생각이다. 나무는 아니고, 새는 아니던가? 산, 폭포 어느
것인들 시의 소재가 아닌 것이 있는가? 화들짝 정신을 수습하는
데 벌써 복호동 폭포 앞에 선다.

조무락골을 찾게 된 것은 꼭 산을 보고자 함이 아니요. 폭포
를 만나고 싶어서만도 아니다. 어디엔들 이보다 큰 산이 없을 것
이고, 이보다 아름다운 산이 또 없을까? 어디라 한들 복호동폭
포 정도의 것을 만나지 못할 것인가? 지명이 예뻐서 과연 어떤
곳인가 싶었음이다. 새들이 서로 춤추며 즐거워하는 곳, 조무락
(鳥舞樂) 골이라니 어찌 기대가 만만하지 않았겠는가.

편편황조(便便黃鳥) ─펄펄 나는 저 꾀꼬리─

자웅상의(雌雄相依) ─암놈 수놈 노니는데─

염아지독(念我之獨) ─외로울사 이내 몸은─

수기여귀(誰其與歸) ─뉘와 함께 돌아가리.─

뭐 이런 모습을 상상하고 찾았는데, 조금은 시끄러워도 좋을 만치의 새들의 가락이 듣고 싶었음이다. 새들의 움직임이 기대만큼이 아닌 것이 아쉬움으로 남기는 하지만, 그래도 여름에는 어떻는지 가을에는 또 어떤 모습일지가 자못 궁금하고 기대되는 조무락골이다.

연평도

연평도를 가보아야겠다고 계획하면서도 여행이란 말을 쉽게 올리지 못했음은 아픈 우리의 과거가 심중에 있었던 때문이었을 게 분명하다. 2010년 11월 23일 북한군의 포격 사건. 세 차례에 걸쳐 200발 이상 쏘아댄 포탄 세례는 연평도 온 지역의 산야를 불태웠을 뿐만 아니라, 군부대와 민가를 향한 끔찍한 만행이었다. 많은 사상자들의 고통, 섬 주민들의 절규가 아직도 생생한 기억으로 우리에겐 남아 있다.

열한 시 인천 앞바다를 출항한 페리호가 두어 시간 남짓 달려 다다른 곳은 안목 선착장. 슬쩍 눈을 붙여야겠다고 마음을 먹었는데 어느새 하선들을 서두르고 있다. 바람 한 점 없어 오히려 지루하다고 느낄 겨를도 없이 닿은 것이다. 하선을 기다리는 사람들엔 유독 군복을 입은 장정들이 많았다. 해군의 복장, 해병대의 복장, 여군들도 사이사이 눈에 띈다. 씩씩한 젊은이들의 모습에서 아픈 우리의 역사를 치유하고 곧추세우려는 든든함을 본다. 젊은이들 뒤를 따라 내린 선착장에는 빼곡히 차들이 주차되어 있다. 마음속으로 놀라움의 감탄사가 새어 나온다. 내가 생각했던 크기의 섬이 아니다. 공포로 등졌던 섬 주민들이 다시 들어왔고, 군 병력들도 늘어났고, 흥성스런 삶터로 다시 자리 잡고 있는 연평도였다.

섬사람들의 살아가는 모습을 볼 때마다 느끼지만, 참 부지런들 하다. 여기도 마찬가지였다. 우리를 맞이한 이는 중년의 여인네였다. 차를 몰고 우리의 가이드 역할을 맡았는가 싶었는데 어느새 밥을 짓고 상을 차려 건넨다. 그야말로 일인삼역이다. 말주변도 여간 아니다. 재담을 섞어 설명을 덧보태기도 하고 간추리기도 하는 폼이 웬만한 지역 해설사 저리가라 할 정도다.

우리가 제일 먼저 찾게 된 곳은 역시 안보교육장. 아팠던 역사의 의미를 다시 가슴에 담는 시간이었을까 보다. 나란히 서 있는 삼형제 바위를 지나 내린 곳은 망향 전망대. 망향비 너머로 북녘 땅이 보인다고 일러 주지만 해무에 가려 어림없었고, 다만 어선 몇 척과 그 곁으로 흐릿하게 섬이 보이는데 북한령이라고 하고 중국의 어선들이라고 했다. 얼마를 몰았을까? 손가락으로 가리키며 백로 서식지라 하는데 볼 수가 없다. 4월 중순이 넘어야 찾아오는 철새, 그들의 터란다.

무심결로 흘려듣고 지나 닿은 곳이 구리동 해변이다. 인적은 끊겨 괴괴하고 무심한 파도 소리만 철석거린다. 있어야 할 백사장은 보이질 않고 몽돌로 가득 찼다. 주먹만 하고 참외덩이 만한 것들로 그득한 속에, 공깃돌 크기의 것들이 빼곡하다. 밀려온 파도가 돌 속을 헤집고 밀어 올렸다 다시 밀고 내려가며 부딪고 내는 소리가 자못 시끄럽다. 자그르 자그르 돌 구르는 소리가 마치 뭐라 구박하는 소리 같기도 하고, 뭐라 탓하는 소리 같기도 하고, 야유하고 빈정대는 소리 같아 얄궂게 들려진다는 느낌은 오늘의 우리네 현실에서 가져진 자괴감에서 일까? 자조적 심사일까?

어느 섬 어느 해안을 볼 때마다 가져졌던 생각이지만, 연평 해변 역시 숫자 3을 연이어 써 놓은 듯한 형상이었다. 아주 굵게, 더러는 가늘게. 조기 역사관 쪽에서 바라보는 가래칠기 해변의 모습은 똑 그랬다. 까짓 뭐를 닮았다느니 뭐니 하는 바위나 섬들이야 다분히 작위적 해석이 어느 만큼은 덧붙어졌다 싶어 마음을 두지 않으려 하건만, 표석에 새겨진 연평도 민속 소리가 흥얼거려짐은 또 뭐란 말인가?

섬평 꼭대기 실안개 돌고
우리집 문턱에 정든 님만 돈다.
나나나나 니 나나나 아니나 놀고 뭘 할쏘냐.

서산에 지는 해 지고 싶어지나요,

날 버리고 가신님은 가고 싶어갔나요.
나나나나 니 나나나 아나나 놀고 뭘 할쏘냐.
(하략)

동경 125도 북위 37.66도에 위치해 평평한 들판처럼 뻗어 있어 연평도라 했던 섬을, 초면의 중노 아낙의 봉고차에 얹혀 돌아보는 첫날의 기행은 왠지 채 아물지 않은 상처에 겨우 얹어진 딱정이 위를 긁는 것 같기만 했다. 어느새 해가 뉘엿이 눕는 시각. 모이도 앞길을 지나며 썰물 때에는 바닷물이 빠져 걸어서 건널 수 있다고 일러 준다. 내일의 그 시각을 기약하며 하루를 접는다.

뱃길은 편했다고 느꼈는데 몸은 아니었나 보다. 어느결에 밤이 지났는가 여지없이 눈이 떠진 건 습관에 밴 그 시각. 일출을 보려고 성큼 나서 동녘을 향해 걸음을 옮긴다. 해 뜰 시각은 벌써 지났나 싶은데 기미가 없다. 해무와 구름이 훼방을 놓았는가 보다. 서운한 마음이야 어쩔 수 없는 일. 하늘이 하는 일을 어쩌랴. 신선한 바닷바람 만이 기분 좋게 얼굴을 훑고 간다.

아침 식사를 마치고 서둘러 등대 언덕 둘레 길을 걸었다. 가파르게 오르내리게 난 길이다. 해안과 언덕배기 사이를 따라 난 등대 언덕 둘레길엔 지난해 흐드러졌을 해당화의 꽃나무가 초병처럼 둘러서 있고, 아직 꽃망울을 달지 못한 벗나무도 양옆으로 동무해 있는데, 해안 깊숙한 곳에 삐죽삐죽 꽂혀 살풍경한 모습이 낯설었다. 용치란다. 적선이나 전차가 들어오지 못하도록 설치했다는 방어용 설치물이었다. 해안으로 가는 길은 철조망으로 막혀있고 바다 한가운데는 하나 예쁠 것 없는 용치들만 험상궂게 꽂혀있어, 우리의 처한 현실이 아프다. 모이도를 걸어 들어가는 발밑으로 굴껍질이 바스러진다. 조기 파시의 현장을 지켜봤을 소나무 몇 그루가 해풍에 시달리고 있는 곳. 조기 파시는 이제 임경업 장군의 설화처럼 전설로만 남을 이야기가 되고 마는가 싶어 아쉬움이 크다.

어쩔거나, 숨 가쁘게 헤집어 눈에 넣고 가슴에 담은 연평도의 모습을 뒤로 하고 일상으로 돌아오는 뱃길엔 갈매기들의 애달픈 가락만 스치고 있다.

소연평 산은 칡산이요
연평산은 흠 산이로다.
나나나나 산이로구나
아니 놀고 뭘 할 소냐.

낟가리 봉에 엿 사다 붙인 거
슬슬 동풍에 다 녹아버리네.
나나나나 산이로구나
아니 놀고 뭘 할 소냐.

긴 각시 강변에 아가씨
나무 바람만 불어도 다 쓰러진다네.
나나나나 산이로구나
아니 놀고 뭘 할 소냐.
—연평도 난봉가—

제2부

가르치며 배우며 ─────────────

　　　"사랑이라는 이름의 폭력"

교사의 일기

오래전의 일이다. 정호네 가정은 그렇게 유복한 집안이 아니었다. 아니 유복이라는 말은 동에도 서에도 닿을 곳이 없는 집인지 모른다. 그런 정호가 우리 반이 된 것이다. 학기 초가 되면 학생들의 가정환경 조사서를 작성한다. 옛날에는 TV가 있느냐, 냉장고는 있느냐 뭐 이런 시시콜콜한 것을 다 물었던 기억이다. 지금은 그런 것이 없어졌지만 학부형의 교육 정도나 지원하고 싶은 대학이라든지 식구들의 직업 등을 적게 한다. 정호의 환경조사서는 그야말로 굉장했다. 자가용이 두 대에 전화도 각방에 하나씩 없는 게 없었다. 정호는 그렇게 썼다.

환경조사서를 펴놓고 첫 면담을 하는 날이었다. "야, 이거 다시 써." 머뭇거리고 섰는 정호의 머리를 한방 쥐어박자 "왜요?" 한다. "뺑치지마 임마. 이 동네에 이런 집이 어딨냐?" 했더니 대답이 가관이다. "선생님 이거 사실대로 썼더니 손해만 많던데요." "마! 뭔

손해. 사실대로 쓰는데 손해가 왜 나! 거짓말로 쓰면 이익이 있어?" "이익은 없을지 몰라도 손해는 안 볼 거 같아서요. 작년에 사실대로 썼더니 많은 불이익을 보았거든요." 했다. 반 애들이 자길 총무로 뽑았는데도 안 시켜줬다는 것이다. 영문을 알 수 없었지만 믿을 수밖에.

정호 어머니는 포장마차로 집안을 꾸려가고 계셨다. 형이 있었지만 무위도식하고 있었고 집안일을 돌보지 않았다. 아버지 얘기는 도통 하지 않는데, 알고 보니 운전사로 일하다 인사 사고를 내고 복역 중이었다. 이러다 보니 성격은 거칠어져 있었고 대학을 갈 생각은 거의 포기하고 있었던 것이다.

"너 대학교 안 갈 거야? 공부 안 할래?"

"붙어도 갈 수가 없어요. 엄만 제 등록금 못 대줄 거예요."

"야! 그렇다고 목적의식도 없이 그렇게 살 거야? 그래도 뭔가 해야 할 거 아냐. 임마! 장학생으로 가면 될 거 아냐."

정호는 예비고사에서 꽤 좋은 점수를 받았지만 그렇다고 일류 대학을 갈 정도는 아니었다. 그래도 원서는 한번 쓰고 싶다고 했다. 어처구니없게 녀석은 K대 경상계열을 쓰고는 배짱 지원이라고 웃고 섰다. 붙어도 갈 수도 없다는 녀석을 말릴 수가 없었다. 그런 그 녀석이 K대에 붙었다. 그 해엔 K대뿐만 아니라 많은 대학의 높은 과가 미달이 되었고 '배짱 지원한' 아이들이 붙는 이변이 속출했었다. 심한 눈치작전이 만들어낸 촌극이었다. 이렇게 되고 보니 어머니도 무척 마음이 바빠졌다. 여기저기서 돈을 빌려 어렵사리 등록을 하게 된 것이다.

그리고 두어 해가 지났을 때쯤의 어느 날, 훨씬 더 건장한 모습을 한 정호가 교무실에 들어서서는 내게 넙죽 큰절을 한다. 손에는 담배 한 보루를 들고. "야! 내가 여기 있는 줄 어떻게 알았냐? 잘 지내?" 나는 정호가 숨 쉴 사이도 없이 이것저것을 물었다. 그런데 녀석은 밑도 끝도 없이, "네. 이제 저 떳떳한 사람이 되었거든요." 한다.

언젠가 종례 시간에 내가 그런 얘기를 했더라는 거였다. "세상에 떳떳하지 못한 사람이 설 땅은 한 곳도 없다." 기실 나는 아이들한테 무슨 이야기를 해 주었었는지 잘 기억은 없다. 정호는 자신이 당당하지 못한 게 영 마음에 걸렸던 모양이었다. 하여튼 열심히 공부해서 장학생이 되었다고도 했다. 눈시울을 붉히며 그런 말을 하고 있는 녀석이 여간 대견스러운 게 아니었다.

"선생님, 저 정말 이제 당당해요. 당당하고 싶었던 게 얼마나 짐이었는지 아세요?"

우린 마주 보고 그렇게 웃고 울고 한참을 서 있었다.

사랑의 매라는 이름의 폭력

폭력, 폭력은 어떤 말로도 미화될 수 없는 것이다. 부모가 아이에 가하는 매 또한 폭력일 따름으로 그 어떤 의미를 붙일 수 없다. 내 아이 이전에 한 인격체에 대한 억압이며 가해이기 때문이다. 교사가 행하는 소위 사랑의 매도 마찬가지다. 물론 매를 댈수 있는 것은 성의이며 관심일 수 있다. 보다 잘 해보자는 수단의 한 가지일 수는 있다, 그러나 받아들이는 당사자가 원하지 않으면 그 의미는 이미 퇴색된 것이다.

오래전의 일이다, 나에게는 참으로 아픈 기억으로 남는 사건이다. 딱 한 해를 여학교에서 보낸 적이 있다. 이름까지 밝히기는 곤란하지만 천씨 성의 아이다. 내가 지금까지 보아온 그 어떤 여자아이보다 예쁜 얼굴의 소녀였다. 그러나 집중력이 없어서 수업시간에 그렇게 산만할 수가 없었다. 수업 시작 불과 5~6분밖에 지나지 않은 시간이었지만 대여섯 차례나 지적을 받은 상태였고

또다시 옆에 아이에게 장난을 걸다가 내게 걸린 것이다,

"나와!"

나는 불호령을 쳤고, 큰 잘못없다는 듯이 건들거리며 나오는 그 앨 보기 좋게 한 차례 올려붙이고 말았다. 아뿔사!

계집아이를, 그것도 급우들이 다 보는 데서 싸다귀를 때렸으니, 한마디로 큰일을 저지른 것이다. 60명이 넘던 한 반 아이들은 한 목소리로 '악!'하고 외마디를 질렀다. 아이들은 아이들대로 아연실색하고 나는 나대로 황당해 하며 섰었다. 불과 3~5초의 시간이 흘렀지만 그렇게 긴 침묵의 시간으로 느껴본 적이 없었다.

"반장!"

나는 애꿎은 반장을 불러 대야에 물을 떠 오게 시켰다, 대야를 교탁 위에 올려놓은 채 손을 닦았다. 더 이상 수업을 할 수가 없었다. 자습을 하도록 시키고는 고개를 숙이고 섰는 아이를 데리고 아치 형태로 가꾸어 놓은 장미 벤치 곁으로 갔다, 그때 내 생각은 아이를 조근조근 타이르고 달래보려는 심사였다.

"오늘 너는 너무 잘못한 것 같아."

내 말이 떨어지기가 무섭게 독사보다 더 무서운 눈으로 노려보고 섰던 아이는 앙칼지다 싶게 내뱉는다.

"네, 제가 잘못한 건 인정하는데요, 그래도 전 평생 선생님 원망할 거예요."

아무 할 말을 찾지 못하고 한참을 있었다. 그렇게 얼마의 시간

이 흐른 후 나는 차분하게 말했다.

"그래 많이 속상하지, 내가 왜 너희들 보는 앞에서 그것도 교탁에다 대야를 올려 놓고 손을 닦았는지 아니? 너도 오늘 참 잘못했다만, 너를 때린 선생님은 더 잘못한 거야. 선생님 손이 너무 창피해서 너희 보는 앞에서 닦은 거야. 알겠니? 이제 선생님 손은 더러운 손이 아니야. 미안하다."

나는 그 아이의 어깨를 다독거려 주었다. 그 아이는 그야말로 닭똥 같은 눈물을 뚝뚝 떨어뜨리며 울었다. 나는 지금까지 인간의 눈물이 그렇게 굵을 수 있다는 걸 이해하지 못한다. 지금도 눈을 감으면 그 아이의 울던 모습이 떠오른다. 내가 다른 학교로 전근을 계획하고 있을 때 그 아이는 달포나 "가시지 말라고" 울면서 나를 좇아 다녔다.

어제 어느 교사의 학생 폭력 사건이 또 터졌다. 아이들이 카메라 폰으로 찍어 동영상을 인터넷에 올렸단다. 경위야 어떻든 가슴 아픈 일이다, 서로에게 상처받지 않는 슬기로운 마무리가 있었으면 좋겠다.

장난과 작란

장난은 그야말로 목적 없이, 의도 없이, 실없이, 하는 행동을 뜻하는 말이다. 그러니 이는 치기가 배어있는 애들 같은 짓거리다. 물장난 말장난 손장난이 다 그것의 부류다. 사리분별없이 벌인 행동, 불장난은 어떤 것이 되었든 화를 부른다. 장난이 더러 병용되어 쓰이기도 한다. 쉽게 접근해 보려 했지만, 녹녹하지 않았을 때 '장난 아니네' 하고 못된 일을 꾸밀 때 '장난치냐'고 힐난하고, '장난질 말라'고 비하해서 부르기도 한다. 이 치기어린 장난을 어른이 되어서도 온전히 버리지 못하고 짓궂게 벌일 때도 있다.

평소 짓궂은 장난을 곧잘 벌이던 어느 교사의 일화 하나. 오래전이다. 중견교사 시절쯤이었을까. 시험 감독을 하고 있었던 시간이다. 마침 들어간 교실이 바로 화장실과 붙어 있는 반이었다. 유리창 너머로 보니 화장실 문이 반쯤 열렸다 닫혔다 두어 차례 반복된다. K교사는 화장실로 들어가려 하고 H교사는 화장실에서 나오다가 문 앞에서 맞닥뜨린 것이다. 몇 마디 주고받는가 싶었는데 서로 손을 잡고 놓아주질 않는다. 막역한 사이. 서로 곧잘 장난을 주고받던 사이였다. 본래 완력이 센 H교사가 K교사를 붙들고 벌이는 장난이 시작된 것이다. 도무지 놔줄 기색은 없지, 힘은 밀리지, 그렇다고 시험 시간에 소리를 칠 수도 없고 급한 쪽은 K교사였다. 얼굴이 발개지는가 싶더니 이내 까매져 보였다.

　얼마의 실랑이 끝에 겨우 볼 일을 해결하게 된 K교사가 한참만에 화장실에서 나오는데 폼이 영 구질구질해 보였다. 억지로 웃음보를 붙잡고 감독 시간이 지나길 기다려 "형님, 조금 지렸지" 했더니 속옷을 사다 입었다고 혀를 끌끌 찬다. H교사는 아무일 없었다는 듯 몰라라 한다. 지독한 장난질이었다.

　지금이야 학교 급식이 있어 구내식당에서 점심을 해결하지만, 그 옛날엔 도시락을 싸 오는 사람, 학교 옆 식당을 이용하는 사람, 더러는 시켜서 먹는 사람, 각양각색이었다. 그러니 교무실, 서무실 할 것 없이 한켠에 음식 그릇과 간장통 고춧가루통이 신문지가 덮인 채로 여기저기 널려있기가 일쑤였다. 서무실 이 주사는 재담도 있고 장난도 곧잘 치던 사람이었다. 조 선생은 그와 동갑내기 교사다. 그가 서무실에 일이 있어 들렀는데 마침 식사가 끝날 무렵이었던가 보다. 이 주사가 반색을 하며 손님이 오셨는데 드릴 건 없고, 차나 한잔하시라며 커피잔에 간장을 따라주었단다.

이 주사의 장난이 시작된 것이었다. 조 선생은 눈치를 못 챘던지 고마운 마음으로 냉큼 입을 들이대고 마셨다. 얼마나 짰을까만, 조 선생은 눈을 껌뻑껌뻑하는가 싶더니, 주저없이 들이마시고 입맛을 쩍 다시며 "잘 먹었소" 하는 것이 아닌가. 얼른 뱉고 쩔쩔매는 모습을 고소해하려던 장난이 그만, 무안스럽기도 하고 멋쩍고 미안해서 어쩔 줄 모르는데 "교무실 한 번 오시오. 내 좋은 차로 대접할 테니"하고 어기적어기적 걷는 조 선생이더란다. 복수극이 어떻게 끝났는지 궁금했다. 그후 한동안 교무실에서는 이 주사를 볼 수 없었다.

그저 실없이 목적이나 의도 없이 심심파적으로 벌이는 행동, 이게 장난이다. 약간 못되게 구는 치기 밴 행동들, 이것도 딱히 달갑다고야 할 수 없지만 악의가 아니고 제 이익 챙기고자 하는 의도나 목적이 개재된 것도 아니다. 격의 없는 이들끼리 벌이는 짓궂은 행동일 뿐이다. 그러니 장난이다. 유통기간이 다 지난 돼지고기를 수거해 소고기 조금 넣고, 색소 뿌리고 짓이겨 떡갈비로 둔갑시켜 돈을 벌겠다는 행위는 장난이 될 수 없다. 원산지를 속이는 것이나 건강을 책임져야 할 먹거리로 벌이는 상행위는 결코 장난이 아니다. 불순한 작난(作亂)일 뿐이다.

공사장에서

김삿갓이 유랑으로 살아간 운명과 같은 삶, 그 삶의 길에서 어느 시골 훈장과 나누었던 문답을 보면 글을 잘하는 것이 그래도 삶의 한 방편이 되었다는 생각이 든다. 시골 훈장은 찾을 멱(覓) 자를 운(韻)으로 문장을 만들기가 쉽지 않을거라고 인식하고 있었던 사람이었나 보다. 하룻밤 잠자리를 청하는 김삿갓에게 그저 글도 모르는 양반 거지인 줄 알고 자신이 낸 운자로 말을 받아 낼 수 있다면 요구에 응하겠다고 하였단다. 그러고 부르는 운이 멱이었다. 그것도 연달아 네 번이나 계속되었다.

김삿갓이 누구인가? 안동 김씨라는 명문가에 태어났으면서도 세상이 싫고 벼슬이 싫어서 커다란 삿갓으로 얼굴을 가리고 전국을 주유하는 방랑시인 아니던가. 김삿갓은 즉석에서 막힘없이 문장을 지어낸다.

멱(覓)! 許多韻字何呼覓(허다운자 하호멱):
허구 많은 운자 가운데 하필 멱자 운인가?
멱(覓)! 彼覓有難況此覓(피멱유난황차멱):
처음의 운자 멱도 어려웠는데 또 멱일 줄이야
또, 멱(覓)! 一夜宿寢懸於覓(일야숙침현어멱):
하룻밤 숙식이 오직 멱자에 달렸고나.
다시 멱(覓)! 山村訓長但知覓(산촌훈장단지멱):
시골 훈장 아는 운이라고는 멱자 하나 뿐이로고.

학창시절 백일장이 열렸다. 당시 주제는 '길'이었는데 그때 그
주제가 참으로 어렵다고 생각했던 기억이 남아 있다. 지금 생각
해도 무었을 썼는지 생각나는 게 없다. 나는 주어진 제목 '길'에
서 기껏 우리가 걷고 있던 신작로와 오솔길 뭐 이런 것밖에 더
이상의 연상되는 것도, 의미로 다가오는 바도 없었나 보다. 방법,
수단, 도리, 미래, 전망, 방향이나 과정 뭐 이런 것들로 상용될 수
있는 추상적인 의미를 떠올린다거나 인생을 상징하는 것으로 쓴
다거나 하는 융통성이나 기발한 문제가 없었던 것이다.
　한마디로 배경지식이 부족하고 궁구했던 것이 전무한 시절이
었다. 그러니 쓸 이야기가 있을 리 있었겠는가. 그냥 막연하기만
해서 중언부언 얼버무리고 말았던 일. 그 답답해했던 그날의 일
이 얼마나 가슴 아프고 창피했던지. 지금 돌이켜 보아도 슬픈 추

억이다. 글 짓는 재주가 없는 것이 너무 부끄러워서 이내 구겨버리고 말았다. 이제라도 또 누가 이 제목으로 글을 쓰게 한다면 힘들어서 끙끙대고 말 일이다. 김삿갓처럼 능란하게 막힘이 없이 문장을 지을 능력이 있었다면 폼 나게 써서 발표도 했으련만, 선생님의 칭찬도 한 번쯤 들었으련만. '길'은 나에게는 참으로 어려운 글감이었다. '길'은 이때부터 내 마음 속에서는 그렇게 자리하고 있었을 게다. 저 시골 훈장의 멱(覓)자의 운(韻)처럼.

여기저기 파헤쳐지고 뚫리는 길을 보면서 가끔 고소를 흘리고 있을 때가 있다. 그 옛날의 아픈 과거가 달갑지 않게 연상되어서다. 어떤 이는 길을 인간과 인간이 교통하는 사회의 척도로 보고 문명의 상징이라고도 한다. 이 길을 통해 부흥으로 닿고 세계로 향하고 있음을 언급하기도 하고 더 나아가 세계를 얻을 수 있는 통로라고 말하기도 한다. 틀린 말이 아니다. 휑하니 뚫어진 길을 질주하면서 인간 문명의 의미를 느끼는 것이 어디 한두 번의 경험이던가?

길을 내고 닦는 일이야말로 맹목적으로 순응하고 살아오던 우리네 삶에 대한 반성이자 도전이 아닌가? 지게차로 흙을 퍼 나르고, 돌을 붓고 다지고, 그 위에 타르를 쏟아 놓고는 또다시 다져서 평탄 작업을 한다. 그리고 여러 개의 선을 긋기도 해서 시각적 안정감을 만든다. 문명의 힘을 쏟아 넣고 마무리를 해 편리를 보태고 있는 것이다.

이것은 주어진 것에만 안주하지 않겠다는 우리 인간의 도전이다. 편리를 만들고 문화를 실어 나르겠다는 의지며 가치 부여다. 지나친 역동적 성향이 더러 무모한 면이 전혀 없는 것도 아니어서 재앙을 불러오기도 하지만, 혁명적 개조임은 분명하다. 눈이 아프도록 질주하는 거리가 만들어지고, 고개가 아프도록 치어다보아야 될 포도(鋪道)가 생겨난다. 거미줄같이 얽히고 설킨 길도 만들어지고 아슬아슬하던 산비탈도 해안변도 깎이고 떠받쳐져서 길로 변한다. 인간 편리와 욕심을 위한 억척이다. 그렇다고 탓할 일도 아니요 자연 파괴만도 아니다. 아름다운 도전이며 유연한 과시요 또 다른 창조다.

나는 실없이 집 앞을 나서서 새로 길을 내거나 다시 보수하는 지게차들의 분주한 모습을 보곤 한다. 신기할 것도 없고 재미있을 것도 없는 그 단순 작업을 멍하니 지켜보면서 한참씩이나 서 있곤 한다. 저들이 만들어내는 길을 경이의 눈으로 보고 있다. 일하는 이들이 귀찮아하는지 어떤지는 개의치 않고 그저 무심하게 뚫어질 듯이 바라보기도 한다. 아마도 나의 마음속에 내재 되어 있는 그 작은 창피스럽던 기억이 나를 그렇게 하게 하나 보다. 그러면서 오늘은 웬일인지 저들이 만들어내는 길을 보면서 나의 길을 열어보고 있는 것인지도 모른다. 그냥 우리가 오가는 길이 아닌, 나의 인생길을 반추하고 어떻게 살아왔는지, 어떻게 살아가야 할 길인지, 지금 내가 가고 있는 이 길이 제대로 닦여있는

지, 바른길을 가고는 있는 것인지, 미답의 그 길이 더 아름다웠을
는지 어떤지를 미련 따위는 배제하고 매만지면서 말이다.

훗날에 훗날에, 나는 어디에선가
한숨을 쉬며 이 이야기를 할 것입니다.
숲속에 두 갈래 길이 갈라져 있었다고
나는 사람이 적게 난 길을 택하였다고
그것으로 해서 모든 것이 달라졌다고.
—프로스트(Frost)의 '가지 않은 길'—

붉은 악마: 그날의 함성

함성은 모아 뱉는 힘찬 소리다. 그냥 뱉어버리는 고함이 아니라 우리의 염원이 담긴 간절한 외침이다. 거기엔 희망이 담기고 울분이 묻어있다. 아침이면 연병장에서 아직 여명이 채 밝기도 전에 고향을 향해 내지르는 장정들의 그 소리 속에도 간절한 어머니에 대한 그리움이 흔적 없이 담겨있는 것이다. 두고 온 연인에 대한 간절함이 쌓여 있기도 하고, 남들이 이해할 수 없는 울분도 있고 염원도 있다. 잊지 못할 가족에 대한 애착이 서려지기도 한다. 이것이 함성의 의미다.

여름 한나절 무덥게 짓누르던 시간이 가고 포장길은 아직 열기를 뿜어내는데 우리 젊은이들은 하나둘 광화문 네거리 광장으로 모아들고 있다. 빨갛다 못해 시뻘건 윗도리를 하나씩 걸치고 얼굴엔 페인트로 태극의 문양을 그리고 엇박자의 대한민국을 외치려고 모여들고 있다.

열차 시간을 기다리는 조그만 역사 안에서도, 찻집이나 선술집의 후미진 구석에도 너댓씩 또는 여남은씩 모여서 열기를 서서히 돋우고 있기를 주저하지 않던 우리다. 축구의 변방 아니 거의 불모지로 소외받던 아시아의 힘이 대한민국을 선봉으로 그 기세를 세계에 내보이기 시작했다. 그동안의 핍박 아닌 핍박을 한순간에 떨쳐내며 기를 모으고 한을 담아 한꺼번에 전 세계로 돌려보내려는 우리의 뜨거운 박동이 우리를 자연스럽게 광화문 네거리로 내몰아 길거리 응원을 펼치게 한다. 광안리 백사장에서도 대형 스크린을 마련하고, 수만 아니 수십만을 헤아릴 만큼 모였다. 한강 백사장을 비롯해 전국의 여러 곳에서 사람들이 나설 만한 곳이면 어디든 우리는 뜨거운 열기와 신명의 함성으로 그렇게 토해냈다.

그날의 모습은 지구촌 어디에서도 찾아볼 수 없던 일대 장관이었다. 아무리 좋은 의미를 지니고 모였다고 해도 많은 사람들이 모이고 난 뒤끝은 폭도로 변하고 응집된 힘의 발산이 왜곡되기 일쑤다. 군중심리는 바뀌어 본질을 잃고 파괴를 몰아오기도 한다.

우리의 젊은이들은 어떠했는가? 신명 나게 승리를 외치고 염원하는가 하면, 눈물로 환호하고 아낌없는 박수로 격려하지 않았는가. 꼭 이겨서만이 아니다. 이기기를 원했지만, 상대편에도 응원의 소리를 높여줬고 나누어 편들지 않았던가. 집회 뒤의 마무리는 훨씬 원숙해진 국민성을 보인 자랑스러운 것이었다. 어지럽혀졌던 자리를 말끔하게 치웠고, 질서는 그 어느 때보다 정연했다. 성숙한 우리의 모습이지 않았는가? 전 세계에 TV 매체를 통해 그대로 방영되었단다. 모두가 한 입으로 우리의 성숙한 모습에 칭찬을 아끼지 않았다고도 전해진다. 어떤 이들은 우리의 복장을 따라 입었는가 하면, 덩달아 신명이 나서 합세하기도 하고, 급기야는 응원하는 그 모습을 보기 위해 호텔 방을 얻기까지 했다니 외국인들의 눈에는 퍽이나 신기한 광경이고 놀라움이었을 게다.

하나로 모인 우리들 함성의 여운이 귓전에 아직도 쟁쟁하다. 이를 과거에 있었던 옛이야기로만 남게 해서는 안 된다. 오늘의 신화로 자리해야 한다. 함성에는 힘이 있고 젊음이 넘친다. 약동하는 기세가 덧붙고 야무진 우리의 미래를 약속하는 기약이 담긴다. 이제 낡은 세대들은 믿을 수가 없다. 그들의 쇳소리 나는 공약에 식상한 지 오래다. 비굴한 웃음이나 그 뒤에 숨겨진 밀약이거나 흐믈흐믈하고 능글찬 타협은 멀리해야 한다. 그들의 세대는 이제 먼 옛날의 구습으로 자리매김해 두고 선반 위에 놓아두자. 젊은이의 문화를 만들고 진취적 기상으로 희망찬 내일의 약동하는 새 문화를 건설할 때다.

비밀

  비밀은 곧잘 신비로 포장되는 말이다. 남에게 알려서는 안 되는 사실이 비밀이고, 아무도 알 수 없는 상태로 유지하려는 일이나 말이 비밀이다. 더러는 추해서 감추고 싶은 것이 비밀이고 더러는 부끄러워서 누구에게 알리고 싶지 않은 바가 비밀이다. 혼자만 알고 남에게는 보이고 싶지 않은 비밀을, 이건 비밀인데 하고 말해 버리면 이미 비밀이 아니다. 다만 가장 너와 가까우니 나만 알고 있는 사실 하나쯤 네게 알려주겠다는 선심이고 배려임을 드러내 보인 것에 지나지 않는다.

  우리는 참 얄궂은 버릇이 있다. 남의 비밀은 알고 싶고 들여다보고 싶어 한다. 비밀스럽다고 하면 한 번 더 눈을 주는 것도 그렇다. 그러나 알아서는 안 되는 것이 있다. 남편의 비밀을 알아서는 안 된다. 아내의 비밀은 알려고 해서도 안 된다. 알고 나면 시끄러워지기 십상이기 때문이다. 시끄러워지는 것만으로 끝나면 그래도 괜찮다. 그 이상이 되기 쉽다.

비밀은 어감부터 간절함과 애틋함이 묻어 있다. 왠지 지켜달라는 하소연의 눈빛이 있고 입술 달싹거리는 근질근질함이 있다. 첫 자음부터 순음으로 시작하는 것도 입술과 무관하지 않아서인지 모를 일이다. 그러면서도 근엄함을 포함한다. 항상 두어 개쯤의 빨간 줄이 그어져서 경각심을 불러일으킬 것 같고 엄정하게 포장되어 감추어져 숨어있는 주머니다.

내게도 입 한 번 벙긋해 보지 못한 비밀이 있다. 중학교 시절이었나 보다. 총체적 빈곤에 있었을 때였을 게다. 몇몇 아이들을 빼고는 용돈이라는 게 없던 시절이다. 난 그래도 나은 편이었을 텐데, 용돈만으로는 모자라서였겠지만 난 수업료를 써버리고 말았다. 그 당시 참으로 유행했던 게 펜팔이라는 문화였는데, 그 친구가 생기고 나서 맘의 씀씀이가 나태해졌는가 보다. 조금 부서진 납부금의 일부가 점차 구멍이 커졌고, 아예 서무과에 내는 것을 포기하기에 이르고 말았다. 배짱도 점점 커졌는가. 제법 극장도 몰래 가곤 했다. -앤 마그렛 주연의 '멋있게 살아라.' '멋대로 놀아라.'였든가? 당시 내 생활은 그야말로 내 멋대로 산 삶 그 자체였다.

이 사실이 언제까지 숨겨질 수 있겠는가. 담임선생님께서 가정방문을 하셨다. 평상시 수업료를 미납해야 할 정도가 아닌 녀석이 웬일인가 싶으셨을 게다. 그 사실을 아이들에게 전해 듣고 나는 집에 도저히 들어갈 수가 없었다. '이제 죽음이다'는 생각만온 통 머릿속을 채우고 있었다. 해가 져 땅거미가 발잔등을 덮어도 집을 향할 수가 없었다. 기껏 갈 수 있는 곳은 공설운동장이었다. 거기에는 빙 둘러 미류나무가 심겨 있었고 언제나 소들이 매여 있었다. 선뜩이 뚝방으로 막고 있어서 남의 눈에 쉽게 띄질 않았다. 어쩌면 이건 내 방식의 바람 같은 것으로 부모님께 들키지 않을 거라고 그냥 그렇게 믿었다. 그러면서 운동장을 배회하고 있었다. 사실은 빨리 들켜서 부모님 앞에 잡혀가야 한다고 동시에 생각하고 있었는지도 모른다.

나의 구구한 변명을 모두 믿으신 것은 아니셨겠지만 부모님은 두 마디로 나무라지는 않으셨다. 다만 어머님의 큰 한숨을 그 이후 더는 본 적이 없다. 내게 너무 실망하셨을 부모님을 생각하면 지금도 죄스러운 일이었다. 당시 아버님은 서울시청에 다니셨다. 일주일에 한 번씩 내려오셔서 들일이며 집안일을 챙기셨지만, 힘들어하셨다거나 불평을 토로하시는 것을 한번도 들은 적도 본 적도 없다. 항상 근면하셨고 언제나 우리에게 모범이셨다. 아버님의 사랑은 내게 각별했다. 모든 자식들이 다 '내게는 그랬다'고 믿겠지만 나도 예외는 아니다. 한 번도 형제들 앞에서 야단을 치신 적이 없다. 일요일이었다. 두근거리는 가슴으로 아버님 앞에서 머리를 못 들고 있었다. 분명 아버님은 어제의 일을 모두 어머님께 말씀 들었을 게 분명하다. 장화를 꺼내 신으시고 삽을 둘러메신

아버님은 틀림없는 농군의 복장이셨다. 아버님은 물꼬를 보러 들에 가자시며 부르셨다. 들길을 걸으면서 참으로 많은 말씀을 들었다. 그 많은 말씀 중 한 마디의 욕설이나 꾸지람도 하지 않으시는 아버지. 이유조차도 묻지 않으시는 아버지셨다. 당신의 경험만 말씀하셨다.

나는 그때 '아버지의 역할'을 배웠던 거다. 아버지는 나의 약점을 한 번도 후벼 파낸 적이 없으셨다. 모두 덮어 주셨다. 내가 최선이라 여겨 한 일들이 어떻게 어리석고 미흡한 행동이었는지를 넌지시 가르치신 것이었다. 생각이 모자라고 미흡함은 바로 잡으면 된다고도 하셨다. 지금도 귀에 쟁쟁한 아버님의 말씀이다. 치부를 드러내 보이지 않도록 조심스럽게 묻어주신 부모님과 나와의 그 비밀스런 말씀들이 오늘도 내게는 더 고귀한 선물처럼 느껴진다.

내기바둑

 승부욕이 강한 성격이어서일까? 나는 내기를 꽤 좋아하는 편이다. 그렇다고 내가 노름 성향이 강한 무슨 '꾼'은 아니고, 조그마한 상품이라도 걸리지 않으면 좀 밋밋하니까 재미를 돋우기 위한 정도로 내기를 잘 거는 거다.

 아주 오래전 여름방학을 며칠 앞둔 어느 날이었다. 인문계 고등학교에서는 가장 골치 아픈 시기가 이때다. 방학이니 말 그대로 아이들에게 자기 관리를 스스로 맡기면 될 텐데, 보충수업 자율학습을 계획하고 아이들을 다시 불러내 수업을 해대니 학생들은 방학이 오히려 지겨울 수도 있다. 국어 영어 수학 과학 사회로 연이어지는 시간표, 말이 좋아 자율이지 반강제성이 없으면 제대로 운영이 되지 않는 것도 현실. 학생들은 갖은 핑계로 자율학습에서 빠져나가려 하고, 보충수업도 받지 않으려는 꼼수를 찾는 것이요, 담임들은 담임들대로 온갖 방법을 동원하여 참여를 독

려해야 한다. 전쟁이 따로 없다.

학부모들이 지레 겁을 먹어서 그렇지, 학급에서 상위권의 애들은 나름의 계획을 따라 스스로 하게 해도 무방할 텐데, 어느 면은 외려 나을 수도 있으련만, 보험을 드는 부모들의 심정이랄까? 획일적 수업을 선호하고 참여시키려 하는 것이다. 욕심과 필요성이 부합되어서였을 것이다. 자율이란 너울을 쓰고 거의 강제적인 신청서가 만들어지고 서명을 받아 수업을 연장하는 것이 거의 통례화되고 만 전형적인 방학의 모습이었다.

'상*'이는 반에서 줄곧 일등이었다. 전교에서도 몇 차례나 첫자리에 올랐던 거의 상징적인 녀석이 불쑥 나서서 보충수업을 안 하면 안 되냐고 묻는다. 담임으로서는 참 곤란한 노릇이다. 녀석이야 제 주관이 뚜렷하니 획일적 상형화된 수업보다 제게 필요한 것을 찾아 하는 것이 옳겠다 싶지만, 이런 녀석들이 빠져나가는 것을 막지 못하면 뒷감당이 안 된다. 그야말로 도미노 현상이 일어나고 만다. 너도나도 빠지겠다고 하면 다른 반과 보조를 맞출 수가 없거니와 형평성 유지가 어렵다. 주로 건강 문제가 주종이지만, 특수한 경우 외에는 허락을 용인하지 않는 것이 담임들의 묵계다.

고민 끝에 나름의 수를 만들었다. 선생님과 내기해서 이긴 사람은 허락하겠다는 조건을 걸었다. 그게 바둑이었다. 말이 내기지 내 나름의 몰아붙이기였다. 고등학생들로 바둑을 그렇게 잘

둘 수 있는 녀석이 없을 거라는 확신을 갖고 있었으니까. 불 보듯 뻔한 승부를 만들어 놓고 아이들한테는 선심이라도 쓰는 듯 해놓고 내심 까불지 말라. 하는 것이었는데, 상*이 녀석이 "정말이요?" 하며 정면 승부를 걸어오는 것이었다. 형제들과 자주 즐겨왔단다. 부모님께 배워 기력도 상당한 수준이었다. 쟁그럽다는 듯이 실실거리며 대국 날짜를 정하잔다. '우리 선생님 된통 걸렸다.' 싶었는지 응원 부대 녀석들이 생겨났고 박수를 치고 야단들이다. 며칠 뒤 서너 명을 데리고 집으로 찾아왔다. 몇 급을 두냐고 물으니, 잘 모르겠다면서도 자신감이 넘쳐 보였다. 무조건 두 점을 선점시키고 나를 이기면 네 뜻대로 해주마고 내기바둑을 시작했다. 사실 두 점을 선점시킨 건 나의 과시도 되겠으나 녀석에게 기회를 주고 싶어서였다.

거의 다 두어 갈 즈음, 집을 가늠해 보니, 내가 여남은 집 가량 부족한 형세였다. 녀석의 어깨에 은근히 힘이 들어가 있음을 보는데, 방심을 한 것인지, 수를 못 보고 있는 것인지, 미생의 돌을 방치한 채 손을 빼고 다른 곳에 두고 있다. 내가 치선을 하면 파호가 되어 승패 불명의 상황이었다. 얼토당토않은 곳에 놓은 돌을 들어 다시 두게 하고 헤아려 보니 내가 몇 집을 졌다.

저녁을 같이 먹으면서 녀석에겐 허락의 보상을 줬다. "상*아, 내가 보기엔, 인간 삶이 바둑과 흡사한 것 같다. 잘될 때도 있고 안될 때도 있고, 수가 잘 보일 때도 있고 안 보일 때도 있고, 자신감은 좋은데, 자만은 안 되는 거고, 내가 선택한 것이 최선인 것 같지만 그렇지 못할 때도 있는 거 알지?"

최선의 수를 찾는 재미가 있어서 나는 바둑을 즐긴다. 어느 수가 최선일지는 알 수 없고 인생길에 과연 최선이 어떤 것인지 확인할 수 없어 자꾸 씁쓸해지곤 하지만, 내가 선택한 길이 최선의 길이었고 최선의 수일 것임을 믿고 가고자 하는 것이다. '상*이'는 스스로 보상을 포기하고 열심히 보충수업에 참여했다.

광교산 가는 길

어느 산이라 전설이 없고 얽힌 이야기가 없을까. 어디라 기암괴석이 한두 개쯤 없을 것이며 크고 작은 담수와 계곡이 없을까보냐? 나란히 버티고 선 형상의 봉우리라면 흔한 이름의 형제봉일 터요, 갈증을 풀어 줄 물이 나오고 식수가 될 만한 물터라면 검증을 거쳐 약수라 명명되기 마련 아닌가? 광교산에도 형제봉이 있고, 백년 수, 천년 수 등등 약수터가 있고, 작은 소(沼)가 두어 곳, 간수와 계류를 모아 시민들의 식수원으로 삼았던 저수지가 산자락 곁에 큼직이 붙어있다.

오를 때마다 갖는 생각이지만, 뭐니 뭐니 해도 시루봉만이 특이하게 느껴지곤 했다. 왜 하필 시루봉이 되었을까? 쉽게 봉우리 모양이 떡시루 올려놓은 듯한 형상에서 유래되었을 터이니 근거나 단서가 따로 있을 리 없다. 다만 광교산은 베풀어 품는 산임을 본다. 멀리 산꼭대기에서 환히 내리비치는 빛이 있어 가르침으로 일렀다는 이야기가 전해지지만, 광교(光敎)의 교에는 가르침과 더불어 베풂의 의미도 있는 것이니, 빛을 베푼 것이며 그렇게 빛으로 길을 보이고 있는 것은 아닐까?

여남은 명이 동행하여 오르는 길이다. 발 길이 덜 닿은 길을 찾고자 비틀고, 변화를 꾀하며 오르고자 하지만 중턱에 채 이르기도 전에 벌써 앞선 이의 발자국을 따르고 있을 뿐이다. 간밤에 내린 빗줄기가 촉촉이도 적셨던가 보다, 길이 폭신하기 이를 데 없다. 바람 끝으로 냉기가 배어는 있지만 봄내를 달고 있음을 느끼겠다며 한 모롱이 돌아 들어가는 순간 동공의 크기가 화등잔만큼 커지며 와! 감탄사를 토한다. 시루봉이 시야로 들어오는데 온통 흰빛이다. 누가 떡시루를 엎지르기라도 했단 말인가? 시루봉 정상이 허옇게 눈으로 덮여 있는 것을 보고 우리는 너 나 할 것 없이 탄성을 질렀다. 간밤 기온의 차가 심했던가 보다. 올 핸참으로 눈(雪)이 적다 싶었는데, 겨울의 끝자락에 이렇게 눈(眼)호사를 할 수 있게 해 주니. 역시 베풂의 산의 그 실체를 다시 만나는가 보다.

모두 말 수가 줄어들었다. 한 걸음 한 걸음 서두르는 발길은 모두 백설을 딛고 싶은 충동이 앞서서일까? 어느새 한남정맥의 한가운데 줄기, 땅과 하늘이 맞닿은 광교 능선, 그 마루금을 우리는 딛고 있다. 코앞엔 눈 장식으로 새 단장을 한 새색시 같은 시루봉의 다른 모습이 삽상해 보이기가 이를 데 없다. 어쭙잖게 수수께끼를 그야말로 썰렁하게 내뱉는다. '세상에서 가장 아름다운 꽃이 뭐 게요?' '설화.' 동시다발적으로 외치듯 답을 한다. 뻔한 물음에 너무도 명료한 답이었을라!

3월에 만난 설경의 산이 형언할 수 없이 아름답기도 하거니와 나뭇가지에 얹혀있던 잔설이 분분히 날린다. 눈꽃덩이가 바람결에 후둑후둑 떨어진다. 이 모습에 마음을 빼앗기고 있었다. 엉겨붙었던 것인지, 얼어붙어있던 것인지 얼음꼬치 모양으로 매달려 햇살에 빛나는 모습도 아름답거니와 떨어져 눈 위를 구르는 것도 마냥 곱다. 시루봉을 돌아내려 오는 내내 뇌리 속으론 설화를 앉혀놓고 이 꽃 저 꽃을 심중으로 끌어들여 견주며 나만의 품평회를 즐기며 내려온다. 길에 온 마음을 빼앗긴다. 지루함이 있을 리 없다.

광교산은 결코 신비로운 산이 아니다. 성역이 될 만한 내력을 지닌 산도 아니요, 영산은 더더욱 아니다. 고작 동네 야산 정도라는 소리를 들을 정도를 면할만한 높이를 가진 것이 다행이라면 다행인 그저 그런 산일뿐이다. 멀리서 바라보면 삐죽이 부대 탑이 보이고 이리저리 산기슭 마을 닿는 곳이면 어디서라도 오를 수 있게 길이 나 있는 평범하기 이를 데 없는 산. 그러니 산악인들이 즐겨 찾는 산도 아니요, 요염한 경치를 즐기려는 사람들이 찾는 그런 산도 못 된다. 마음을 쉬고 싶은 동네 사람들이 찾는 산이며, 위로받고 싶은 이가 찾는 산이다. 건강을 되찾고 싶어서 걷는 이들이 오르는 산이며, 지키고자 하는 사람들이 찾는 산이다. 남녀노소, 애 어른을 가리지 않는다. 누구든 품어 반기고 보내는 산이 광교산임을 다시 본다. 작은 행복을 가슴에 담는다.

신안군 노둣길을 걸으며

　전라남도 신안군에는 다섯 개 작은 섬 즉, 대기점도, 소기점도, 소악도, 진섬, 딴섬이 있는데, 이 섬들의 노둣길 12km를 잇대어 섬티아고 순례길이라 명명하고, 열두 사도의 집을 세워 순례자들에게 명상의 길로 제공하고 있다. 특정 종교에 편향된 관심 아닌가 의문을 제기하는 이가 없지 않을 터지만, 지역 발전 내지는 변화를 꾀하려는 작은 섬 마을의 시도라는 점에서 부정적 시각만을 갖고 볼 이유는 없지 않을까.

　목포 역에 도착한 시각은 열한 시, ITX와 KTX를 바꿔 타며 숨가쁘게 신새벽을 달렸더니 가평에서 예까지 오전에 닿은 것이다. 감격해 할 겨를도 없이 송공항으로 향했으나, 아뿔사 여객선은 저만치 미끄러지고 있다. 동절기라 30분씩 출항 시간이 앞당겨졌단다. 어쩔꼬, 몇 시간을 기다려 다음 배를 탈 밖에. 다도해 앞바닷가를 서성이며 멀리 천사대교를 본다. 가야할 섬을 다트 놀이하듯 눈으로 찍어 보는데 불시에 불안감이 든다. 선착장에는 달랑 우리 내외 둘 뿐이다. 승선할 객이 적어 출항이 취소라도 되면 어쩔까 싶어진다.

대기점도 선착장에 도착하니 아담하게 지어진 돔 형식의 등대 역할을 할 법한 건물을 만난다. 베드로의 집이다. 내부에는 엉겅퀴와 양귀비가 곱게 그려져 있고 두 개의 촛대가 놓여 있다. 건물 옆 작은 키의 종탑이 또 서 있다. 허리를 굽혀야 종을 칠 수 있다. 몸과 맘을 낮추고 겸손한 마음으로 순례길을 맞으라는 가르침였을까 보다.

아! 주님을 세 번씩이나 부정한 베드로. 그 죄가 부끄러워 참회하며 주님처럼 십자가에 매달릴 수도 없다고 거꾸로 매달라고 했던 그 말이 섬광처럼 가슴에 꽂히고 있을 즈음 반갑게 인사를 건네는 서글서글한 아낙이 가까이 다가온다. 우리가 묵기로 한 집 주인 여자다. 한눈에 보아도 생활력이 강해 보인다. 거두절미하고 당신 집 앞에 두 번째 안드레아의 집이 있으니, 네 번째 요한의 집을 보고 세 번째 야고보의 집을 거쳐 숙소 앞 안드레아의 집을 보러 가면 된단다. 그리고 다음 날 아침 소기점도로 이어지는 노둣길 앞에 지은 다섯 번째 필립의 집을 보면, 다음 섬으로 이어지게 된다고 설명에 거침이 없다. 그동안 많은 이들을 안내했기에 생긴 이력이려니 싶다. 마음 속에서는 나름 분심이 인다. 순서대로 두 번째 세 번째 네 번째 차례대로 걸으면 될 것을 당신 편한대로 순서를 바꿔어놓는 것이 불편하게 들리는 것이었다. 나중에 섬 지도를 펼쳐놓고 위치를 점검해 보곤 가장 동선이 짧은 길이었음을 알았다.

그네가 안내한 대로 네 번째 요한의 집을 가니 벽면엔 이름 모를 꽃들이 그려져 있고, 벽면 틈새로 맨드라미가 꽃밭을 이루고 있는 정경이 보인다. 장수로 살아있는 순교자의 길을 갈 것을 아셨던 때문일까? 사랑이 많은 사람이라 여기셨던 것일까? "보라! 네 어머니시다. 네 어머니로 모셔다오." 예수님이 어머니 마리아를 요한에게 부탁하는 장면이 겹쳐진다. 원통형의 이렇다할 특색이 없는 벽돌집을 둘러보고, 세 번째 야고보의 집을 향하면서 우린 숙박집 아낙을 먼저 보내고 살살 황혼녘으로 가는 섬 마을을 호젓이 걸었다. 참으로 오랜만에 맛보는 도보다. 여기저기의 둘레길, 해안가, 강가, 천변이 꽝꽝 얼어 붙은 얼음길, 노둣길, 들병이들이 걷던 길, 바리바리 등짐지고 보부상들이 걷던 길, 이름도 아름다웠던 금강 소나무길, 냄새 배인 소똥령 길 등등, 참 많이도 따라 걸었었는데, 한참 만에 맛보는 길맛이다, 그래 우리를 한 발 내딛게 하는 것은 언제나 호기심이었음을 새삼 가슴으로 만지고 있는 것이다.

야고보의 집은 오두막집을 연상하게 지어져 주변과 조화를 이루고 있다. 신라 신종의 비천상(飛天像) 모습의 내부 부조도 낯설지 않고, 뒷면의 음각 십자가가 또 묘한 맛을 준다. 순교의 순간까지 복음을 전한 야고보의 모습이 서린듯한 곳을 나서, 살살 검은 빛으로 번져지는 바닷가를 돌아보며 숙소를 향한다. 눈에 다시 들어오는 것은 맨드라미 꽃밭과 안드레아의 집 지붕에 천연덕스레 앉아 있는 고양이 두 마리. 내 안에서는 연신 안드레의 X자형의 십자가를 찾고자 하는데 보이지 않고 소금내 배인 바닷바람만 소나무를 스쳐 온다. 바다 건너편으로는 병풍처럼 널브러진 섬이 보인다. 병풍도다. 물이 나가면 노둣길이 생겨나 걸어서도 건널 수 있다고 알려준다.

신새벽부터 댓바람을 가르고 몇 번이나 열차를 갈아타고, 뱃시간을 맞추려 뛰고 걷고 버스로 이동하고, 다시 배로 한 시간씩이나 움직였으면 지칠만도 하건만, 아직도 끄떡없는 나 자신이 신기했다. 날이 새기는 한참 멀었는데 눈이 떠진 것은 설은 잠자리 때문일까? 희미한 하늘을 올려보며 바닷가를 걸으니 흐릿하게 노둣길이 눈에 들어온다. 얼마를 걸으면 건너 볼 수 있을까싶어 잔뜩 호기심이 발동했지만, 마음뿐 아쉬움 곁에 놓아둔다. 갑자기 쏟아지는 빗줄기가 제법 굵었다. 가을 가뭄이 심해서 제한급수 중인 섬사람들에게는 다행한 일이겠지만, 오늘 내게는 달갑기보다는 걱정으로 다가오는 것을 보니 우리 인간이 얼마나 이기적인 동물인 줄 알겠다.

아침을 먹으면서도 마련이 많고 어쩌나 싶었는데 다시 조용해진다. 내친걸음이니 어쩔거나. 오면 맞고 멈춰지면 걸으리라 맘을 먹고 변덕 심한 하늘을 쳐다보며 서둘러 다섯째 코스 필립의 집으로 향한다. 나무배 형상을 한 실내 구조에 물고기 비늘 모양의 지붕을 한 집. 물고기 한 마리가 솟대처럼 얹혀있다. "주여 아버지를 우리에게 보여주소서 그러면 좋겠나이다." 필립이 달고 살았을 기도의 말씀을 따라 되뇌인다.

마음이 바빠서였을까? 가슴에 닿는 감흥도 어떤 생각도 정리하지 못한 채, 바르톨로메오의 집을 향해 노둣길을 건넌다. 여기부터는 소기점도다. 호수 한가운데 유리인지 아크릴인지 모를 재료로 새의 형상같기도 하고 알파벳 a자 형태로 지은 집이 덩그러니 떠있다. 보는 위치에 따라 집의 빛깔이 달리 보이는 집. 작은 호수 주변에는 다부숙 갈대가 바람을 타고 있는데, 문득 박제상의 설화가 떠오르고 바르톨로메오 사도의 순교가 겹쳐진다. 계림의 개돼지가 될지언정 왜왕의 작록은 받지 않겠다고 절의를 지키다 가죽이 벗겨지는 형벌을 받으며 산화한 설화의 주인공 박제상. 그리고 가죽이 벗겨지는 형국으로 순교한 사도의 아픔이 시공을 넘어 내 뇌리속에 자리한다.

편하지 않은 마음을 추스르며 일곱 번째 사도 토마스의 집으로 발길을 향했다. "어디로 가시는 줄 알아야 따라갈 수 있지 않겠냐"고 끊임없이 의구심을 보였던 토마스의 집은 다문 다문 화병에 꽃 꽂아 놓은 듯한 섬들이 내려다보이는 언덕 위에 단아하게 서 있다. 벽면엔 부조 형식의 오병이어(五甁二魚)의 그림이 또 확연하다.

여덟 번째 마태오의 집은 소기점도에서 소악도로 건너가는 노
둣길 중간에 세워져있다. 지붕은 흡사 타지마할 궁전의 그것과
유사하다. 양파를 올려놓은 것 같다고 해야 할지. 하여튼 연일 바
닷물에 잠겼다 나오기를 반복하는 계단 층계는 화려한 황금 문
양의 장식이다. 부자 세리를 표현한 것일까? 멸시의 대상을 도드
라지게 하기 위한 복선이었을까?

"나는 의인보다 죄인을 부르러 왔다"고 하신 말씀이 환청으로
들리는 것 같음을 느끼며 작은 야고보의 집을 향해 걸었다. 바닷
바람이 시원하다. 파도와 물고기를 상징한 창틀과 어느 고택에서
가져와 세운 기둥, 그리고 나무 마루를 깔고 어부들의 안전을 기
원하는 기도소로 형상화한 집이다. 어떻게 순교한지도 헷갈리는
사도의 기도 속에는 어떤 기원이 들어있을까를 묻고 있는가? 들
리는 것은 건넛 섬 공사장의 기계음 뿐. 마냥 허허로움은 왤까.

진섬과 소악도를 잇는 노둣길 좌측 끝에 있는 다태오의 집은
네 개의 삐죽한 지붕을 하고 있고 아기 천사들이 창들에 얹혀있
다. "왜 당신은 다른 사람에게는 나타내지 않으시냐?"고 안타까
워하는 다태오의 목소리를 남긴 채 다다른 시몬의 집은 개선문
과 흡사한 형상에 조개껍질 모양의 부조가 붙은 벽면이다. 휑히
뚫린 사이로 바다를 응시하니, "너희들은 서로 사랑하라! 그러면
사람들이 너희가 내 제자인 줄 알리라." 하신 말씀이 바람결에

와 닿는다. 한참을 바닷 바람에 몸을 맡기다. 이제 여정도 거의 끝나가고 있음이다.

조릿대 숲길을 지나고 백사장 노둣길을 건너 당도한 딴섬 한켠에 유다의 집이 세워져 있다. 이제까지 보아온 어떤 사도들의 집보다 더 교회다운 모습을 갖고 있음에 어리둥절해진다. 다만 종탑이 꼬이듯 휘어지고 삐딱하다. 앞뒤 벽면이 울퉁불퉁 튀어나온 듯함은 지은이의 어떤 의도적인 비유가 있었을까. 몇 년을 예수님과 함께 했으면서도 예수님을 닮지 못한 사람. 회계관리를 맡을 만큼 신뢰를 받았면서도 물욕에 지배를 더 받은 사람. "너희들 가운데 하나는 악마다."고 하시면서도 곁에 두신 뜻은 또 뭐란 말인가? 나도 모르게 종탑의 종을 치고 또 쳤다. 엷은 바람결로 흩어지는 소리를 만지고 또 살핀다. 가슴이 후련해지기보다는 가슴으로 가슴으로 흐르는 눈물이 뜨거워짐은 왜일까.

역사탐방 길을 따라서: 낙산사 선림원

    수원 문화원에서 실시하고 있는 인문학 역사 탐방에 동참 동행하게 된 것은 우연이었다. 역사에 대해 특별히 관심을 가졌던 것도 아니요, 취미가 남다르게 많았다거나 지적 호기심이 큰 것도 아니었다. 심심파적 소일거리로 택한 도보 여행에서 만난 길벗의 권유다. 솔직히 말해 우리 선조님네의 숨결을 느껴보네 어쩌네 하지만, 아니다. 혼자 갈 수 없으니 얹혀 따라다니는 것이요, 제 건강 챙겨 보려는 마음으로 따라다니며 둘레길이네, 옛길이네 찾고 걷는 것일 뿐이다.

    그러다 보니 더러 재미도 생기고 건강에 도움이 되는 것도 같다. 새로운 벗님네들도 만들어지고 고상한 취미로 치장도 되니 일거양득 그 이상 아닌가. 그 맛에 빠져 이 골 저 골을 찾아 걸으며 더러는 한의 숨결을 시공을 거슬러 맡아도 보고, 인고의 땀내로 젖은 이야기며 쓰리도록 시린 과거사를 듣고 본다. 그뿐인가,

아직도 허기로 남을, 잃고 빼앗긴 설움의 사연을 만나기도 한다. 아파서 더 보듬게 되는 우리 삶의 이야기가 지겹도록 서럽고 서러워, 설운 삶으로 승화된 잔재를 또 보고 만진다.

어떤 의미에서였을까? 호기심과 반가움이 어우러진 것? 복합적이었을까 보다. 주저없이 참가 신청을 하고 받아 든 것은 대기 순번이다. 몇 날을 학수고대하며 기다렸나 보다. 연락이 없어 거의 포기하고 있을 무렵 불참자가 생겨 갈 수 있음을 연락받으니 마치 원적 길을 앞둔 어린애 같았달까? 늦을세라 서두른 발걸음이다. 기대 만만한 마음으로 차에 오르다. 벌써 많은 이들이 먼저 와 앉아 있다. 더러 수인사를 하고 전날 그때를 화제로 이야기하는 품새들이 관록자들임을 직감한다. 오늘은 자기와 대화해 보라는 진행자의 은근한 권유의 말씨가 부드럽고 곱지만 기실 다른 이들에게 방해되지 않게 조용히 탐방에 임하자는 말 아닌가.

오늘 찾아가는 곳은 낙산사와 선림원 터, 그리고 진전사 터다. 우리의 많은 사적지들은 거개 사찰들과 연계되어 있다. 오늘 우리가 찾는 곳도 다름 아니다. 낙산사는 수도 없이 다녀온 곳이었지만 그저 관광의 의미였지 사실을 알아보고자 갔던 것은 아니었으니 쉽게 지나쳐 온 것이다. 묵직한 해설사의 설명에 귀를 기울이며 기대로 듣건만 쉽게 가슴에 닿는 것이 아님은 무지의 소치일라.

세 시간 이상 달려 당도한 곳이 낙산사. 의상 대사가 창건한 낙

　　　　안중걸 산문집

산사는 관음보살이 거주했다는 보타낙가산에서 유래한 이름이라니 이 절이 관음 사찰임을 알게 한다는 설명이다. 그저 고두(叩頭)하며 들을 뿐이나, 기실 낙산사만큼 세월의 풍파에 시달린 사찰이 있었을까하는 마음으로 다시 보니 애처로운 형상으로 비쳐 온다. 몽고의 침입에 폐허가 되었고, 세조 때 중건되었지만, 임란과 병자호란에 다시 허물어지고만 아픈 역사를 간직한 절이다. 한국 동란에도 온전할 수 없었으니 파란의 흔적을 고스란히 안고 있다. 시련은 더 이어져 2005년 산불로 전신을 태우고 말았고 아직도 상흔이 채 가시지 않은 듯하다.

녹아내린 동종을 복원하여 걸어 놓은 것을 보며, 덩 덩 그 아픈 소리를 가슴으로 듣고 선 자리, 地獄衆生 離苦得樂(지옥중생 이고득락: 지옥에 빠진 중생들, 너희도 고통을 벗어나 낙원으로 오르라)의 의미만 절절히 흐르는 듯싶다. 동양종과 서양종의 특성을 설명하며 한국 종을 알려주는 해설사의 육음이 슬프게 비껴가고 있음을 보다. 기와와 흙을 번갈아 다져 넣고 동그랗게 화강석인지 나무토막인지 끼워 넣어 쌓은 별꽃 무늬의 낙산사 담장에는 질박한 우리의 멋이 간직되고 있음을 보게 되고 소박한 우리의 정서 정감을 만지게 한다. 수 없이 덧보태는 설명을 듣는다. 그것만으로도 오늘 여정의 의미가 충분함으로 와 닿는다.

홍예문을 먼저 지났던가? 동해 관음보살상을 먼저 보았던가? 보이지 않는 위압에서 겨우 빠져 스치듯 건너 닿은 곳이 어디인지 섞여 도는데, 연신 와 닿는 파도 소리만 귓전에 여운으로 있을 뿐인데, 의상과 원효를 견준 해설사의 이야기가 자꾸 귓전에 남는 것은 왜일까? 국 맛을 아는데 한 솥의 국을 다 먹어 볼 이유가 없다는 말에서 생각은 또 이어진다. 한 솥의 국은 원효의 많은 저술을 지칭한 것일 것 같은데, 한 국자의 국은 그럼 의상의 화엄 일승법계도를 지칭하는 것인가? 그것이 그렇게 깊고 오묘한 수준의 것이고 의상을 높일 반열의 것이란 말인가? 진리의 세계에 대한 압축이고 수행을 완성한 것인가? 삼라만상을 이롭게 할 만한 지경의 것이란 말인가? 우리네 보통 사람이 알아듣기에 참으로 현학적인 설명이다.

그리고 보태지는 내 보잘 것 없는 짧은 생각. 만약 원효가 의상처럼 유학의 길을 끝까지 마칠 수 있었다면 어떠했을까? 원효 또한 어느 종파를 잇는 승이 되지는 않았을까? 해골바가지 물을 마시고 깨달았다는 일체유심조의 사상과, 구애, 구속받지 않을 수 있었던 학문 태도가, 여러 종파의 이론 섭렵이, 통합의 사상을 만들었고 불교 대중화를 이끌게 한 것은 아닌가? 진속일여(眞俗一如), 화쟁사상(和諍思想)을 보여 준 원효를 꼭 의상의 밑 선에 놓는 듯한 해설에 반감 같은 것이 생겼다면 어리석음의 소치일까?

선림원은 화엄종에서 지은 절이었으나 홍각선사가 중수하면서 선종의 사찰로 전향한 사찰이란다. 삼층석탑 석등 부도를 열심히 설명하는 말씀을 간주처럼 듣고는 있지만 큰 감흥이 와 닿지 못함은 내 무지로 이해와 정리가 되지 않아 가져진 반응이었으리. 그래도 남은 것이 있다면, 스님들의 수도를 위한 곳이 선림원이라는 설명을 겨우 붙들고 있었음이 다행일까 보다.

석교리 한 계곡 산등성이의 밭 터, 도의 선사가 창건한 진전사 터에도 삼층석탑과 부도가 남아 있다. 경전이나 파헤치고 염불이나 외는 것보다 본연의 마음을 아는 것이 오히려 낫다고 설파했다는 도의 선사가 은신한 곳이 진전사라 한다, 교종 불교가 전부였던 신라에 선종을 알린 선사다.

선종 이전의 스님들은 부도를 남기지 않았으니 부도가 남게 된 것은 선종의 전래와 연관이 있는 것이란다. 내 까닥이는 고갯짓은 알아들었다는 것인지, 뭔지 나도 알 수 없는 몸짓이었을라. 많이 보고 듣고 돌아오는 길 내내 아직도 정리될 수 없는 사(史)의 흔적과 불가와 민중 문화의 접속일 실(實)이 얽힌 모습이 실타래처럼 어지럽기만 하지만, 이제 뭔지 모를 숙제를 시작할 마음이 생긴 것이 그나마 수확일까 보다

아름다운 선택

멈춰야 하는 때와 떠나야 하는 때를 안다는 것은 슬기에서 돋아나는 싹이 아닐까. 어쩔 수 없어 좌절하고 포기할 때조차 우리의 가슴은 아픔이고 번민이며, 망설임의 연속일 수밖에 없다. 긍정의 힘이 컸고 당당했던 젊은이, '정현'의 도전은 참으로 신선했다. 몇몇 재주 있는 이들이 반짝 활약을 해 주었을 때가 없진 않았지만 이내 시들고 마는 불모지와 같았던 테니스계에 혜성처럼 나타나 우리의 가슴에 울력을 새겨준 쾌거였다.

세계 랭킹 100위 권에 이름을 올린 선수가 고작 한 명. 언제나 혈혈단신으로 동분서주했던 선수다. 국내 실업팀은 해체되어 소속된 팀도 없고 후원하는 곳도 신통치 않아 여기저기 전전해야 했던 그 시절, 집시처럼 떠돌며 대회를 찾아다녀야 했던 그다. 낭인 자객 같았던 선수가 세계 4대 테니스 대회인 호주 오픈 단식 준결승전에서 테니스계의 황제로 지칭되는 페더러와 맞대결하는 장면은 상상조차 할 수 없었던 빅뉴스였다.

사실 이런 큰 대회에서는 1, 2회전 통과도 쉽지 않다. 내놓으라 하는 세계 랭커들을 1차 2차 3차 내리 꺾으며 포효하는 젊은이의 기개는 당차기 이를 데 없었다. 더더욱 8강전의 상대가 누구인가? 한때 테니스계를 호령했던 사람 아니었던가. 그리고 팀이 해체되기 전 지도했던 감독에게 '캡틴은 보고 있는가?'라 물으며 승리를 자축했고 당신의 제자가 해내고 있음을 기쁨으로 전했다. 그리고 용기백배 더 불타오르는 자신감을 표출하기를 서슴지 않았다. 언제나 앞으로 나는 더 잘할 수 있음을 스스로 다짐하는 젊은이의 포효는 자만이 아닌 감동으로 다가오는 것이다. "아무리 어려워도 결코 좌절해서는 안된다."는 희망과 꿈을, 오늘의 많은 젊은이들에게 뚜렷이 심어준 쾌사가 아닐 수 없다. 이것은 "쉽게 꺾여서는 안된다."는 다짐이고 참담해 할 수만은 없다는 자기 경종이었을 터다.

그랬는데 8강전에서 생긴 발바닥 물집이 화근이 되어 준결승전 도중 기권할 수밖에 없게 된 것은 참으로 안타깝기 짝이 없는 모습이었다. 아쉬웠다. 그렇기는 해도 4강까지 오른 것 자체만으로도 충분히 우리를 기쁘게 했고 희망의 싹을 뿌려놓은 쾌거요 큰 업적이었음을 우리는 안다. 그와 함께한 두 주 남짓한 날들이 더욱 감동적인 것은 그가 슈퍼맨 같은 능력자였다기보다는 약시에 근시로 두꺼운 안경을 수십 번씩 닦아 쓰며 경기를 치뤄야 했던 핸디캡 많은 평범한 젊은이였다는 사실이다. 그런 젊은이가 사투로 비견될 자기 극복의 모습을 보였기에 더욱 아름답게 비추어진 것은 아니었을까?

기권을 하기가 얼마나 힘들고 아팠을까? 더 이상 시합을 이어갈 수 없는 아픔은 상처의 아픔보다 수십배 아니 그 이상으로 쓰렸으리라. 함께한 이웃의 성원을 버린 것 같아 가슴이 쓰리고 아팠을 터요, 좌절하는 것 같아 성원에 미안함도 컸으리라. 그러나 기권은 또 다른 선택이지 포기가 아님을 그는 느끼고 있음이 분명했다. 그는 현명했다. 오늘의 감정에만 치우치는 것은 미래를 버리는 더 큰 우를 범하는 것임을 느꼈으리라. 기권을 택했지만 당당했고, 그 당당함은 가슴에 앞으로 나는 더 잘할 수 있다고 스스로 새김의 수를 놓았으리라. 우린 그의 그 큰 선택에 응원을 보낸다. 박수와 갈채를 아끼지 않는다. 그의 선택 그 용기조차 아름답게 가슴에 다가온다.

안중걸 산문집

욕설(辱說)

우리의 대화 속에 알게 모르게 담겨지게 되는 어휘 중 하나가 욕이다. 말 그대로 욕은 남을 미워하는 말이요, 저주하는 단어다. 남을 욕되게 하고자하는 말이며 으르고 얼러대려는 말이다. 그러면서 가슴을 쓸어내고 싶은 욕구가 담겨진 선택의 어휘다. 그러니 고상할 수 없는 것이 욕이요 상스러운 것이 욕이다. 욕에도 종류가 있다. 패악을 떠는 욕이 있는가 하면 궁상을 떠는 소리의 욕도 있다. 저주의 음성을 묻혀 보내는 욕도 있고 탓과 질타 내지는 원망의 마음을 담아서 토하는 소리의 욕도 있다. 그러기에 욕은 듣는 사람도, 하는 사람도 유쾌한 것이 못 된다. 이러한 욕설 속에서 정겨움을 느낀다면 이건 정신이 어떻게 된 사람일 것이다.

그런데도 우린 많은 문학 작품 속에서 어렵지 않게 이 욕설들을 접하게 된다. 지저분하고 더럽다고 여겨지는 욕설이 없는 문학은 있을 수 없다. 현진건은 〈운수 좋은 날〉에서 아내가 소원처럼 먹고싶어 하는 설렁탕 한 그릇을 사 주지 못하는 처지를 미친 년, 지랄스런 년, 다럽게 먹고 싶은 것도 많다고 툴툴거리듯 욕을 한다. 그야말로 궁상의 극치다. 제 처지에 대한 서글픔을 상대에게 해대는 욕으로 해소하는 비겁함의 최고봉 아닌가? 여기에서 우리는 함부로 욕을 지꺼리는 그 막된 성격의 주인공을 대하면서 불쾌해지기보다는, 그의 아련한 아픔을 먼저 만지게 되는 것이다. 욕설의 또 다른 얼굴 하나를 접하는 것이다.

욕을 무지 잘해서 장원의 타이틀을 획득한 사람은 누구랄 것도 없이 단연 김병연이다. 홍경래에게 항복한 선천 방어사 김익순의 죄상을 비판하라는 시제를 받은 병연(김삿갓)은 반란군과 맞서 싸우지도 못하고 도망친 김익순을 향해 신랄하게 욕을 퍼붓는다. "너는 임금도 배반하고 조상도 배반한 놈. 한 번 죽어서는 가볍고 만 번 죽어야 마땅하다."라고. 그리고 장원 급제란 타이틀을 거머쥐게 된다. 그러나 김익순이 누구인가? 역적을 막지 못하고 항복한, 그래서 삼족을 멸하는 형벌을 받게 만든 인물이었다.

그런 상황에서 겨우 어미가 들쳐업고 도망쳐서 성도 본도 숨기며 살아온 삶인데, 겨우 문자 속이나 깨치고 숨어 살게 한 삶인데. 나름의 문재를 시험해 본 것이 화근이었을까. 지방관리라도 시켜보고 싶었던 게 욕심이었는가. 하필 기억에도 없어야 할 조상의 아픈 역사가 시제로 나와서 조상을 탓하게 하고 욕해야 하는, 그리고 그렇게 명문(?)을 짓게 하고 장원이 되게 했는가. 어째서 이렇듯 기구한 운명을 만들고 오욕의 과거를 떠올리게 하는 아픔을 잉태하게 했는가. 문재가 있는 것도 한이요, 슬픈 가족사도 원이 된 삶. 제가 쓴 글이 조상을 욕한 죄임을 알게 되고, 조상님네 볼 낮이 없어 삿갓으로 태양을 가린 채 세상을 떠돌게 했던 삶의 주인공 김병연. 어데라 대고 욕지거리를 해도 시원치 못할 아픔을 한평생 등에 지고 산 사람. 욕은 결국 자신의 아픈 독백이요 넋두리가 되고 만 것이다.

그러나 욕 같지 않은 욕도 있다. 부모가 자녀에게 해대는 욕은, 욕이라기보다는 차라리 넋두리에 가까운 소리일 때가 많다. 아니 욕으로 규정할 필요가 없는 것들이 거개다. 자식들이 해달라는 대로 해줄 수 없어서 퍼붓는 자조 섞인 소리요, 안타까움의 절규다. 이것은 욕이 아니다. 그 소리가 비록 발악처럼 보일지라도 그 안에는 한과 탄식이 배여 있는 것이다. 욕의 너울을 쓰고 있기는 해도 빈정거림이거나 미워하는 저주의 차가운 기운이 배여지질 못한 것이다. 그러니 부모가 뱉는 욕에는 경멸이나 모멸감을 느끼게 하는 가시가 없다. 욕설 끝자락에 힘이 없고 엉거주춤한 어미로 끝날 때가 많다. 넋두리인 것이다. 죽일 듯이 싸우는 형제끼리의 어린 시절을 떠올려 보자 그 언저리 역시 비수의 날카로움이 있을 리 없다. 단순히 서운함을 토로하고자 함일 뿐 기껏 싸움의 뒤끝 무렵이면 겨우 자기 욕심을 토한 정도로 맺고 마는 것 아닌가? 비난의 욕이 아니다. 힐난의 욕이 아닌 것이 대부분이다.

살아가다 보면 욕이라도 마음껏 해댈 곳이 있으면 좋겠다는 생각을 할 때가 더러 있다. 딱히 누구를 대상으로 삼아서가 아닌, 그냥 오늘의 현실에 만족할 수가 없어서, 아님 답답한 심정을 담아 둘 수만은 없다고 여겨져서 대상도 없는 상대를 대상으로 버럭 소리라도 칠 수 있다면 후련할 것 같은 생각이 들 때가 있다. 에이 씨발, 지에미랄, 좆같이, 쌍놈의 새끼, 병신같은 놈…… 기껏해야 이런 정도의 것이 욕의 전부겠지만, 이런 어휘를 선택한대도 누군가가 들어줄 대상이 있어야 욕도 할 맛이 나겠다 싶은 거다.

대상도 없는데 욕을 하면 미친놈 소리 듣기 똑 참 맞다. 답답한 상황에서 누구랄 것도 없고 어데랄 곳도 없는데, 되는 것 하나 없고 방책도 뚜렷하지 않은 상태에서 허공에라도 내뱉고 싶지 않던가? 그 또한 미친 짓이 되는 현실이다. 아픔만 남고 치유책은 없는 처지에 누구를 원망할 수도 없고 탓할 수도 없는 그야말로 어처구니없는 자신을 돌아보며 냉가슴 앓듯 할 때, 누군가가 내 한 서린 넋두리를, 욕질을 들어만 준대도 차라리 감사할 것 같지 않던가?

욕도 해본 사람이 잘한다. 욕이라고 아무나 할 수 있는 것으로 여긴다면 그건 큰 오산이다. 욕을 우습게 본 정말이지 실례의 말씀이다. 언제였던가? 꽤 시간이 지난 이야기지만 웃음이 날 만한 사건 하나가 잊혀지질 않는다. 퇴근길이었다. 젊은 동료 선생과 학교 앞 다리를 향하고 있을 무렵 우리 학교 학생들이 어느 불량 청소년에게 소위 쎈터(몸 수색)를 당하고 있었다. 추측컨대 얼마를 요구 당했을 거고, 없다는 말을 곧이듣지 않은 깡패는 손수 주머니 검사를 하고, 있는 게 분명했다. 거의 반사적으로 그들에게 달려가서 무슨 짓이냐고 호통을 쳤는데 어처구니없게, 이 작은 깡패는, "아저씨들은 상관없는 일이니 어서 갈 길이나 가셔."란다. 우리를 알아본 아이들이 조금 전과는 달리 힘이 백배 되어 "마, 우리 선생님이셔 까불지마!" 호통이다. 그러나 이 어린 깡패도 보통이 넘는다. 꺾여들 기세가 아니다. 그저 재수없다는 투로 뭐라 중얼거리는 게, 가히 듣기 거북한 정도의 욕이었다.

　마침 트럭을 몰고 가던 동네의 전직 건달이요, 좀 논다는 후배가 우리를 보고 넙죽 인사를 하는 거였다, "형님 이제 퇴근하시나 봐요." 언제는 선생님 했다, 또 어느 땐 형님하기도 하는 이 넉살 좋은 후배가 참으로 반갑게 느껴졌다. "응 어디 가셔?" 하고는 상황을 슬쩍 흘렸다. 이 원조 깡패께서 옛날의 생각이 났던지 씨익 웃으며 차에서 내린다. 그러면서 내뱉는 소리가 어찌나 험하고 우악스러운지 듣기가 민망한 욕의 연속이었던 기억이다. 다만 분명하게 남는 마지막 한마디, "야 새끼야 안찌그러져!" 아, 이건 욕도 아니었는데, 이 후배의 고함에 놀랐는지, 새끼 깡패는 아까의 그 기세를 버리고 쫙 찌그러져 비실비실 물러나고 있는 거였다. 우리에게 없는 기가 그 후배의 어투 어딘가에, 그 욕설 어딘가에 분명 나름대로의 카리스마로 강하게 배여 있다고 느껴졌다. 나는 가끔 그 후배의 욕설이 부럽게 느껴져서 연습을 해보지만 터득이 쉽지 않음을 경험할 뿐이다.

　욕으로 시작해서 욕으로 끝맺는 경직된 사회의 모습이 역겹다고 느껴져서일까? 아니면 욕과 욕으로 대거리하는 사회가 아니길 바램해서일까? 욕에 대한 생각들이 겹치고 지나는 오늘이다. 욕으로 되발러진다고 바뀔 우리의 사회가 아니요, 욕으로 정화시킬 수 있는 정도의 사회도 아니다. 아무리 치장해도 욕은 고상한 우리네 표현이 못 된다. 우리 주변 모두가 고운 사고로 정화되고 아름다운 표현으로 치장되는 사회의 모습이길 고대하고자 하는 의미로 욕을 들여다본 것일지 모를 일이다.

참는다는 것

참는다는 것은 때가 되길 기다리거나 견디어 냄을 의미한다. 아직 완벽한 모습이 못되었기에, 온전한 상태가 아니기에 좀더 성숙해질 시기를 원하고 바라는 준비의 시간이며 과정이다. 감정을 다독거려서 드러내지 않으려고 입 앙다물고 버티는 마음의 다짐이며 자세다. 참다 참다 못하면 가슴이 미어지고, 썩고 또 썩으면 한이 된다. 이별이 한으로 드러나고 참는 것으로 표출된 우리의 시가 한 수를 보자.

가시리 가시리잇고
바리고 가시리잇고
날러는 엇지 살라하고
바리고 가시리잇고
잡사와 두어리마난

선하면 아니올세라

설온 님 보내옵나니

가시는 듯 도쳐오소서

　님이 없으면 정작 살 수 없는데 무정하게 떠나고 마는 님을 그
린 노래다. 앙탈이라도 하고 발버둥이라도 치면서 붙잡아 두고
싶은 님이지만, 억지로 잡으려다가 정말로 노해지면 마음 상해서
영영 돌아오지 않을까봐 서러운 마음으로 보내는 여인네의 아픈
인고의 모습이 철철 넘치고 있다. 옛 우리네 여인들의 한과 기다
림의 태도다. 참고 견디고 인내하는 삶의 자세가 덩어리 덩어리
뭉쳐있다. 한이 서리서리 감겨있고 설움의 눈물이 범벅되어 가슴
속으로 스며있다. 그야말로 아픔이 뒤범벅된 그것을 참아서 승화
시킨 아픈 사랑의 노래다. 소월은 또 이렇게 이별의 슬픔을 노래
하고 있다.

　나 보기가 역겨워 가실 때에는

　말없이 고이 보내 드리오리다.

　영변의 약산 진달래꽃

　아름 따다 가실 길에 뿌리오리다.

　가시는 걸음걸음 놓인 그 꽃을

　사뿐히 즈려밟고 가시옵소서.

나 보기가 역겨워 가실 때에는

죽어도 아니 눈물 흘리오리다.

소월은 참으로 이지적인 여인네를 시적 화자로 설정하고 있다. 세상천지 어디에 떠나는 임을 위해 꽃을 뿌려가면서까지 축복해 주는 여인네가 있다는 말인가? 하여튼 겉으로는 그렇다. 떠나는 임을 위해 헌신적으로 꽃을 뿌리겠노라고 노래하고 있다. 소월은 왜 이지적인 여인을 시재로 올렸을까? 얻는 시적 효과는 무엇인가? 한마디로 이별의 아픔을 인고의 극치로 치장해 놓기 위한 것은 아닐까?

영변은 이 여인네의 본향일 수도 있는 곳이고 약산은 그네가 사랑에 몰입해서 데이트라도 했던 뒷동산쯤의 위치였을 공간적 배경일지 모른다. 그 옛날 무슨 큰 위락 시설이 있었을 리도 없고 지금의 극장 터 같은 데이트 공간이 있지도 않았으니, 그저 남의 눈 슬쩍 피할 수 있는 약간 후미진 공터라면 치솟는 사랑의 감정을 표출할 만한 그런 공간의 터는 아니었을까? 기실 그랬다. 진달래 먹고 다람쥐 쫓고 하던 어린 시절의 추억의 공간은 몽땅 우리에게 사랑의 장소들이다.

기껏해야 토끼풀꽃 뜯어서 꽃시계 만들어 손목에 채워주고 진달래 꽃잎 따다 입술에 물려주면서 은근한 이야기 한 번 속살거리는 것이 사랑이었고 정표였다. 분위기만 잘 익으면 몰래 그녀의 입술을 훔쳐보고 싶었던 곳도 그 산언덕이고 손목 슬쩍 잡아 보았던 곳도 거기다. 그녀 또한 그러길 바랐던 앙큼스런 추억이 있는 곳이 영변이었고 약산이었기에 나이 들어 생각해도 몽글몽글 사랑의 감정이 일어나는 곳이다.

그 사랑이 이제 싫어져서, 염증이 나서 떠나겠다고 사랑하는 임이 설래발을 치고 있다. 나는 아닌데, 어떻게 내 사랑을 잡아야 한단 말인가? 방법도 묘안도 없다. 그래서 생각해 낸 것이 사랑의 환기다. 그 옛날 사랑의 감정을 떠올려 주려는 노력을 하고 있다. 진달래꽃은 영변에만 흐드러지게 피었던 꽃이 아니다. 이 강산 어디에나 지천으로 피는 꽃이다. 하지만 이 여인에게 있어 영변의 진달래꽃은 남다른 의미의 꽃이다. 그래서 그곳의 진달래꽃 이파리를 따서 떠나는 임의 앞에 흩뿌려 놓는다. 옛사랑의 흔적을 보여주고 있다. 이 꽃 이파리는 우리 사랑의 흔적이니 밟고 또 밟아서 짓이겨 놓고 가보라는 지적인 앙탈이요 역설적인 독백이다. 이런 모습이 작품 진달래꽃에 나온 여인의 모습이다.

그러나 이미 마음이 떠나버린 님은 매정하게스리 그 꽃을, 자신의 사랑을 외면한 채 밟고 그렇게 떠나고 만다. 여인네는 죽어도 울지 않겠다고 입술을 앙물고 돌아서서는 가슴 찢어질 통곡을 체읍으로 감추고 있다. 이렇게 참고 또 참으며 살던 우리 여인네들의 사랑 모습이다.

참는다는 것은 이렇게 인내로 견디고 몸으로 맘으로 감수하여 감정을 갈무리하는 것이다. 그러나 우리가 선택하는 언어에서의 참는다는 말은 사뭇 달리 쓰이고 있을 때가 많다. "얼굴을 붉히고 소리를 돋우면서 내가 참지" 하고 입술을 앙물고, 분하지만 감정을 억누르듯이 하는 그 큰 소리는 사실 참지 못해서 하는 마지막 발악일 때가 많다. 떠나는 님은 강자요 붙잡으려고 하는 여인은 약자다. 강자는 그저 덤덤하게 제 할 대로 행동하고 약자는 으스러지게 아픈 자신을 추스른다.

유교적 휴머니즘이다. 그것을 강요당했던 보이지 않던 관습의 한 부면이다. 이렇게 약한 자의 행동은 언제나 소극적일 수밖에 없다. 그러면서도 이 아픈 부위를 내가 참는 것, 그것을 치유 약처럼 발라대고 있을 뿐이다. '참는다'는 말은 사실 약자의 언어는 아니다. 강자의 언어며 가진 자의 언어다. 약자는 어쩔 수 없어서 더 이상 어떻게 해보지 못하는 것이지 참는 것이 아니다. 슬픈 말이다. 내가 아프고 내가 고통을 받는 당사자인데, 그래서 내가 참고 있는 것인데 그 말조차 내 것이 아니고 만다.

제3부

부대끼며 보듬으며 ──────────────
　　　　"무서운 인간, 두려운 사회"

눈치

　힘이 없으니 자연스레 비겁해지고 눈치만 는다는 고백을 힘겹게 하는 친구의 말을 듣고 남의 일이 아니라 여기다. 말이 힘이지 '힘'을 '돈'으로 환치시켜 놓고 보면 궁상맞기 이를 데 없어지는 것 아닌가? 나이 들어 직장 그만둔 지도 십년이 훨씬 지나고 보니 몇 푼 딴 주머니에 차던 비상금이란 것도 바닥이 난 지 오래다. 또박또박 연금이 들어오는 직업도 아니었으니 어디 기대 볼 곳도 없다고 푸념이다. 자식들도 제 살기 바쁘고 제 어미하고만 왔다 갔다 하는가 싶고, 이젠 자기를 슬슬 피하는 것 같아 속 상한다고 넋두리다.

　언제나 호방하게 앞장서기 좋아하고 대장부 기질이 대명사였던 친구가 자기 구실 못한다고 주눅 들어 하는 모습이 안쓰러워 보인다. 이것저것 포기하고 너희들 만나는 것도 줄여야 하겠다는 얘기에 이르러서는 적잖이 아프게 들려왔다. 참 잘못된 삶이라고 취기 섞어 분개하는 모습과, 곧게 살아 낸 자신의 삶을 멍청했다고 쥐어뜯듯 할퀴어 대는 사설이 더 쓰리게 들려왔다.

문득 눈치란 부조리한 사회를 살아 내는 지혜라 여겨졌다. 약자들이 갖추어야 할 제일 덕목(?)이 아닌가 하는 생각도 들었다. 약자는 강자와 가진 자의 의도를 빨리 알아내지 못하면 배겨날 수가 없기 때문에 재빨리 가늠해야 하는 눈치라도 있어야 한다. 그저 순간적 감각에 의존해 처신해야 하고 감정의 예리한 감각만으로 생존 방법을 찾아 내야 하는 것이 우리네 삶 아닌가? 그런데 이 친구에겐 오늘의 이 아픈 일이 눈치 밖의 일이었던가 보다. 그것을 후회하는 친구의 모습에서 오늘의 현실이 너무 차갑게 느껴졌다.

약자 의식에 젖어 몸에 밴 눈치는 비겁한 지혜다. 당당한 논리로 대처하고 살아 내는 삶의 방식이 아니라, 권력자 가진 자 힘센 자의 의도나 살피는 수동적 삶의 모습이며 저급한 삶의 방식이다. 내 생각이 상식에 어긋나지 않고 논리에 부합하는 것이라면, 관의 눈치나 권력자의 의도 의중 따위를 걱정할 이유가 없어야 하는 것 아닌가?

상대방이 어떻게 생각할까를 고민하고 그의 기분이 어떨까를 염려하며 접근하는 것은 당당한 내 행동이 못 되는 것이다. 눈치가 있는 사람이라는 표현은 결코 달가운 말이 아닐 수도 있는 것이다. 이 말은 뛰어난 분석 분별력을 가진 사람이라는 칭찬이 아니며 파렴치하고 비겁한 사람이라는 지적일 수도 있다는 말이다.

　꼭 그런 것만은 아닐 수가 있음도 덧붙여야겠다. 눈치는 배려가 될 수도 아픔이 될 수도 있는 말임을 놓쳐서는 안 되겠기에 말이다. 장사가 잘 안되고 수금이 잘 안되어서 돈줄이 옭조여 어찌할 줄 몰라 하시는 부모님을 보고 감히 손 내밀지 못했던 자식의 눈치는 부모님의 마음에 부담을 드리지 않겠다는 배려. 거꾸로 더 이상 상급학교를 고집하지 못하는 자식의 한숨을 알아채는 부모의 눈치는 아픔이다. 걸음걸이가 불편한 친구와 동행하면서 평편한 곳을 내어주는 눈치는 사랑이고, 가벼운 주머니 사정을 알아채고 라면이나 국수로 끼니를 같이 해 주거나 미리 밥값이라도 내주는 친구의 눈치는 다시 배려. 선택의 기로에서 몇 푼의 돈이 들어가는 것조차 주저하는 친구를 위해 선택권을 말없이 넘겨주는 것도 한가지다. 그렇다면 눈치는 따뜻한 사랑의 표현이기도 한 것이다.

　아, 이런 것인데. 친구의 눈치만 늘어간다는 아픈 고백을 어떻게 위무해 주어야 할까를 생각하며 자꾸 입맛이 씁쓸해져 옴을 느끼는 오늘이다.

한숨

한숨은 곁에 있는 사람까지 맥빠지게 만들 때가 많으니 결코 바람직한 버릇이 아니다. 그런데 무심결에 그것도 자주 내뱉어지는 버릇이 생겨 스스로 놀라곤 한다. 무슨 연유에서일까? 한숨을 토할만한 어떤 걱정거리가 있었던 것도 아니요, 크게 긴장했을 만한 사건 사고가 있는 것도 아닌데 무엇에 놀랐다거나 쫓겨 겨우 몸을 사리게 된 일도 없었는데, 나도 모르게 한숨이 터져 나오는 것이다. 얼른 기억해 내지 못하는 근심거리가 잠재적으로 나를 짓눌렀는지는 모를 일이나 떠오르는 것도 없고 설움에 몸 떨릴 만한 과거사가 있었다거나 안타까워할 일도 별로 없다 보니 왜 한숨이 내뱉어진 것인지 그 까닭을 알 수 없어 갑갑하다.

지금까지 살아낸 삶이 마음속 어느 구석에서 못 마땅히 여기고 있었던 때문일지 모를 일이지만, 한숨을 아무리 크고 길게 쉰다 한들 바뀌고 고쳐질 리 없고 되돌릴 수도 없다. 한숨으로 옛

일을 돌아보고 있어서라고? 아니다. 지난 삶에 대한 후회라거나 아쉬움에서 나온 한숨이 아니다. 그렇다면 내 삶이 여유롭지 못해 흘린 한숨이었을까? 지나친 사치다. 끼니를 걱정하는 이들이나 노숙할 잠자리를 걱정하는 이들이 얼마나 많은가? 지금까지 재물의 다소에 주눅 들어 본 적도 없고, 부를 탐했다거나 부러워하여 위축된 때도 없었으니, 나의 한숨이 부를 이루지 못해 쏟은 한숨은 정말 아니다.

그럼 명예를 얻지 못해 나온 한숨이었을까? 이 또한 뜬금없다. 평생 학생들을 가르치며 살아온 삶 아닌가? 애당초 권세와는 동떨어진 직종이다. 권세를 얻고자 했다면 시작부터 달랐어야 했다. 그러니 권력 권세 누려보지 못해 흘린 한숨도 아닐 터. 명예도 같은 맥락에서 이해될 것임이 자명하다. 영예롭게 정년을 했고, 동료 후배 교사들에게 어떤 의미인지는 모르겠으나, 박수를 받고 가장 친한 친구의 덕담을 들으며 교직을 마쳤으니 이 이상의 영예가 어디 있겠는가? 건강이 염려되어서 흘린 한숨도 아니다. 늦어도 너다섯 시면 일어나 더러는 책을 읽기도 하고 잡문일지언정 가끔 글도 쓸 정도의 체력을 유지하고 있다.

내 깊이가 적고 학문이 옅어 옛사람의 풍류를 다 쫓지는 못하지만, 가끔 흐르는 물에 내 마음을 적어 흘리 띄우기도 한다. 운동도 이것저것 열심이다. 내자와 산책으로 만 보를 채우기도 하고 가끔 도보 여행도 즐긴다. 탁구는 지도자 수준에서 즐기고,

가끔 골프, 당구도 치며 놀 줄을 아는 정도니, 건강 문제로 몰아 쉰 한숨이 아니다.

그렇다면 도대체 어떤 연유로 옆 사람들조차 듣기 거북할 만치의 긴 한숨이 내뱉어진 것일까? 어느새 늙어진 것에 대한 초라한 느낌이 스스로를 위축시킨 것은 아닐까? 받아들이기 싫고 인정도 쉽지 않겠지만 내 안에서 일어나는 거부 심리는 아니었을까? 젊은이들에 비해 어림없는 현실 적응 능력과 의식의 미비와 결여, 그리고 약간의 도피적 사고가 나를 한숨 쉬게 하지는 않았을까?

여태 바뀌지 못하고 만 습관이나 어쭙잖은 고루한 생각이 또 스스로 뒤지고 있다는 생각으로 몰아가지는 않았을까? 점점 쇠퇴해지고 나약해질 수밖에 없는 자존심에 대한 선 걱정에서 나온 것은 아닐까?

쉽게 피로감을 느끼는 눈, 쉽게 약화 되어 가는 심력의 와해 현상과 정력의 고갈, 그 잦아드는 정도가 날로 빨라지고 있음에 대한 허탈감, 박탈감, 그리고 불안감에서 오는 것은 아닐까? 아무리 자가 진단을 해보지만 어디에서도 확증의 답은 찾지 못하겠다. 그러면 원인을 못찾아서 나오는걸까. 지금도 툭툭 한숨이 뱉어지는 것이다.

인생은 목숨을 가지고 살아가고 있는 사람, 또는 그 동안을 의미하는 것이지만, 고(苦)의 추가 무겁게 매달려 있음을 본다. 소

(牛)가 외나무다리(一)를 건너는 형상의 생이라는 글자는 얼마나 아슬아슬한 모습의 자형인가? 그래서 어떤 이는 "생(生)은 고(苦)다."라고 실토했는지 모를 일이다.

그래, 수없이 와 닿는 시련과 수난의 그런 생과 고를 헤치고 넘고 찾아가며 예까지 지금까지 버티고 왔는가 싶은데, 갈 때도 또 혼자다. 고궁하지 않은 때가 없는 실체 외로운 존재다. 그러나 외로움을 느끼기도 전에 잘 보이지 않고 잘 들리지 않는 것에 익숙해진 실상에서 토해진 표백이 한숨이었는지 모를 일이다.

다시 한번 극복해 낼 때다. 한숨으로 하루를 맞고 보낼 일이 아니다. 오늘의 주역 자리는 넘겼지만, 오늘을 일궈낸 초석 어딘가에 우리의 땀이 스며 있을 게 분명하지 않은가? 자긍심으로 당당하게 오늘을 호흡하자. 휴식 뒤의 날숨 정도로 여기기로 하자며 스스로를 달래본다.

공상 허언증

거짓은 사실과 다른 것, 또는 사실 같이 꾸민 것을 의미하니, 거짓말은 허위의 꾸민 말이겠다. 거짓부렁 거짓부리라는 속된 말로도 쓰이는데 유아기 성장 과정 중 부모님이나 선생님 또는 동료의 관심을 끌기 위해서 하는, 누구에게나 한번 쯤은 경험이 있을 법한 습속 중 하나다. 그렇다 해도 이것이 옳다거나 좋은 습관은 되지 못하는 것이니, 올바른 방향 제시나 교정이 필요한 것이다. 무관심해서 가르침이 덜되었거나 귀염둥이의 치기 정도로 방치하다 보면 자칫 어른이 되어서도 서슴없이 거짓말을 입에 달고 살게 된다. 세 살 버릇 여든 간다지 않는가? 그건 문제다. 우리 주변에서도 적지 않게 보게 되는데 교육 부재의 모습 같아 안타깝다.

잘못된 습관은 잘도 크고 빨리 자라기도 한다. 몸에 배기도 쉽고 잘 고쳐지지 않는 성향도 있다. 거짓말은 습관이다. 나쁜 버룻이다. 한번 두번 하다 보면 속아 넘어가는 것을 보며 고소함을 느끼게도 되고, 스스로 재미가 붙기도 한다. 그 맛에 익숙해진 이는 점점 꾸미는 말과 현란한 수사를 생각해 내려고 한다.

그리고 꿰맞추는 재주를 습득하게도 되는 법이다. 제법하게 낯 빛을 갈무리하기도 하며 감정도 섞어 순진한 사람들의 마음을 붙들게 되는 기술자가 되는데, 그것을 일컬어 우리는 사기꾼 협 잡꾼 내지는 능란한 거짓말쟁이로 칭하게 되는 것이다.

이렇게 잘못 자란 꾼, 거짓말쟁이로 인해 만들어진 폐해는 필 설로 다 나타낼 수 없다. 이웃 사람들을 곤혹스럽게 할 뿐만 아 니라, 몸과 맘 정신에 상처를 준다. 그러나 정작 이들은 다른 이 들이 겪는 고통을 이해하지 못한다. 아니 아랑곳하지 않는다. 스 스로 도취되어 정(正)한 것으로 여기고, 마춰되어 직(直)이라 선 전하고 자랑하기까지 한다. 그러니 이웃 또는 상대편은 심적 고 통과 박탈감에 진저리치게 되는 것이며 어떻게 바로 잡아야 할 지 몰라 정신적 허탈감에 빠지기 일쑤다. 말 바꾸기를 잘하는 것 도 거짓말의 싹이 자란 모습이다. 이 거짓말이 나쁜 이유는 상대 방을 무차별 몰아대고 후벼 파고 곤경에 빠뜨리기 때문이다. 그 뿐만이 아니다. 진실을 잘 모르는 이들이나 별로 알 필요가 없다 고 여기는 무관심한 이들에 접근하여 감언이설로 꼬드기고 오염 시켜 패거리 짓고 저만 옳다고 하거나, 진실을 가리고, 왜곡하고 윽박지르기까지를 서슴지 않기 때문인 것이다.

삼인성호(三人成虎)라는 말도 있지 않던가? "세 사람이 모이면 없던 호랑이도 만든다."는 말이니 곧 거짓말이라도 여러 사람이 말하면 참말로 믿기 쉽다는 뜻이리라. 근거가 없고 틀린 말인데도 거짓말에 현혹되어 떼거리가 되어 지껄이면 믿게 된다는 뜻이다.

역사를 왜곡하는 것만이 거짓말이 아니다. 늑대가 나타났다고 소리치는 소년만이 거짓말쟁이가 아니다. 자신의 과오를 숨기려는 말 바꾸기, 떠넘기기, 없는 것을 있는 것처럼 밀어붙이는 억지나 몽니, 이 모두가 거짓말이다. 우리가 만나고 살아가는 이 사회는 서로 간의 관계로 형성된 것이다. 이 관계는 인간에 대한 이해가 바탕이 되어야 하는 것이 옳다. 그러기 위해서 우리는 자신까지를 속여야 하는 거짓말은 하지 말아야 한다.

자기 정체성을 스스로 무너뜨리는 거짓말을 달고 사는 사회가 아니었으면 좋겠다는 생각이 들어 '공상허언증'의 진실을 파헤쳐 본 것이다.

한 줄 시구에 기대어

　한 해를 몽땅 빼앗겨 버리고 망연한 지금, 다음 해까지 잃게 될지도 모른다는 두려움 때문이어서일까? 새 달력 넘겨보기조차 조심스럽다. 분별 안되는 앞뒤 주변이 안쓰럽고, 무의미하게 보내고만 한 해가 아쉽다. 잘못 보태진 연륜의 빈 테가 그 껍데기만 같아 털어내고 벗어버리고 싶어진다.

　그래 본들, 그리된다 한들 그것이 무슨 의미일까? 무엇이 달라지고 어떻게 지난 시간에 대한 보상이 된단 말인가? 싱겁다 할 만치 참으로 세월은 많이도 갔는데, 치열하게 산 삶은 못될망정, 나름 열심히 살아낸 우리네 삶의 궤적아니던가.

　망팔(望八)의 길목에서 코로나19라는 눈에 뵈지도 않는 바이러스에 몸을 움츠리고 무서워 벌벌 떨고 있는 것이 한심스러워 화가 난다.

　인생칠십고래희(人生七十古來稀)라 했던가? 옛날로 치면야 드물게시리 많이도 산 우리네 나이 아닌가?

까짓거 뭘 더 살아보겠다고 두려워 벌벌거리고 숨어 지내나 싶어 스스로 추하다는 내념(內念)이 들고 수수꾸어지기까지 한다.

건강한 젊은이들은 온 줄도 모르게 바이러스를 맞기도 하고 보내기도 하는가 보다. 소위 무증상 감염이라는데, 이들에 의해서 또 인식도 못 한 채 옮겨지고 확산 일로에 있다니 그야말로 속수무책이란 말이 이런 것을 두고 하는 말인가?

작금의 상황이 어렵다. 가족 단위로 단체별로 동호인끼리 그야말로 집단 감염이 이어지고 있으니 거리 두기는 더 강화되고 나다니지 말라고 강요되고 마스크 쓰기는 강제되었다. 그뿐인가? 가급적 대화도 적게 해야 한다니 눈으로만 멀뚱거리듯 하는 눈인사가 전부요, 그저 속절없이 방에 처박혀 TV 채널만 돌려대지만 그럴듯한 볼거리는 없고, 지지고 볶아대는 정치꾼들의 싸움판만 온통 화면을 차지하고 있는 오늘의 현실이 또 아프기만 하다.

무슨 폭탄처럼 둥근 형체에 비죽비죽 돋은 돌기로 꾸며진 코로나바이러스란 놈이 수뢰처럼 무시로 쉴 사이 없이 사방 천지에서 달려드는 꿈에 가위눌리다 깬 아침 흥건히 젖고 만 사타구니의 땀을 훔치며 일어서자는데, 문득 소월의 시구 한 구절이 뇌리로 파고든다.

"이 땅이 우리의 손에서 아름다워질 것을, 아름다워질 것을"

앞 절의 긴 가락들은 생각도 나지 않건만 흉흉하기만 한 이 시점에 변이, 변종도 많다는 저것들도 끝내 우리 손에 정화되고 말 것임을 느끼며 스스로 삽상해 보려는 의지에서 떠올려진 시구였다. ㅋ대단한 것을 찾아낸 낸 심사가 들어서인가 나도 모르게 자꾸 흥얼거리게 된다. 그래, 참아내기로 하자. 희망을 갖고 기필코 꺾어내고 말 그날을 기다리기로 하자.

이 땅은 우리 손에서 아름다워 질테니 말이다.

철부지

철부지는 유아적 성향의 사람 또는 조금은 어리석은 사고를 가져서 처한 상황에 잘 대처하지 못하거나 무분별한 행동을 자주 벌이는 사람을 얕잡아 이르는 말로 곧잘 쓰인다. 말대로 해석하자면, 때를 제대로 인지하지 못하거나 그럴 능력이 모자라서, 또는 씨 뿌릴 때를, 김맬 때를, 추수할 때를, 공부할 때를, 분별하지 못해 시기를 놓치고 마냥 허비해 버리고 마는 사람들을 질타하거나 꾸짖을 때에 쓰는 말이다. 창피한 고백이지만, 가끔은 나 스스로 "아, 철부지였다." 이렇게 느끼곤 할 때가 있다.

철을 거스르는 일은 결코 반길 일도 즐길 일도 아니다. 우리는 언제나 철에 순응하는 것을 순리라고 여기고, 철을 어기는 것을 역리라 생각했다. 그러나 요즈음은 다르다. 순리대로만 살아내서는 출세도 부도 얻기가 쉽지 않다. 거슬러야 성공한다. 봄에나 먹을 수 있었던 딸기는 이제 사철 과일이 된 지 오래다. 딸기뿐인가? 한여름 다 지나서야 익을 포도나무에는 비닐하우스를 입혀 철보다 빨리 익게 인간의 역리적 사고가 보태지고 있다.

순리를 따르고 때만 기다려서는 수익이 적다. 철을 거슬러 빨리 익게 하고, 철을 잊게 하여 훨씬 늦게 여물고 익게 해야 수익이 되는 것이다. 그러니 모든 채소 과일이 제철이 따로 없는 세상이 되고 말았다. 제철에만 심고 가꾸고 수확해서는 생존 경쟁에서 배겨날 수 없는 세상이다. 인간의 억척이 시도 때도 없이 보태지고 더해져서 계절이 뒤섞인 지 오래고 역리가 순리가 되고 순리가 어떤 것인지 헷갈리게 된 세상이 지금 우리가 살아가는 세상이라면 지나친 표현일까?

지금의 이런 표백들을 오해할 필요는 없다. 철이 헷갈리고 때가 뒤섞여서 혼란스러워 불편하다거나 철부지가 너무 많은 세상이어서 안타깝고 안쓰러운 것을 들춰내고자 함이 아님을 먼저 말해 두어야 할 것 같다. 오히려 철부지로 인해 삭막했던 마음에 위무를 느끼고 환기되고 삽상해지는 심정을 즐거이 토로하고자 함이니 말이다.

해 뜨는 시각이 점점 늦어지는가 싶었는데, 노루 꼬리만큼씩 짧아진 해는 어느새 낮을 반 토막으로 줄이고 만다. 피부에 닿는 바람이 시리다고 진저리 치게 하는 시기다. 살살 갈색 분홍색 빛깔이 내려앉기 시작하는가 싶은 계절. 어느새 백제(白帝)의 흔적마저 흐릿해 보이지 않는다. 일어나는 시각은 변함없어 아직도 미명 같은 시각이건만 어둠을 밟고 걷게 된 지도 꽤 된 듯싶다. 매일 아침 오르는 광교산 수변로엔 벌써 새벽길을 걷는 이들을 위해 장명등이 밝혀져 있다. 집을 나서면 언제나 희끄므레 비추던 아침 빛이 있었는데, 이제는 저수지 앞에 다다를 때가 되어야 겨우 여명의 기색을 맞게 되는 것이다. 벗나무 이파리는 거의 다 떨어지고 가지만 앙상하다.

데크길과 차도 사이의 살피 자리로 심어진 장미들도 마찬가지다. 그런데 그 앙상한 가지에 다문다문 장미 봉우리가 매달려 있는 것이 애처로워 보인다. 그야말로 철부지 꽃. 어느 것은 반쯤, 어느 것은 거의 다 붉은 속살을 내보이는 것에. 또 어떤 것은 겨우 봉우리 형태다. 겨우 틔운 것도 속살을 다 내보인 것도 밤바람 찬 이슬에 무던히 떨었을 게 분명하다. 철을 어겨 핀 저 꽃이 더없이 고운데 과연 저것들이 다 피워는 낼 수 있을까? 계절이, 날씨가 버텨 줄까?

> 늦된 나무가 비로소 밝혀 드는 불꽃 성화
> 환하게 타오를 것이므로 나도 이미 길이 끝난 줄
> 까마득하게 잊어버리고 한참이나 거기 멈춰 서
> (중략)
> 저 나무도 푸릇한 잎새 매달까요?
> 무거운 침묵으로 여름도 지치고 말면

불타는 소신공양 틈새 가난한 소지(燒紙)

저 나무도 가지가지마다 지펴 올릴 수 있을까요?

—김명인의 '그 나무'—

철을 놓치고 만 꽃나무. 그 붉은 잎을 보면서 마지막 발악 같이 피운 생명을 만지면서 늦된 나무에도 열정은 이리도 강하게 숨 쉬고 있음을 본다. 때를 빗겨 간신히 피워낸 장미들이다. 흐드러지게 어울려 피웠던 때와는 다르게 경성드뭇 한두 송이씩 달고 있는 것에 마음을 빼앗기고 발걸음이 멎게 하는 시간이다. 여기에 한 송이 저기에 한 송이, 또 저편에 두어 송이. 철을 잃고 핀 것에서 오히려 반가움이 크다. 철이 없어 푼수 같지만, 이 철부지가 사랑스러워지는 것은 왜일까? 나는 누구에게 위안이 될 철부지일까 싶어 뒤돌아본다. 그래, 이제 핀다고 늦을 것은 없다. 최선으로 살아볼 일이다. 온몸으로 온 맘으로 살아볼 일이다.

용서

율법 학자들과 바리사이들이 간음하다 붙잡힌 여인을 데려와서, 간음의 벌은 돌로 쳐 죽여야 하는데 스승님께서는 어떻게 생각하냐고 물었다. 예수님께서는 몸을 굽히시고 손가락으로 땅에 무엇을 쓰시었다. 그들이 채근하듯 재차 다그치자 예수님께서는 "너희 가운데 죄 없는 자가 먼저 돌을 던져라." 그리고 다시 몸을 굽히시어 땅에 뭔가를 쓰셨다. 한참 후 예수님께서 여자에게 "그들이 어디 있느냐? 너를 단죄한 자가 아무도 없느냐?"고 물으셨다. 아무도 없다고 대답하자, "나도 너를 단죄하지 않는다. 가거라. 그리고 이제부터 다시는 죄짓지 마라."고 하셨다.

예수님께서 땅바닥에 무언가를 쓰셨다는데 과연 쓰신 말씀은 무엇이었을까? 기록에 없으니 확인할 도리가 없는 것이지만, 입에 올리기조차 싫었을 인간들의 야비한 논리에 대한 것은 아니었을까? 어떻게 더 잔인해질 수 있는가 싶은 회의에 찼던 토할 수 없던 어떤 한 구절은 아니었을까? 세상사가 어떻게 명료한 논리대로만 되는가? 더러는 덮어두고 더러는 묻어두어야 할 것이 얼마나 많은가?

　이것이 우리가 살아내는 삶의 모습 아닐런가? 여기에서 '더러'가 참 못마땅한 표현일 수는 있다. 어떤 것은 나 편한 방식대로의 '더러'일 수 있고, 또 다른것은 너 편한 '더러' 일 수도 있으니 말이다. 그렇다 해도 우리 삶이 똑 완벽할 수만은 없으니 한 발짝 물러서서 바라볼 여유는 없는 것일까?

　바로 잡겠다는 말이 틀린 말이 아니요, 공평하게 하겠다는 뜻이 잘못하는 것은 아니다. 그러나 서로 자기만의 시각과 자기만의 잣대로 바로 하려는 것에 우(愚)는 없는가, 한발 물러서 볼 아량이 필요한 것은 아닌가 싶다. 여태까지 해 온 모든 적폐는 청산되어야 한다는 논리였고, 그런 다음에 옳고 바르게 나아가야 한다는 것이 지금까지의 주장이었음을 얼마나 자주 보아 왔던가? 그러면서 또 주장한다. 너희 세대에 있었던 구태를 숨기려 알박기식의 인사를 하지 마라. 새 시대에 걸림돌이 되고 저해될 요소를 남기지 말라는 요구는 언제나 먼저이지 않았는가. 오늘에 와서 또다시 그런 모습이 보이는 것 같아 안쓰럽다. 떠나는 이들도 스스로 겸허해져서 뒤돌아보며 작은 적폐 거리라도 남기지 않았는가 조심하는 자세가 옳은 것이요, 새 나라를 준비하는 이들도 낮은 자세로 조금은 부드럽고 여유를 갖고 시작하는 것이 옳은

태도가 아닐까 싶다.

　사실 어느 부분 지나치게 엄마 찬스 아빠 찬스를 써서 제 식구 챙기기에 혈안이 된 모습들이 밉기는 하다. 저희끼리만 감싸고 나누어먹기식 지배구조로 꿰맞춘 추태가 목불인견, 한자리 얻어먹겠다고 아양이나 떨고 굽신거리고 옳은지 그른지 저만 모른 채 함부로 쏟아 놓던 막된 논리의 말들이 거슬리지 않는 것은 아니다. 앞세대에서 했던 똑같은 방식의 바톤 터치의 인상을 보여주는 것은 옳지도 좋지도 않다.

　말에 앞서 다짐이 선행되어야 하고 나부터 새 풍토를 만들어 가려는 태도 그 방식이 맞는 것 아닌가? 잘못된 세대의 전철을 그대로 좇으며 협치를 아무리 입에 올린다 한들 협치가 이루어지는 것도 아니며, 통합과 융화의 미래가 형성되는 것도 아니다. 내 임기를 마치고 다음 세대로 넘겨줄 때 구태를 몽니처럼 드러내지 말고 실행으로 옮겨 주는 것만이 새로운 전통의 시작일 뿐일 테다.

　이기적인 사고에 빠져 산 세대는 언제나 불안한 법이다. 나의 잣대로만 재단하고 관계를 맺어왔기에 영속될 수 없는 훗날이 불안한 것이다. 그래서 방어 메커니즘으로 억압과 투사(投射)가 나타나게 되기도 하는데, 억압은 나타난 대상을 보지 못하게 하는 수도 있고, 더러는 본 바를 왜곡시키기도 하는 것이다.

　투사(projection)는 그가 나를 일으키는 원인이 내부에 있는 것인데도 이를 외부 세계로 내보내려 하는 것이다. 내가 그를 미워하면서 그가 나를 미워한다고 하고, 내 잘못이 아니라 타인의 잘못으로 규정하는 것들이 그것이겠다. 이렇듯 자기 행동의 원인을 외부에서 찾아냄으로써 자기 잘못을 변명해 낼 구실만을 찾는 것이다. 한마디로 이기적 셈법이다. 그러나 지금까지의 그런 방식이 우리 사회의 한 단면이지는 않았을까? 통합과 융화 그리고 협치의 길을 모색하려는 이들은 오로지 용서만이 그 길을 갈 수 있다는 사실을 빨리 읽어낼 수 있었으면 좋겠다.

일화 하나. 리스트는 헝가리를 대표할 만한 피아니스트요 작곡가다. 특히 피아노 연주 기법을 혁신시킨 연주자이기도 했다. 그가 어느 마을을 여행 하던 중 한 호텔에 머무르게 되었는데, 호텔 벽면에 피아노 연주 포스터가 붙어 있었단다. 연주자의 이력을 기재한 난에는 리스트에게 사사 받은 제자라고 기재되어 있었다나. 리스트는 고개를 갸웃했다. 전혀 기억에도 없는 이름이었고, 제자를 둔 적도 개인적으로 누구를 사사한 적도 없었던 리스트로서는 당연한 일.

그때 한 여인이 찾아왔다. 리스트가 자기 동네를 방문해 어느 호텔에 머문다는 사실을 듣고 찾아온 것이었다. 그리고 곧바로 머리를 조아려 사죄했다. 자신이 포스터에 선생님의 이름을 도용했고 제자라고 속여 표기한 것은 그렇게라도 하지 않으면 관중을 모을 수 없고 생활하기조차 쉽지 않아 그랬다고 머리 숙여 사죄하더란다. 리스트는 그 여인을 피아노가 있는 곳으로 데리고 가서 연주할 곡을 쳐보게 했고, 몇 군데 충고의 말도 아끼지 않았단다. 그리고 덧붙인 말. "이제 당신은 내게 사사 받은 사람입니다." 리스트는 연주를 보러 가겠다고 약속하며 그녀를 응원해 주었다. 이 얼마나 아름다운 용서인가? 화합의 시작이 용서였으면 좋겠다.

무서운 인간, 두려운 사회

길한 징후는 보이질 않고 인간으로서 도저히 용납할 수 없는, 짐승만도 못한 일들이 도처에서 벌어지고 있어 절로 탄식이 난다. 어떻게 제가 난 자식을 유기할 수 있단 말인가? 제대로 들은 것이 맞는지 귀를 의심한다. 믿을 수가 없다. 어처구니없고 말도 안 되는 일이어서 아연실색할 뿐, "어떻게 이럴 수가"만 연신 내뱉고 만다. 생활고를 변으로 삼는 변명은 오히려 가증스럽게 보였다. 이 사회가 어디서부터 잘못된 것인가? 이런 사회가 되고 만 원인은 무엇일까? 도덕성의 부재, 미비, 교육의 부실, 상실, 인간이기를 포기한 악마주의적 성향으로 변한 사회의 실상? 아! 무섭다.

미친 사람이
칼 들고 있으면 무섭다.

무식한 사람이
돈 많은 것도 무섭고
권력을 잡으면 더 무섭다.
그러나 그보다 더 무서운 게 있다.
실력 있고 잘난 사람들 중에
사람이 아닌 사람은 더 무섭다.
참 무섭다.
(중략)
—허흥구—

　허흥구 시인의 '무섭다'란 시중 일부다. 이 사회가 사람이 아닌 사람들로 채워지고 있는 현실을 무섭다고 토로하며 진저리 치고 있다. 왜 인간들이 이렇게 잔혹해지고 사회는 이렇게 비정해가고 있는가? 아무리 생각해 봐도 교육의 부실과 부재에서 그 원인을 찾아야 할까 보다. 교육의 구심점이어야 할 가정교육, 사회교육, 학교 교육이 모두 제 기능을 포기했고 상실된 지 오래지 않은가? 그중 교육의 요체라 할 수 있는 'Mom's Knee School' 즉 '어머니 무릎학교'에서 인성이 자라야 하는데, 독자 시대가 도래하면서 과보호만 할 줄 알았지, 사회의 일원이 되는 법을 가르치질 못했다.
　잡싸안을 줄만 알았지 구성원이 되는 방법은 등한시하지 않았는가? 귀한 줄만 알고 엄하지 못해서 방자해지고 버릇만 없어졌다. 고집만 부릴 줄 알고, 그것으로 모든 것을 해결하려는 못된 습속을 키워 오지는 않았는가? 그런 아이들이 자라 어른이 되어 부모가 되었으니 부모 노릇을 제대로 할 수 있겠는가? 이런 오늘의 현실이 두렵고 무섭다.

사회교육의 포기가 교육 부재의 현실을 더욱 부추기게 된 원인일지도 모른다. 어른들이 어른답지 못해서 방향을 잃고만 사회도 문제다. 이(利)에만 눈이 밝아 도덕이 무너지고 윤리가 깨져도 나 몰라라 방관해 온 우리 사회에 올바르게 자라날 양분이 있기나 할까? 범본이 될 만한 어른이 있어 외로 크고 잘못 자라는 세대에게 삶의 지표가 되어 주어야 할 텐데, 외로 크든 말든, 잘못 생각하고 있든 말든, 내 일이 아니면 무관심한 사회, 괜한 시비에 말려들면 골치 아프다는 생각만 꺼내 드는 사회에서 정의와 도덕 윤리가 자라기는 할까? 어른들이 포기하고 그대로 방치한다면 앞으로 이 사회를 이렇게 몰아갈지 모를 일이다.

학교 교육의 미욱한 동참도 문제다. 인성 교육은 뒷전이고 점수 따기에 침몰한 교육 현장은 살벌한 전쟁터가 된 지 오래다. 다독여지고 어울려져 자라는 인간애의 학습 현장이 아닌 '쟤보다 못하면 처져 낙오된다'는 불안 심리가 팽배한 곳이 바로 학교라는 사회다. 내 자식이 이겨야 한다는 승부 심리만 가득 차 옳고 그른 가치 기준이나 성숙한 의식의 전환은 뒷전이고 선행학습에 매달리고 몰려다니고 있으니, 교육의 본질이 변질된 지도 벌써 오래다.

꾀쇠아비*들로만 가득한 어른들의 사회는 더욱 문제다. 야비한 논리에 익숙한 이들. 떼거리 짓기로 일관하는 사람들. 말 바꾸기, 억지 쓰기로 대표되는 정치인, 종교인, 언론인, 교육가, 사업가, 의사, 검사, 등등, 수많은 고급 직종의 사람들도 패거리로 몰려다니면서 밥그릇 챙기기에만 급급하고, 내 것만 옳고 남의 것은 모두 질타의 대상으로 배척하며 제 욕심만 잔뜩 키우고 있는 이 사회에 무슨 길조가 깃들일 것인가 싶어 한숨이 날 뿐이다.

바뀌어야 한다. 교육의 지표가 바뀌어야 하고, 학생 인권만 앞세워 위축시킨 교권 문제를 바루어주는 것으로 전화되어야 한다. 절제를 가르치고 도덕 윤리가 선행되는 교육이 이루어지는 장이어야 한다. 이는 결코, 교육의 퇴행을 의미함이 아니다. 폭발적으로 양산되는 지식사회 산업사회를 외면하자는 것도 등한시하자는 것도 아니다.

인성이 자라지 못하고 정착되지 않은 상태에서 확장일로의 획일 기계화된 지식의 위험성을 온유한 가슴으로 감싸 안는 교육으로 가자는 것이다. 함몰되어 가는 우리들의 자기 윤리를 사랑으로 키워낼 줄 아는 교육정책이고 교육의 장이 되었으면 싶다. 모든 대상을 탓만 하는 세태가 아니라 이웃을 돌아볼 줄 아는 여유로운 우리 사회가 되었으면 좋겠다.

안중걸 산문집

부정과 부조리가 발붙일 수 없는 사회, 부도덕한 문제가 고착화 되지 않는 사회, 유치하고 치사한 사건 사고가 사라지는 사회 그리고 인간미가 넘치고 사랑의 향내가 늘 감도는 사회가 학교 교육의 혁신과 변화로 찾아올 수 있으면 좋겠다. 거기에 어른들의 사회 교육이 살아나 보태어지고, 가정교육이 돕는다면 이 사회가 분명 건강해질 것을 믿는다.

---

*꾀쇠아비: 파렴치한 도둑. 흥보의 아내가 가난을 못 이겨 자진을 꾀할 때 벗어 놓은 옷을 바지랑대로 훔치려 한 자.

수담

　인공지능 알파고와 천재기사 이세돌과의 바둑 대결이 연일 빅
뉴스로 다루어졌다. 인공지능이란 기기가 과연 얼마만한 능력을
지녔을까를 고민 없이 받아들였던 것이 실수였을까? 얼마나 진
보했을까를 믿지 않은 것이 오류였을까? 자타가 공인하는 세계
최강자가 내리 세 판을 인공지능 기기 알파고에 지고 만다. 9단
을 일컬어 입신(入神)이라고 하는데, 세계에는 수백 명의 9단이
있고 그중에서도 가장 센 사람이라고 인정되는 기사가 이세돌
9단이다.

　그러니 입신의 경지인 9단 최고 실력자인 그의 입장에서 볼 때
야 인간지능과의 대결은 인간을 흉내내는 기기와의 승부 정도로
여겼을지 모른다. 어느 중국 기사와 두어서 전승했다지만, 무명
과의 대국 수준이었으니 신경 쓸 일도 아니었을 것이다. 수졸(守
拙)의 경지를 넘었을까 내지는 소교(小巧)의 수준은 될까를 의

심했을지 모른다. 슬쩍 깔보는 심리도 있었을 터.

바둑은 집을 크게 짓기 위한 포석(布石)과, 사활을 건 전투의 수읽기와 지키고 나가고 맞서 싸우고 물러서는 변화무쌍한 거의 무한대에 가까울 변수가 작용하는 게임이다. 미묘한 감정의 영역도 다스릴 줄 알아야 하고, 절제와 용기도 필요하고, 수읽기를 통한 선택 결정도 창의적이어야 한다. 이런 것을 고작 0과 1을 활용한 이진법의 논리로 소화해 낼 수 있으리라고는 애당초 믿지 않았던 것이 우리 인간의 교만이었을까? 그러니 다섯 판 대국 중한 판만 져도 내가 진 것이라고 말할 만했던 것이리라.

그러나 막상 맞붙어 본 결과는 상상 그 이상이었다. 자타가 공인하는 세계 일인자의 모습은 어둡기만 했다. 제대로 힘 한번 써보지 못하고 물러나고 말았다. 아니, 있는 힘 다하고 용을 써 봤지만 졌다. 신산이라고 불리던 인간 대표가 인공지능의 가공할 벽 앞에 무너지고 만 것이다. 알파고의 기력은 이미 구체(具體) 좌조(坐照)를 넘어있었다, 아니 인간들이 만들고 칭하는 9단의 경지 그 이상이 되어 있었는지 모른다.

대국자는 알파고와 마음껏 바둑의 묘미를 즐겼다고 표현했지만, 나의 시각에서 보면 결코 즐긴 것이 못 된다. 다섯 판 중 한판 반 정도나 즐겼다고 할까? 첫판은 가벼운 마음으로 시작했으니 얼마 쯤은 즐긴 것이 맞다. 그러나 수가 거듭될수록 국면은 쉽지 않았고 여유로울 처지가 아니었다. 오히려 곤혹스러운 시간이 훨씬 많았다. 곤혹스러움 자체를 즐긴 거라면 틀리지 않은 표현이겠지만 말이다.

둘째 판, 셋째 판은 온 힘을 다하고도 중과부적으로 나가떨어진 패장 같았다면 내 눈이 잘못된 것일까? 즐길 만큼의 여유로운 순간이 없었다. 넷째 판에서도 승패의 추가 이세돌의 편으로 기울어지지 않았다. '신의 한 수'로 불릴 만한 수가 놓여졌다는데도, 시간에 쫓기듯 놓는 한 수 한 수가 힘겹게 느껴졌다. 인간 대표를 응원하는 사람들은 오그라들 것 같은 가슴을 얼마나 쓸어내려야 했던가? 다섯째 판은 승패를 떠나 자기식의 바둑을 두어갔다, 전 패를 하지 않아 가질 수 있는 여유도 있었다. 사람들도 많이 편안해했고 여유롭게 지켜보는 듯싶었다. 승패에 연연하는 모습도 아니었다.

그러나 돌이켜보면, 첫판을 힘 한번 제대로 써 보지 못하고 내주고 나서 당혹해 하는 모습이나, 둘째 판을 다시 지고 말았을 때 어처구니없어 짓는 표정, 셋째 판조차 맥없이 주저앉아 버렸을 때, 그 떨리는 목소리와 가녀린 손끝의 흔들림을 보면서 우리 인간의 나약함과 한없이 작아진 듯한 우리의 자화상이 참으로 슬펐다. 그래도 대국자는 의연했다. 내가 부족해서 진 것이지 우리 인간이 기계에 진 것이 아니라고 모든 책임을 자기에게로 돌렸고 다른 누군가는 충분히 극복해낼 수 있으리라는 메시지를 복선처럼 남긴다. 참으로 슬프도록 갸륵한 인간애다.

밤새워 복기하고 다시 준비해서 결국은 승리로 장식한 넷째 번 대국은 참으로 인간 승리의 모습이었다. 그러니 여자 해설자의 목소리는 거의 울먹이는 감격의 톤이었지 않았던가? 과정이 없으면 역사가 아니다. 과소평가하고 철저히 준비하지 못해서 졌든, 인공지능의 능력이 외려 인간의 그것을 넘어설 만치 발전되어서 졌든, 모두 인간의 승리다.

인간이 훨씬 더 많은 것을 잘할 수 있도록 도와주는 도구라고 말하는 관계자의 말을 빌리지 않더라도 신 인종적 사고를 해낼 수 있는 기기의 제작과 개발은 인간이 만든 것이고, 분명 우리 인간의 문명 문화에 적지 않은 이기로 작용할 테니 말이다. 깨어지고 넘어지고 찢겨 가면서도 좌절과 실의에 젖지 않고 극복해 내는 모습을 보인 대국자에게, 이런 기기를 만들어 낸 관계자 모두에게 박수를 보낸다.

원미산에서

    원미산은 해발 167m의 야트막한 산이다. 언덕이라 해도 무방할 만한 산이다. 그런데 이 야트막한 산 정상에 지어진 정자에 앉으니 동서남북 막힘이 없이 훤히 내려다보인다. 멀리 가물가물하게 보일 듯 말 듯 남산이 위치해 있고, 관악산 광교산 성주산 소래산 계양산 도당산이 병풍처럼 둘러있다. 그 곁 더 멀리 흐릿하게 보이는 것이 김포공항이라는데, 내 눈엔 그저 아득하다. 그야말로 일망무제(一望無際) 이 낮은 산자락 정자에 앉아 일망무제를 뇌까리며 웅얼거리고 있으려니 다시 뇌리로 닿는 구절이 있다.

    會當凌絶頂(회당능절정)
    ─높은 산 가장 높은 봉우리에 올라─
    一覽衆山小(일람중산소)

―곳 산의 낮음을 한 번 내려 보리라.―

호연지기가 담긴 두보의 시, 망악의 한 구절을 고소(苦笑)로 곱씹는다. 그랬다. 주변이 모두 낮은 지역들이어서 그랬나보다. 잠시 잠깐 걸으며 두어 번 허리 굽혀 쉬며 걸었는가 싶었는데, 벌써 정상을 알리는 푯말이 있고 정자가 코앞에 있어 살짝 실망감이 없지 않았는데, 시야로 펼쳐 보이는 막힐 것 없는 전망이 가슴을 시원하게 해준다. 원미산의 마력을 보는가 싶어 놀라고 있다.

세상사 계획대로 되는 것은 하나도 없다고 푸념을 풀풀 흘리며 내닫는 걸음이 마냥 바쁘기만 했었을라. 내념에서야 이렇게 저렇게 하면 충분히 여유가 있겠다 싶은 시간에 출발을 서둘렀지만 시내가 막히고 차량이 고장 나는 변수를 어찌 계획에 넣을꼬. 약속 시간을 맞추지 못한 것은 어쨌거나 나의 불찰이니 동료들에게 면목이 없고, 체면이 말이 아님을 실감하면서 뒤좇아 뛰다시피 내달리니 중간 기착지엔 오히려 먼저 닿았기에 뜻하지 않은 망중한을 사방 조망으로 만끽하고 있다.

어떻게 어떤 길을 따라 올라왔는지 돌아보려 하지만 떠오르지조차 않는다. 다만 진달래 동산이란 푯말을 따라 내닫는 발걸음은 허위허위 쉬어가는 숲길에서야 겨우 숨을 돌렸던가. 다시 전망대까지 단숨에 올랐는데 가물가물 눈앞에 빗겨간 푯말들이 여럿이었음만 떠올려진다. 한참을 지나 일행들과 조우. 계면쩍달까? 무안스럽달까? 맘이 편치 않은데 반겨주는 수인사가 고마울 밖에. 서로가 고생들 했다는 위로의 말을 가슴으로 받다.

걷다 쉬다를 반복하면서 일행들과 나누는 담소가 도도해질 무렵 원미산을 거의 빠져나와 봉배산 쪽으로 들어서는 지점에 다다른다. 시야에 들어오는 선명한 안내판이 재밋다. 시가 있는 숲, 연리지 쉼터, 무형문화재 전수관, 옹달샘 연못, 쉬어가는 숲, 부천식물원, 수령 고지, 경숙옹주 묘, 선사유적 공원 등등, 올망졸망 빽빽이도 길 꾼들을 안내하는 호 간판의 표지판에서 정겨움을 느꼈달까? 더해 괴목덩이 어우러지게 짜 맞춰 모아놓고 걸어놓아 작품처럼 꾸민 곳에 앉아 눈 호사를 하며 솔바람으로 심신을 씻는 동안에 노독(路毒)이 녹아난다. 어느 결이라 싸리꽃 벌써 매달려 흔들거리고 철 이르게 코스모스도 수줍은 미소로 반기는 길녘, 별로 곱달 것 없는 망초도 한창이다. 원미산, 봉배산의 옅은 흙내 풀내를 함께 맡으며 걷는 길이 마냥 풋풋한 오후다.

여행

얼마 만인가? 여행을 나선 지도 꽤 오래되었다. 감회가 새롭기까지 하다. 서로의 생일을 축하하며 떠나는 길이다. 벌써 진부령으로 접어든다. 수학여행 인솔로 많이도 지나다녔던 길이다. 적잖이 변해있었지만, 그래도 예전의 모습들이 반갑다. 진부령 고갯길, 양옆으로 빗겨 선 산자락엔 아직도 잔설이 남아 있고, 산봉봉 저 끝에는 헐벗은 나뭇가지들이 초병처럼 가지런히 서 있다. 우리의 발길을 환영이라도 하듯 흔들리는 가지들을 향해 손을 흔든다. 덕장에 걸린 마른 생선들에도 무슨 사연들이 얽혀있을까? 올라타듯 얹혀있는 설편(雪片)들을 보며 내닫는 차창 너머로 막바지 겨울 이야기를 읽는다.

통일전망대에서 망원경을 통해 보는 북녘땅 해금강은 애증의 땅이다. 손에 닿을 듯 지척이건만 마음 놓고 갈 수 있는 곳이 아니요, 분단의 아픔만 또 확인하는 천덕꾸러기 같은 터다. 북쪽이

고향인 이들이야 멀리 금강산 육로만 보아도 애틋할 테고, 끊긴 철로만 봐도 애달프게 느끼겠다 싶은 막연한 마음으로 근현대사를 떠올리고 한숨을 쉰다.

내 여기를 찾음은 우리의 아픈 역사를 되돌아보자거나 감상에 젖고자 함이 아니다. 또 다른 나의 전환기를 내 조국 산하 여기저기를 밟으며 설계하고자 함의 시작점으로 이곳을 택하고 '해파랑길'을 따라 걸어보려는 의도가 전부였는데, 그럼에도 출발점의 무게가 자못 무겁다.

김일성 별장 옆으로 오르는 49코스 해파랑길은 깔딱 고개다. 데크길 계단을 만들어 놓았는데 제법 높이가 있어 밟고 딛고 오르기가 숨차다. 나름 오가는 이의 편의를 위해 설치한 것들이어서 바다의 풍광을 더 가까이서 접할 수 있다. '거진 해맞이 봉(峰) 화진포 숲길'이라 명명된 그곳을 향해 오르려면 몇백 계단을 디뎌야 하고 더러는 숲길을 지나야 한다. 땀을 씻어내는 바람길을 향하는 곳에 한 봉오리 응봉(鷹峯)이 있다. 마치 매가 앉아 있는 모양새의 봉오리라 해서 붙여진 이름이다.

응봉 정상에 서서 화진포 백사장을 멀리 내려다보며 쉬고자 하는데, 이승만 별장을 둘러싼 담수호 석호가 화진포 바다보다 더 넓고 더 많은 물을 품고 있는 모습에서 놀란다. 정작 그곳에서는 느낄 수 없었던 풍광을 응봉에서 보게 된다. 그리고 그 너머 겹겹 고봉들에는 아직도 눈모자를 눌러쓰고 있는 모습이 마치

켜켜이 떡 시루를 올려놓은 듯한데 그것이 왠지 곱고도 시리다.

동해의 지명에는 '해맞이'를 머릿글자를 달고 있는 곳이 많다. 다리는 해맞이고. 쉼터는 해오름쉼터. 그뿐인가? 해맞이 산소길. 해맞이봉 삼림욕장 등등. 끝없이 펼쳐 보이는 동해 저 멀리 한가로운 고깃배들을 내려다보며, 또 멀리 조망하는 동해의 아침 바다에서 상서로운 구름이 몽실몽실 밀려오고 삽상한 바다 내를 실은 바람이 전신을 감싸안고 옴을 느낀다.

동해 해파랑길은 부산의 오륙도 해맞이 공원에서부터 고성 통일전망대까지의 해안 길을 50코스로 나누어 놓은, 걷기 여행길이다. 그뿐인가? 남해는 남해대로 서해는 또 서해대로 무슨 무슨 바닷길이라 이름 붙여 놓고 도보길을 마련하고 있음을 보고 있다. 거기에 어느 노 철학자의 인생은 70부터라는 말씀이 추임새 되어, 옳다 싶고 내 얘기겠거니 싶어 더 늦기 전에 걸어보겠다는 다짐으로 통일전망대부터 역순의 길을 첫걸음으로 내디딘 것이다. 나름의 자부요 용기였다.

그럼에도 연속으로 모두 걷기는 쉽지 않을 테고, 여기저기 마음 내키는 대로 닿기 좋고 가기 편한 코스 따라, 그리고 유명세가 확인된 곳은 먼저 찾는 방식으로 걸어볼 양으로 우선 시작은 한 것이다. 이것만으로도 의미는 충분하고 내심 뿌듯함이 적지 않다. 한 번 출정에 몇 코스를 걷게 될지는 정해진 바가 있는 것은 아니다. 세상사 변수야 언제나 있는 거 아닌가? 덧붙여 도보 길

주변에 있는 역사터나 유적지를 택해 찾는 수고를 보탠다면 의미 있는 여행이 되겠다 싶어 스스로 쟁그러워하는 것이다. 사실 아내의 치밀한 준비와 적극적인 추진 동조가 없었다면 쉽지 않았을 게다.

금강산 사찰 중 하나, 건봉사를 향하면서 연신 관동별곡에서 떠올리던 장안사를 얹어두고, 유점사를 다시 기억하는 것은 무슨 심사일까? 어느덧 불이문(不二門) 앞에 선다. 여기저기 사찰의 이력을 알려주는 안내판들을 훑어보지만 그 의미를 설명한 곳은 없고, 갸웃갸웃하다 겨우 알아챈 '진리는 두 개가 아니다'의 의미를 곱씹으며 한참을 생각에 젖는다. 천년 고찰의 웅자를 보면서 그 안에 고스란히 담겼을 시련의 역사를 함께 읽어야 하는 것이 아프다. 불에 소실되고 전화에 부서지고 약탈에 전신을 뜯긴 사찰. 덩그러니 주춧돌만 여기저기 흩어져 있는 절터의 흔적들이 아직도 폐허처럼 방치된 것이 을씨년스럽기까지 하다.

불이문 곁, 수령이 5백 년 이상인 팽나무가 위의를 보이고, 좌측 세 그루의 소나무는 빽빽한 모습으로 섰다. 고찰이 모두 화마에 타 버릴 때 겨우 보존한 불이문을 지켜보고 있었던 나무들이다. 입구에서부터 수심을 안고 몇 발 내디디니 신물처럼 운판과 목어 법고 범종을 가지런히 정렬해 놓은 범종각. 누구라 두드리고 때리는 이도 없건만 은은히 울려 퍼지는 소리, "지옥(地獄) 중생(衆生) 이고(離苦) 득락(得樂)" 타닥타닥 목어 두드리는 소리가 들리는 것 같음은 환청이었을라.

이름도 그럴싸한 능파교(凌波橋: 속세의 파고를 헤치고 부처님 세상으로 오른다.)를 건너니 대웅전과 극락전이 나란히 있다. 역사 속 의미를 눈에 담는 이 시간이 내게는 무한 행복이다. 왕소나무를 찾고 장군샘을 또 보고자 하지만 하나쯤은 남겨 두는 것도 나쁘지만은 않을성싶다고 포기한 것을, 다음을 기약하는 여유로 삼네 어쩌네 하면 어쭙잖은 변일까?

쉽지 않게 마련한 여행인데 여기저기서 보채 듯 채근하는 연락을 무시하지 못하고 계획보다 일찍 돌아가는 길목에 슬쩍 들른 건봉사에서 빠져나오자니 진한 아쉬움이 남는다. 언제라도 마찬가지일 터. 계획은 수시로 바뀔 수도 있을 것이고 일정은 늘 늘다 줄다 하겠지만, 그때그때 순응하며 이어볼 생각이다.

목숨

'목숨'은 다큐멘터리 형식의 영화다. 호스피스 병동에서 생의 끝자락을 잡고 살아가는 40대의 가장과 평범한 주부 그리고 전직 교사, 쪽방촌 노인들의 투병 생활과 스러져 가는 삶 속에서의 고뇌를 담아내고 있다. 이제 더는 가망이 없는 삶의 끝자락에서 남은 막바지 인생을 마무리하는 처연한 일상이 그려진다.

살아가면서 역설적이지만 우리의 마지막을 알 수 없다는 것이 얼마나 다행인가. 인간은 거개 목숨에 대한 애착을 갖는다. 어디 인간뿐일까. 모든 생명이 있는 존재들의 본능일 것이다. 이제 지쳐서 더 이상 연명(延命)하고 있음이 가족은 물론 자신에게 힘겨운 일임을 자각하고 그만 저세상으로 갔으면 좋겠다는 여인의 담담한 토로가 가족들을 슬픔으로 몰아간다.

젊은 시절 잘 보살피지 못했던 것이 한으로 남아 서글퍼진다. 이제는 기 한번 펴고 살만한데, 병들어 누리지 못하는 현실이 한

이 되고 가족들의 아픔이 다시 한이 되는 모습을 보면서 삶이 저런 것이려니 하지만, 아픔은 쉽게 가셔지지 않는다.

호스피스 병동에서 마지막 퇴원, 즉 죽음을 맞을 때까지의 기간은 평균 21일이란다. 그러니 그 안에 있는 사람들의 하루하루 상황은 나빠지는 것뿐, 호전의 기미나 희망을 걸 수 있는 곳이 아니다.

점점 쇠잔해지는 환자를 지켜보는 가족들도 상시 죽음을 만지며 환자를 지킬뿐이다. 숨쉬기조차 답답한 상황의 연속. 언제까지나 그 상태로라도 살아 주기만 했으면 좋겠다는 희망을 원처럼 남기지만 운명은 여지없이 그들의 기대를 앗아갈 뿐이다.

하루하루 일각일각이 더없이 소중한 시간이다. 더 이상 좋아질 수 없는 상황을 이미 알고 있는 담당 의사는 환자들과의 상담을 통해 병과 싸워 이기려는 무의미한 투쟁을 버리고 편안하게 마지막을 마무리할 것을 권유 내지는 유도하고 있다. 기실 얼마나 어려운 언어의 선택일까. 끝까지 포기할 수 없는 것이 목숨인데, 그것을 그만 내려놓고 갈 때까지 만이라도 편하게 보내라는 권고다.

전직 교사 박씨는 젊은 시절의 삶을 반추(反芻)한다. 자신이 살아온 삶을 돌아보기도 하고, 추억을 더듬고 지나온 삶을 곱씹는다. 꼿꼿이 마지막 가는 주검을 보듬으며 고생하셨다고 수고 하셨다고 얹어 놓는 아내의 목소리가 죽음이 슬픈 것만 아님을 일깨우지만, 그렇지만 죽음은 우리를 아프고 아리게 한다.

숨만 쉬고 있다면 오래오래 있어 주기만을 고대하는 아내와 자식의 바람과는 다르게 하루하루 쇠잔해지는 중년의 사내. 분명 그는 가족의 전부였다. 내가 누군가의 전부였던 것처럼. 여기 있는 모든 이들도 마찬가지일 텐데, 한 사람 두 사람 그리고 이웃한 이들이 전부의 의미를 놓아둔 채 떠나게 되고 마는 현실을 보면서 더욱 나약해져 가는 자신을 만진다. 중년의 사내만이 아니다. 이웃한 모든 이들이 느끼는 심정일 테다.

임종이 가까운 이는 같은 병실에 두질 않는다. 상실감, 절망감이 다른 이들에게 전파되지 않게 하기 위해서다. 그러니 해바라기 실로 옮겨지는 것은 곧 죽음의 의미다. 해바라기 실을 거쳐 이제 가고 만 그들이 머물던 병실을 기웃거리는 중년 사내의 모습이 그래서 더 애처롭다.

그러나 이들에게도 활력의 순간은 있다. 호스피스들의 도움이 닿으면서 변해진 삶의 반향이랄까? 가장 죽음 가까이에 있는 이들을 보면서 삶과 죽음의 의미를 찾고자 하는 예비 신부(神父)인 신학생 정민영은 마지막을 준비하는 이들을 위해 병실 복도 위에서 기타를 치고 노래를 부른다. 서투른 마술을 준비하고 선보이는 모습들, 이별을 준비하는 가족들과 어우러진 한때의 춤사위, 한 컷이나마 사진으로 남기고자 하는 추억 쌓기의 모습들. 이 모든 것은 죽음을 받아들이는 모습들이다. 그래도 삶에 대한 미련이 남아서였을까? 중년 사내는 시내 병동으로 옮겨 치료를 계속 받다 되돌아와 삶을 마감하는 장면. 그리고 영화는 끝이 난다.

세상에 영원한 것이 어디 있겠는가? 죽음은 나에게만 오는 것이 아니다. 태어난 존재들은 누구나 간다. 단지 살아 낸 시간의 차이가 조금 다르고, 삶의 질적 의미에 차이가 있을 뿐이다. 정신적으로 육체적으로 지쳐 마지막 와 닿은 곳. 남은 삶을 놓고 기를 세운다거나 다툴 일이 아니다. 마지막 남은 스무날 남짓한 시간의 날, 이제까지 살아온 삶을 돌아보고 깔끔하게 마무리하는 순간들이 되고 가장 의미 있는 시간이었다고 기억하고 떠나게 도와주는 곳이다. 세상이 무섭지만은 않고, 차갑지만도 않다며 여행을 떠나는 예비 신부의 말마따나 마지막 죽어가는 곳일지언정 그렇게 여길 삶을 미리 마련하라는 메시지를 만지게 하는 우리의 건강한 삶과 죽음의 한 단면을 보여 주는 영화다.

승우(勝友)*

헛똑똑이가 많으면 세상이 어지러운 법인데, 우리 주변에 너무 많은 헛똑똑이가 있어 피곤하다. '똑똑하다'라는 말은 형용사로 '사리에 밝다' '야무지다'라는 뜻이다. 더불어 '영리하다'라는 뜻으로 통할 수도 있는 말이다. 분석해 보자. 앞에 붙은 '헛'은 속이 빈 내지는 보람이 없다는 의미로 쓰이는 접두어이고 '이'는 형용사의 말을 명사로 만들어 주는 파생접사다. 정리하면 '헛+똑똑(하다)+이'가 되는데 '헛'이 똑똑한 이를 지칭하는 말 앞에 붙어 부정적 단어를 만듦이 참 얄궂다. 똑똑한데 하는 짓이나 말 그리고 생각이, 정도를 걷지 않아서, 아니면 그 길을 가지 않는 모습이어서 질타하려는 의도로 지적하고 경계하려 생성된 말은 아닐까. 약간의 비아냥거리는 의도가 슬쩍 내재 된 듯도 싶고, 적잖은 시샘이 개재된 말 같기도 한 낱말이 아닐까.

많은 정치꾼들이 주워 삼키는 한결같은 말이 있다. 민생을 위해 나선다는 말이다. 그리고 제가 전문가라 하고 최적임자란다. 저만큼 달리 일할 사람이 없단다. 그러면서 덧붙이는 말, 하는 꼴들이 한심해서 더는 보고 있을 수가 없어서 나섰단다. 얼마나 고마운 말인가? 공복이 되어서 민생을 위해 제 한 몸 바치겠다고 한다. 무시로 들어온 말인데, 정작 민생을 위해 일하는 이는 별로 본 바가 없다. 제 욕심만 한껏 채우려다 들통났다는 소식들로만 채워지는 모습에 역겨워서 차라리 뉴스를 외면하게 된 것이 어제오늘의 얘기가 아니지 않는가? 지키지도 못할 말만 내 세우고 망신살만 사는 헛똑똑이들의 말로를 본 것이 한두 번이 아니지 않은가.

제 밥그릇 챙기기에만 열을 올리는 저 잘난 의료인들의 모습은 또 어떤가? 과연 환자들의 고통과 아픔을 어루만지고 있는 모습일까? 인술을 제대로 펼치고 있다고 할 수 있을까? 물론 그들도 생활인이니 경제 활동을 전혀 도외시하랄 수는 없다. 그렇지만 경제적 고통을 하소연할 만큼의 부류가 아님을 누가 부정하겠는가? 많은 정의로운 의사 선생님들이 계시지만, 또 적지 않은 헛똑똑이들의 욕심 배인 주장에 귀가 따갑지는 않던가?

말이 너무 많고 헤프면 실없는 소리가 뱉어지게 마련이고 그것이 화를 자초하게 된다. 화의 문이 입에서 비롯하게 되는 것은 그 때문이겠다. 불가에서는 의업(意業) 신업(身業) 구업(口業)을 자주 언급하는데 그중에서 특히 강조하는 것이 구업이다. 입은 활인검(活人劍)이 될 수도 있고 살인도(殺人刀)가 될 수도 있기 때문 이리라.

백년도 채 살지 못하는 인생에 좋은 말, 고운 말, 아름다운 말, 위로 위무 격려의 말만 골라 써도 짧은 삶 아닌가? 쓴소리가 꼭 나쁘다는 것이 아니요 바른 소리의 지적이 잘못되었다는 것도 아니다. 배타적이고 부정적 언어를 자주 선택한다는 것은 구업을 거스르는 것일 터. 가슴 속에 화를 지피는 일이며 키우는 일이다. 비판의식이 곧게 드러났다기보다는 잘못 형성된 의식이 무도하게 표출된 것으로 보이는 경우가 많다. 좋고 나쁜 것, 옳고 그른 것, 그렇고 그렇지 않은 것, 진(眞)과 부(否)는 웬만한 이면 다 안다.

그런데도 헤집어 들추지 않는 것은 꼭 몰라서가 아니다. 덮어두고 삭혀내는 것이 낫겠다고 판단하기 때문이 아니겠는가? 무자비하게 할퀴고 제멋대로 헤집어 뜯으며 함부로 목청 돋우어 지껄이는 것은 헛똑똑이들의 전유물이다. 칼에 베인 상처는 세월이 흐르면 아물지만, 말에 베인 상처는 쉽게 아물지 않는 법이다. 아무런 말을 함부로 선택하는 입을 조심해야 하는 큰 이유다.

백세 시대라지만 오늘을 돌아보면 우리도 적지않이 닳아진 세대다. 벌써 한두 번의 고비를 넘긴 친구들도 있고 안간힘으로 오늘을 버티는 친구도, 벌써 유명을 달리 한 친구도 있다. 이제 조금 더 너그러워지고 자비한 마음으로 보듬어 줄 줄 알고 참아낼 줄 아는 삶을 영위할 수 있었으면 좋겠다. 우리 안에 사랑하는 맘이 활짝 열렸으면 좋겠고 서로 안타까워해 주는 맘이 활활 지펴졌으면 좋겠다. 우리가 서로에게 승우가 되려고 한다면, 서로를 좀 더 귀히 여기고 예우하는 자세가 우선되어야 하는 것 아닐까? 혹여 나 자신이 헛똑똑이인 줄 인식하지 못했던 우리였다면 이제라도 서로에게 승우가 될 수 있는 길을 열어보고 걸어야 할 것 같다는 생각이 든다. 암만 생각해도 헛똑똑이는 이웃과 친구를 불편하게 하기 때문이다.

---

*승우(勝友)-훌륭하고 좋은 벗.

운림산방(雲林山房): 구름으로 그린 숲

소치 허련과 넷째 아들 미산 허형 부자간에 얽힌 갈등을 악
(樂)으로 풀어보고자 시도한 악극, '구름으로 그린 숲'엔 남도 특
유 삶의 색깔이 입혀져 있다. 200년 전통 미술의 가업을 이룬 대
화가의 삶, 그 모습을 남도의 음악으로 풀어내려는 시도 자체가
무리요 억지는 아닐까 싶어 적지 않은 의구심으로 보게 된다. 악
이나 미술은 모두 예술의 범주이기는 하다. 하지만, 하나는 소리
와 악기에 의존해서만 표현되고 완성되는 것이요, 다른 하나는
색채와 선 여백으로 해석하고 의미 부여하며 옷을 입혀야 완성
되는 전혀 다른 방향의 예술 아니던가. 내 생각에는 당최 어울려
질 까닭이 없는 것이려니 싶어 악극 앞에 서게 했는지도 모를 일
이다.
　　허형은 아비 허련의 장례를 치른 후 그 영혼을 만나는 가상의
무대를 꿈으로 체험한다. 자신의 삶 자체가 한으로 응어리진 것

으로 느끼면서 살아온 허형에게 아비는 그저 당신만의 예술혼에 젖고 빠져 산 사람일 뿐이었다. 자식도 아내도 뒷전이고 농사일이나 시키고 홀대만 해왔던 아비였다. 언제나 당신 욕심에 젖어 그림만이 전부며 우선시했던 분이다.

아비는 당신을 닮은 큰자식에게만 기대가 컸다. 그 또한 당신의 욕심 아니었던가? 그러나 형 허은의 요절은 아비를 좌절하게 하는데, 넷째 허형에게서 그림의 재주를 보게 되는 것이 그나마 다행이었을까? 형에게 주었던 호까지 물려주며 재능이 꽃필 수 있도록 돕는 소치다. 이렇게 소치에게는 미술혼을 잇는 것만이 삶의 전부였는지도 모를 일이다. 이것은 보통 아비들의 전통적인 자식 사랑 방법이었고, 예능인 아비들의 전수 방법이었다. 그러나 허형에게는 용납되지 않는 아비의 이기심일 뿐이었다. 이 응어리가 소치와 미산의 갈등이었다.

예술밖에 모르는 소치는 죽어서도 자식 곁을 쉽게 떠날 수가 없었다. 예술혼을 심어주고 싶은 아비의 서러움이랄까? 미진함에 대한 안타까운 마음이랄까? 허형은 허형대로 아비한테 인정한 번 못 받고 살았다고 푸념하는 자식이요, 관심 한 번 제대로 못 받고 살았다고 탓하는 자식이다. 이런 자식을 보듬고 싶은 아비의 또 다른 한이 쉽게 이승을, 자식 곁을, 떠날 수 없는 것으로 극화된다.

가상의 공간 속에서 허형은 아비 허련을 만나게 되고 생애에 대한 넋두리를 주고받으며 고향 산천 여기저기를 함께 돌아다닌다. 모내기하는 들녘에서 남도의 들노래를 듣기도 하고, 진도 앞바다를 둘러보며 강강술래를 보고 또 듣는다. 시끌벅적한 장터에서 진도 북놀이의 즉흥적 춤사위와 가락에 빠지기도 하는데, 이 모두는 그림을 그만두려 하는 자식의 마음을 돌이키려는 아비의 안타까운 행보며 자식에 대한 나름의 극진한 사랑이었다. 아니 예술에 대한 지독한 미련이라 하는 것이 맞을지 모를 일이다.

아무리 그래본들 응어리진 가슴을 풀어 놓기 힘들어하는 자식의 원망스러워하는 맘이 겉도는 무대 위의 장치는 서먹서먹하기만 하다. 얼마의 시간이 필요했을까? 구름 낀 첨철산에 앉아 함께 그림을 그리며 마음을 푸는 부자의 모습 안에서야 갈등 해소와 남도 예술혼이 자리 잡아지게 됨을 본다.

남도의 악과 미술이 어떻게 어우러지고 다시 예술혼으로 승화되어 풀어질 수 있을까를 숙제처럼 품고 보는 내내 가슴은 먹먹하기만 했다. 남종화 자체가 시(詩) 서(書) 화(畵)의 깊은 학문의 바탕에서 수묵담채(水墨淡彩)로 온화하게 표현되는 그림이려니, 구름으로 안개로 품듯 숨듯 풀어내는 문인의 화(畵)가 아니던가.

남도의 악(樂)은 또 어떤가? 우리의 가슴을 훑듯 어르듯 만졌다 흔들었다 하는 진도 아리랑의 가락 속에는 한을 삭이듯 풀어내는 맛을 담고 있지 않은가? 그러니 자연 가사보다는 여음의 묘미가 자랑인 가락이 진도 아리랑이다. 그래, 이것이었단 말인가. 구름으로 안개로 품은 아련한 허씨 일가의 예술혼과 휘어져 굽돌고 늘어진 남도 가락에 흐르는 한과 원의 풀이 방식이 동질의 감싸 안는 치유의 방법이었음이. 남도 예인들의 몸에 흐르는 예술혼의 인자가 여음처럼 흐르는 가락 속에서 스멀스멀 기어 나오고 있음을 본다. 풀어진 먹물처럼 안개와 구름의 옅은 여백 밑을 살곰살곰 번지고 있음을 본다.

제4부

사랑하며 아껴주며

───────────── "어머니의 장독대"

나드리 - 동강할미꽃

동강에서 할미꽃 축제가 열린다는 얘기가 들린다. 몇 번을 계획했었지만 뒤틀리고 말아 못갔는데, 바람결에 화신을 띄워 유혹하는 이가 누구인가? 주섬주섬 옷가지를 챙겨 들고 들뜬 마음으로 냉큼 찾아 나섰다. 시기가 너무 이른 것은 아닌가 싶었지만 축제 날과 맞닥뜨리면 인파에 시달리어 밀리듯 쫓기듯 다니는 것이 싫어서 축제 전에 볼 양으로 나선 것이다. 무슨 준비가 필요할까, 마음만 결정했으면 그만이지.

사실 말이지 마음 한구석에는 의구심이 없지 않았다. 내 사는 곳엔 아직 할미꽃 움은 어림도 없는 시기다. 거기라 어떻게 꽃을 피울 수 있단 말인가? 마음속에서는 반신반의의 의구심도 일었다. 그리고 몇 해 전에 사다 심은 할미꽃이 곧잘 퍼져서 꽃에 대한 아쉬움도 별로 없었다, 어린 시절 산자락 어디에서나 풀섶 어디에서라도 흔히 보았기에, 귀했다거나 사랑스러웠던 대상이 덜

된 것도 사실이다. 그런데 무슨 대견한 마음이 들어 서슴지 않고 나서게 나를 이끌었는지 알 수 없으나 이게 모두 나이에서 오는 여유라고 풀풀 웃음기를 날린다. 여우재를 넘고 멧둔재 터널을 지날 즈음 하늘이 찌뿌둥해지고 있다. 얼마를 더 가 비행기재 터널을 막 빠져나가니 하늘은 온통 분분설이 천지와 뒤섞여 어지럽다.

정선 장터에서 허기를 누르고 온 것이 다행이었을까? 뱃심은 든든했다. 내친걸음이라 여기며 팔과 다리에 힘을 더하고 헛기침으로 내심을 다독인다. 설리(雪裏)에 올렸을 꽃대를 마음속으로 매만지는 것은 동시였다. 흥얼흥얼 콧노래를 흘린다.

가속 페달에서 발은 뗀 채 더 천천히 여유롭게 주변 경관을 돌아보며 난분분한 선경 혼돈의 자연 그 아름다움에 탄성을 쏟고 또 쏟으며 간다. 간밤에도 적잖이 눈이 왔었던가 보다. 나뭇가지가 척척 휘고 허옇게 올려진 잔설이 눈보라 속에 다시 너울거린다. 휴~ 아! 어쩔꼬 한숨도 탄성과 동시였다.

텐트가 질서 정연하게 쳐져 있고 행사를 알리는 입간판들도 군데군데 눈에 들어온다. 어느새 눈발도 멈추고 녹아져 흔적도 없는 신기루 같은 자연의 변화, 그 조화를 동강은 뭐라 탓도 원도 없이 받아들이며 흐른다.

소란스러운 듯 고아한 물소리. 크고 작은 바위들. 기둥 눕듯 바위틈에 몸을 기대고 카메라 렌즈를 들이대고 앵글을 맞추는 이들이 보인다. 뒷짐진 채 바위 사이사이 풀섶을 뒤지고 있는 이들도 여럿. 나만치 급한 성격의 사람들을 보면서 동질의 따뜻함을 느끼는 것은 싫지 않은 경험이다.

할미꽃 꽃대가 올라온 모양이다. 서둘러 그들 곁으로 서니, 앙증맞게 수줍은 듯 고개는 살짝 떨군 채 연보라빛 색깔로 보송보송 솜털을 떨고 있다. 심술궂은 눈보라를 탓하는 심정이었을까? 동강이 제멋대로 지껄이는 소리조차 꽃대를 어르고 달래는 양 들린다.

오늘 내가 만난 할미꽃은 이것이 전부였다. 적지않이 아쉬웠지만 그렇게 여길 필요가 없다고 마음을 굳힌 것은 그리 많은 시간이 지나지 않아서다. 꽃은 때를 좇아 핀다. 방문객을 위해 피는 것이 아니다. 자랑으로 피는 것도 아니다. 서두르지 않는다. 순응하며 스스로를 지켜낸다. 우리 인간들만 제 욕심대로 추측하고 조바심을 누르지 못해 안달한다. 바위틈에 서리서리 뿌리를 박고 전력으로 살아내며 움을 틔우는 것들의 빨간 속살을 본다. 그러면서 군락지를 따라 걷는 걸음걸음이 오히려 가뿐하다. 있는 대로 보고 느끼며 스스로 감동에 젖을 줄을 알아감은 또 다른 성숙일까보다.

만개한 모습은 다음으로 기약하며 뇌운계곡을 향함은 참으로 우연한 생각에서였다. 며칠쯤 묵으며 우리 산하 여기저기를 걸어보겠다는 생각과 그 옛날 자주 찾았던 추억이 떠올라서다. 여전한 산세라 여기면서도 낯선 모습으로 다가오는 것은 어쩌면 당연한 일이겠다. 얼마나 많은 시간이 지났던가? 이 시점에서 그 옛날의 것을 그 당시처럼 느끼고 보려는 건 어리석은 일일까 보다.

산은 옛 산이로되 물은 옛 물이 아니로다.
주야에 흐르니 옛 물이 있을쏘냐?

시조 한 구절을 주절거리며 픽픽 웃음을 흘린다. 손등엔 어느새 검버섯이 돋았는데 끄덕이며 소로를 따라 걷노라니, 신발 끄는 소리만 나를 쫓아 오고 있다. 그 옛날 어느 여름 내리꽂히듯 천지를 밝힌 하얀 섬광과 꾸릉꾸릉 울어대던 뇌운의 여운은 추억의 소리와 빛으로만 남았지만 물안개 살살 지펴 비경을 연출하던 모습은 옛날처럼 골과 나를 감싸 주고 있어서 다행이다.

옛 추억에 젖어 보려다 베이고 만 상처를 감싸고 일찌감치 서둘러 닿은 곳은 박경리문학공원이다. 선생께서 사시던 집안 뜰에는 좌상의 동상이 평퍼짐하게 놓였고 한 그루 산수유나무는 온통 노랗게 봄이 걸려 있었지만 대문은 굳게 닫힌 채 길손을 막고 있다. 공교롭게도 보수 공사중이다. 평사리 마당, 홍이 동산이라 명명된 담장을 둘러보며 선생의 잠언 같은 시구 앞에서 다소곳해지고 만다.

안중걸 산문집

낮추어도 낮추어도 우리는 죄가 많다.

청춘은 너무나 짧고 아름다웠다.

젊은 날에는 왜 그것이 보이지 않았을까?

아쉬운 마음으로 돌아서려는데 한 직원이 박경리 뮤지엄이 매지리에 있음을 알려준다. 기실 이곳이 선생이 마지막까지 사셨던 곳이고 집필의 터라 한다. 많은 지인(知人)들 문필가들이 어울렸던 공간에 가지런히 정돈되고 보관된 여러 소품들과 육필원고 입상의 동상 따위는 별로 신기할 것도 소중한 것도 아니다. 살아 생전의 업적, 사적 가치, 인간됨을 설명하며 치장하는 설명의 말들은 오히려 선생을 기리는 것이 못 될 듯싶었다. "글 기둥 하나 붙들고 여기까지 왔다."는 말씀하나, "삶의 무게 그 촉수로 글이고 싶다."는 독백이 더 우러러지는 것이어서 뇌이고 또 뇌이며 돌아오는 발걸음이 가뿐하다.

할머님의 묵주

　할머니의 삶은 외로움과 인고를 경위(經緯)로 짠 한 폭의 베와 같은 삶이었다. 그랬다. 스무 세 살 젊은 나이에 홀로되고 만 삶은 철저히 당신을 외롭게 했으리. 그렇게 홀로된 삶에 그나마 다행이었던 것은 집착에 가까운 사랑을 줄 수 있었던 자식이 있었기에 한평생을 버티어 내고 살아내게 한 힘이었는지 모를 일이다. 어느 한순간 당신 뜻대로 의도대로 살아 본 때가 있었던가? 오로지 헌신만이 당신의 삶이었고 자식에 대한 정성과 사랑만이 삶의 전부였을 할머니의 삶. 당신의 생각은 언제나 뒷전이었을 게 분명하다.

　할머니의 산소 이장을 의논하고 시행하면서 주마등같이 스쳐 간 할머님에 대한 기억들이 한 편의 드라마 같다고 다시금 느끼게 함은 묵주(默珠) 때문이다. 할머니는 늘 하느님을 가슴에 품고 사셨던가 보다. 그러나 가족들 누구도 할머니께서 성당에 나

가시는 것을 본 적이 없었다. 자식에게나 손주들에게도 같이 가자고 하셨거나, 다니자는 말씀을 하신 적이 없다. 그러고 보면 할머님의 신앙심은 그렇게 적극적이었다거나 꼭 그래야 한다는 신념으로 채우고 사셨던 것은 아닐지도 모를 일이다.

아버님께서는 생업을 위해 장사를 하셨는데 때로는 제사로 장사가 잘되기를 기원하셨고, 더러는 미신적 요소에 의지하며 그렇게 하시기도 했었다. 그럴 때마다 할머니는 언제나 자식의 뜻을 따르셨고 묵인으로 용납하셨다. 뿐만인가? 자식의 강요도 기꺼이 마다하지 않으셨던 할머니셨다. 식구들 누구도 할머니께서 천주님을 가슴에 품고 사신 사실을 몰랐음은 어쩌면 당연한 게 아닐까.

할머니께서 당신의 목숨을 조용히 거두어 가시던 그날 우린 당혹스런 일을 겪게 되었지만, 그 일조차도 어쩌면 꼭 있어야 했던 한 절차였음을 느끼게 된 것도 사실 묵주를 보고서였다. 웬 늙수그레한 여인네가 문을 밀치고 들어온 것은 그 순간이었다. 의아스럽다고 여길 겨를도 없이 여인네는 자기의 방문 이유를 밝혔는데 누구의 힘이었는지 어떤 이의 지시였는지 자신도 모른다고 했다. 그냥 버스를 타고 이 동네를 지나다 내리게 되었고 곡소리가 들려서 들어왔다고 말하는 것이었다. 그러면서 망자를 위해 기도를 해드리면 안 되겠냐고 물어왔다. 가족들이 한켠으로 비켜서자 여인네는 열심히 할머니의 손을 잡고 좋은 곳으로 가라

시는 기도를 하셨다. 그러고 당신의 묵주를 할머니의 손에 걸어 주고는 홀연히 나가셨다.

별난 이라고 여기며, 할머니의 유품을 정리하던 가족들은 모두 깜짝 놀랐다. 할머니께서 쓰시던 장롱 한구석에 하얗게 닳은 성경책이, 신물 여러 개가 담긴 복주머니와 함께 놓여 있었다. 아! 그랬구나. 할머니께서는 자식들에게조차 티 나지 않게 당신 혼자 지극정성으로 기도를 드리셨고 하느님을 가슴으로 품고 계셨음이 분명했다.

아버님은 할머니께서 쓰시던 그 모든 물품을 보공(補空)으로 넣어드려야 한다고 말씀하셨고, 우리는 이에 따랐다. 몇십 년이 지나 거의 잊고 살았던 그 일련의 일들이 다시 우리의 뇌리에 떠올려지고 숙연하게 한 것은, 이장을 하기 위해서 할머니 묘소를 파묘하면서였다. 관은 거의 모두 삭아 없어졌고 육신도 다 녹아 흔적이 없었는데 할머니의 목 언저리 부분에 묵주가 아주 멀쩡하게 줄도 끊기지 않은 채 남아 있는 것이 아닌가?

새집을 지어 드리고 돌아서는 우리의 발걸음이 무겁지 않았던 것은, 그 묵주를 도로 넣어 드려 할머니께서는 "좋아라" 품고 계실 거라는 확신이 느껴지기 때문이었으리라.

-이 글은 춘천에 사시는 김주영님에게서 들은 실화를 더하여 기록한 것임을 밝혀둔다.-

춤, '홍랑'을 보고

제주 읍성에 살던 홍윤애가 유배 온 조정철을 사랑하게 되며 겪은 이야기를 소재로 한 '춤 홍랑'이 국립극장에서 공연되었다. 한마디의 대사도 없다. 간간이 좌우 자막에 현재 진행되고 있는 상황이 어떤 것인지를 소개하는 정도의 설명이 짤막하게 새겨질 뿐이다. 모든 이야기 전개는 오로지 춤사위로 표현되고 있다. 연극이랄 수도 오페라라 칭하기도 어색한, 색깔이 없어 더 짙은 색깔을 갖게 된, 그야말로 이상한 공연물이었다. 배경 음악이 약간 과하다고 느껴지고, 대사가 없어 답답하고 지루하다고 느낄 즈음에야 두어줄 자막에 새겨지는 상황설명을 치어보며 내용을 짐작하는 것이 전부였다. 그러나 나는 공연 내내 오늘날의 그 옅고 헤픈 사랑 법으로 연출되고 마는 숱한 사랑 이야기들을 밑도 끝도 없이 수정하고 또다시 매만지고, 고치고 다시 고치고 있는 나를 보고 있었다.

그 줄거리는 진부하고도 뻔한 사랑 이야기로 너무나 흔하게 많이 다루어진 순애보 같은 이야기다. 개략해 보면, 정조 시해 음모 사건에 연루된 조정철이 제주도로 유배가게 되고 그와는 원수지간이었던 김시구는 제주 목사로 와서 그를 옥죄고자 한다. 외부인과는 일체 접촉이 금지되었던 중죄인의 적소(謫所: 유배지). 그곳에 제주 읍성의 아낙 홍윤애가 드나들면서 조정철을 보살피며 사랑이 움트게 된다. 김시구는 그것을 알아채고 트집 잡는다. 그리고 재차 역모를 꾀했다는 죄목을 덧씌우려 홍윤애의 거짓 자백을 강요하고 닦달하지만, 여인은 죽임을 당할 만큼의 매질에도 굴하지 않는다. 죽음으로 정인을 지키다 죽게 되는 지고지순한 사랑 이야기다.

춤은 언어다. 춤에는 한이 서려지기도 하고 웃음이 배어지기도 한다. 환희와 기쁨의 동작이 춤이요, 지독히 아픈 몸부림이 춤이다. 그러기에 춤에는 이야기가 묻어있게 마련이요 그래서 또 우리의 살아있는 언어가 되는 것이다. 살포시 손을 들어 만드는 동작 하나하나가 춤이고, 내딛는 걸음 자체가 다시 춤이다. 어깨 들썩이는 것이 춤이고, 허리 꺾어 내밀고 들이미는 것이 춤이다. 몸을 돌려 껑충 뛰어오르며 내뛰는 것이 춤이며, 내 던지듯 휘도는 몸짓이 춤이다. 뒷걸음 걸으며 슬쩍슬쩍 흔드는 엉덩이에서 교태 어린 춤사위를 보게 되고 정지된 듯 움직임이 없는 무희의 모습에서 숨 막힐 것 같은 호흡을 같이 느낄 때 우리는 춤에 이끌리고 있는 나를 만나게도 되는 것이다.

춤에는 종류도 많다. 손에 부채가 들려 있으면 부채춤이고 칼이 들려 있으면 칼춤, 검무다. 북을 들고 추는 춤도 있고 수건을 들고 추기도 한다. 산조 춤이 있고 태평성대를 기원하는 태평무도 있다. 액을 풀어내는 무속 의식의 춤은 살풀이라고 하고, 승려들이 추는 품은 승무라고 한다. 탈을 만들어 쓰고 춤을 추기도 하는데 이것이 탈춤이다. 학의 탈을 썼으면 학춤이요, 사자탈을 뒤집어쓰고 추면 사자춤인 것이다. 물론 춤사위야 다 격식 나름이겠다. 이 모든 춤에는 우리의 정서가 깃들어 있고, 우리의 이야기가 배여 있다. 그러니 춤은 살아있는 우리의 언어라 할 수 있는 것이다.

마침내 귀양살이에서 풀려난 조정철은 벼슬길에 나가게 되지만, 높은 벼슬도 마다하고 제주 목사로 내려온다. 어렵던 시절 헌신적이었던 연인 홍랑, 그리고 그녀의 죽음. 조정철은 그녀의 무덤을 찾아내고 추모비를 세워 주고 딸도 만나게 된다는 진부하고 고전적인 사랑 이야기가 내용의 전부다. 그런데 왜 이 진부할 수밖에 없는 너무나 뻔한 사랑 이야기에서 움쩍할 수 없는 위압적 감동을 받고, 떨림과 같은 설레임으로 전개 과정을 뚫어지게 치어보게 되었던 것인가? 무희들의 몸동작에 빠져들어 눈을 뗄 수 없었던 것인가? 한 마디 대사도 없는데, 그 무언의 그 대사를 대신하는 춤사위의 언어, 그 언어의 의미를 읽으려 몸을 곧추세우고 숨조차 억누르며 보게 되었던 것인가?

'춤 홍랑'에는 비장미의 춤사위가 도처에 연출된다. 한과 비애가 맞물고 돌아가는 동작 하나하나가 아픈 이야기를 담고 있다. 처절한 고통, 살을 찢고 가슴을 에는 그 아픔 속에서도 꿋꿋하게 지켜내는 사랑의 절조가 만드는 동작들이, 헤프고 쉽게 버리고 마는 오늘날 우리네 사랑을 위압해 놓았던 것은 아니었을까? 그리고 다시 보듬어 품어내는 정랑 조정철의 순애보가 카타르시스 역할을 했는지도 모를 일이다. 무엇이 어떻게 작용한 것이건 춤에 배인 깊디깊은 언어를 곱씹고 어루만지게 되는 시간들, 참으로 긴 숨을 긴장으로 붙들고 있었던 시간이었다. '춤 홍랑'이 준 감동의 언어를 보고 듣고 있었나 보다.

향수(香水)

오랜만에 나왔으니 무슨 선물이라도 하나 준비해서 가야겠다 싶던 차에 안부 전화가 왔다. 첫눈이 왔다고 했고, 많이 춥다고도 했다. 거기는 어떠냐? 잘 지내냐, 재미는 있냐? 시시콜콜 물으며, 혼자 있으니 많이 심심하단다. 싫지 않은 말품새에 선심을 얹어 뭐 갖고 싶은 것이 있는가? 물으니 극구 말린다. 쓸데없는 데 낭비하지 말란다. 그러면서 약간 톤을 가라앉혀 향수가 떨어지긴 했다고 중저음을 밑으로 깔아놓고는 아냐, 아냐, 한다. 이 부정어를 진담으로 알아들을 만치 맹추도 아니려니와 그랬다가는 눈치코치 없는 그야말로 인간미 빵점의 남편이 되고 말 것을 누가 모르랴.

면세점에서 제일 먼저 찾아간 곳은 두말할 것도 없이 향수 파는 매장이었다. 여러 종류의 향수를 종이에 묻혀 냄새를 맡게 해 가며 선호를 종용한다. 온통 향내로 덮인 곳. 더구나 후각이 별로 예민하지도 못한 주제에 무슨 구별 능력이 있었을꼬? 샤넬 5번. 미들 사이즈. 마르린 먼로에게 어느 기자가 무슨 옷을 입고 자냐고 물었더니, 샤넬 5번이라고 했었다는 일화가 문득 떠올랐었음일까 보다. 얼른 생각해 낸 것이었지만 참으로 낭만적인 구매였다고 스스로 만족해하며 모든 일을 훌륭히 마친 후의 대견함에 스스로 빠져들었다.

어느 해던가? 국화 몇 분을 사다 놓고 꽃향기에 취했었는데, 꽃이 지고 난 뒤엔 한겨울을 방치해 놓아았다. 그랬던 것이 봄볕에 꿈틀꿈틀 움을 틔우는 게 아닌가? 불쌍하기도 하고 가상하기도 해서 울 밑으로 이식을 해 놓았더니 온통 국화밭이 되고 말았다. 그런데 어찌 된 일인지 꽃은 점점 늦게 피어 오상고절(傲霜孤節)로는 표현이 덜 되고, 설중화라 해야 맞게시리 철이 지난 지금이 한창인 꽃이다. 아마 담장이 바람을 막고 복사열이 영향이 되었는가 싶기는 하지만 알 길이 없다. 그 꽃잎을 따 말려 차로 우려내니 고스란히 향을 풍기는데 여간 감미로운 게 아니다.

냄새는 그리움이요 추억의 환기물이다. 고향에는 언제나 고향의 냄새가 있었다. 봄마다 들녘을 태우는 쥐불 연기 속에서 아련한 향훈을 느꼈고, 풀 내나 꽃 내도 다른 곳의 것과는 달리 느껴졌다. 보리와 밀이 익어갈 무렵의 풋풋한 그 냄새도 다른 곳과는 전혀 달랐다. 시냇가의 물 내나 도랑으로 넘쳐흐르는 물 내도, 흙내조차도 다른 곳의 그것과는 차이가 있었다 싶은 기억이다. 언제나 내 고향의 냄새가 훨씬 달고 달았다. 이것이 고향의 냄새다. 공훈(空薰)일는지 모를 일이지만 그렇다면 또 어떠랴. 내 어머니의 살냄새가 아직도 마음속에 있는 것처럼, 그렇게 남아 있어 좋기만 한 것을.

냄새가 난다는 말은 왠지 부정적 의미를 포함한 듯 들리는 말이긴 하다. 향수는 악취를 감추기 위해 발달했단다. 그러고 보면 향수와 냄새는 뗄 수 없는 사이의 것들인지 모를 일이다. 어쨌든 초(焦-탄 내), 성(腥-비린내), 후(朽-썩은 내)보다야 향내가 맡기도 느끼기도 좋은 일일 테다. 아내가 받쳐 든 쟁반에는 국화 향이 가득한 찻물이 그득한데, 은은한 샤넬 5번의 향기가 보태져 있어서 더 훈훈하기만 하다.

친구야

친구야
오늘은 유난히 맑은 빛,
내 마음은 스스로 유혹을 원하는데.
기꺼이 넘어가 주고 싶은 여린 속마음인데,
그 이브의 발길로 냉큼 오지 않는 친구야
오늘을 본다. 허공을 본다.
마음을 들어
이격된 거리를 헤아려 보면,
참으로 먼 시간을 등가의 의미로 여기며
오늘은 내 곁에 있는데……
이름 모를 들꽃을 보며
감탄사를 연방하던
그 시간은 아직도 우리들 곁에 있는데.

굽이돌던 시골길
한달음으로 치달리던
아름답던 그 시간은, 추억을 곱새기 듯
아직도 가슴속에 뜨겁게만 있는데.
친구야
너는 너무도 멀리에 있구나.

친구야 오늘은
섬솟듯 끊임없을 언어를 생각해 본다.
마르지 않을 우리의 단어를
꺼내고 보듬으며 또 음미해 본다.
그래야 하는데,
항상 촉촉이 젖은 습내를 가져야 하는데
생명력을 갖고 탄력이 넘쳐나야 되는데
꾸미지 않아도 아름답고
과장하지 않아도 가슴에 뿌듯하고
언제나 여울 같은 고운 노래여야 하는데,

친구야
내가 선택한 언어가
더러는 가슴에 남지 않는다 해도

툭박해서 마음속에 넣을 수 없다고 여겨진대도
몇 번만이라도 웃음으로 받으려마.
아직은 못 찾은 그 언어가
지금은 어색해서 아껴놓은 나의 마음이라고
친구야 그렇게 여겨나 주려마.
사랑하는 친구야!

친구야
나의 하루는
친구를 부르는 마음으로 시작된다.
이것은 네가 멀리 있어서가 아니다.
볼 수 없어서도 아니다.
너를 부르는 내 마음의 그 소리가
마치 메아리처럼 나의 가슴을 울리고
여울져 되돌아와 너를 향한
나를 보게 하기 때문이다.
절실한 마음으로
친구 너를 부르며 오늘을 맞는 나는
마음속 저 깊이로 너를 가두고 또 가두어 놓는다.
그러면 너는 아무리 멀리에 있더라도,
이제 나의 포로로 묶여 있는 거지.

그러나
이런 네가 애처롭게 여겨지기보다는
너의 포로가 되지못한 내 스스로가
가엾어 보이는 심정을 나는 다시 보는지도 몰라.
그래도 친구야,
내 마음속 저 깊이 묶이어 갇혀 있는
너는 즐거운 나의 포로로다.
언제나 내 곁에 있을 나의 포로로다.

포로 교환협정을
부정하는 나는 잔인한 권력자.
자룡이 헌 창 쓰듯 내 맘껏 상상하는 나도 기꺼이
너의 포로로다.
주객이 전도되고 앞뒤가 뒤바꿔어
혼돈된 내 마음을 제대로 일으켜 세우지 못하는
지금은 오히려 다행인 행복한 나만의 시간.
제 정신 차려 두고 움츠러들지도 모를
내 모습을 떠올리는 시간은 부정하며
그런 시간은 영원히 오지 말라고
시침을 묶어두는 나는
낭만의 권력자.

친구야

다른 사람은 알 수 없는 미지칭의 그 대화를

자연스럽게 나눌 수 있는 내일을 나는 꿈꾼다.

그때, 거기서, 우리가로 이렇게 묶여진 언어가

일상적으로 나누어 질 그 시간, 그때에는

두런두런 내일을 이야기 하면서 어제를 반추하고

잊혀진 옛 노래에 귀 기울이면서 향수를 함께 느끼고

공감하고, 어느 후미진 공원에서 밀애 하듯 나누는

귀엣말보다 달콤하게 우리의 이야기를 나눌 수 있는

내일을 나는 꿈꾸고 싶은 거다.

친구야

나는 나에게 나 만의 꿈이 있는 것처럼

네게도 나와 같은, 아니면 조금은 비슷한

그런 닮은 꿈이 있었으면 좋겠다는 생각을 또 갖는다.

이건 분명 나의 욕심이겠지만,

세상에 욕심이 없는 놈이 어디 있냐고 편을 삼으면서

나만이 아니고, 너 만이 아닌,

우리의 공유되는 꿈이 있었으면 하는 거란다.

어디 가당하기나 한 꿈일까만

지금 이 공상과 같은 꿈을 꾸면서 기꺼워하는 나는

기꺼이 즐거움을 꿈속에라도 새겨놓고 싶어서란다.

친구야.

친구야,
어떻게 방향을 잡을지 모른 채 상상의
나래를 펄럭이는 나를 본다.
실소를 만들지만 그게 나의 실체다. 너에 대한 나의 정렬이다.
그래서 나는 행복하다.

망초꽃을 뜯는 여인

우리 주변에 가장 흔하고 흔한 꽃이 망초다. 오뉴월이면 들판에 지천으로 피어 널부러진 것이 망초다. 너무 흔해서일까? 개망초란 이름을 갖기도 한 이 꽃은 언제 보아도 예쁘단 생각이 들지 않는 그저 그런 이름만 꽃이었다. 생김새가 고운 것도 아니요. 또 이파리가 색다르다거나 특징이 있는 것도 아니다. 아리따운 구석은 찾을래야 찾을 수가 없다. 비쭉이 뻗은 가지에 키만 웃자랐을 뿐, 허연빛의 꽃숭어리가 새끼손톱만큼 씩 동글게 몇 개씩 무리지어 붙어있는 것이 미색과는 거리가 있다. 흔하디흔한 것에 대한 선입견으로 보아 온 그야말로 못도 생긴 꽃이다. 그 꽃을 정성(?)으로 뜯고 또 뜯는 여인의 넋두리를 우연찮게 듣게 되었다.

그 옛날 우리네 사랑의 표현 방법은 참으로 어리숙하기도 했던가 보다. 지금이야 여심을 얻을 양으로 선물 공세를 퍼붓고, 시도 때도 없이 문자를 날리고, 생일을 챙기고 만난 지 백일이라 기억하고 자축하고 난리법석을 피우면서 사랑 고백을 한다.

옛날의 연인들은 그런 대우를 받지 못했던 게 사실이다. 무뚝뚝하던 사내가 예쁠 것도 없는 망초 꽃대를 그저 낫으로 썩썩 베어서는 흙도 다 털지 않은 채, 한 묶음 가슴 앞으로 쑥 내밀며 내뱉은 그 한마디가 그날따라 어찌나 고맙고, 감격스러웠던지, 냉큼 사랑의 말을 받아들이게 되었단다. 그런데 그것이 한평생 고생줄로 엮이게 되고야 말았다고 탄식조의 넋두리를 툴툴 뱉으면서도 여인은 망초 꽃대를 그렇게 꺾고 있었다.

세세한 이야기를 다 들을 수 없으니 어떻게 살아온 것인지도 알 수 없고 무슨 한이 그렇게 많았는지도 분별할 방법은 없다. 다만 오늘이 그 망할 인간의 기일이라서 꽃대 꺾어 산소나 찾아가 실컷 울어 볼 심산이라는 현대판 헌화가의 뒷얘기를 들으면서 막연히 이 생각 저 생각 상상을 해 보지만, 그 흔한 꽃대 뭐하려고 꺾느냐고 속없이 물었던 내가 머쓱해졌을 뿐이었다. 온전히 펴지지도 않는 허리춤에 한 다발은 넘을 꽃을 꺾고도 또 다른 꽃대를 휘어잡는 쭈글쭈글한 여인의 손은 마치 한을 쥐어뜯는 모습 같았다고나 할까? 추리 소설이라도 읽듯, 알 듯 모를 듯한 삶의 언저리로 상상의 나래를 펼쳐도 보지만 추측할 수 없는 삶의 모습일 뿐이다.

인간의 삶을 어떻게 한마디로 축약할 수 있을까? 행복을 영위하며 산 삶도 그렇지만, 하루가 힘겹고 한 끼가 걱정인 삶이었다면 더더욱 아픈 이야기가 담기게 마련 아닌가? 사람 사는 이야기는 언제나 한을 이고 있다. 행복하게 세상을 살았노라고 자신 있게 말할 수 있는 사람이 과연 몇이나 되겠는가? 행복을 운운함은 어찌 보면 사치스런 투정일지 모른다. 그저 끊을 수 없는 명줄이겠거니 싶어 살아남아 오늘에 이르게 된 경우가 훨씬 많다. 그렇다고 무위도식한 것만도, 무의미하게 시간을 허비한 것만도 아니지만, 치열하게 산 삶도 못되고 만 삶이 우리네 보통 사람들의 삶 아니던가. 그저 무덤덤했다고 해야 옳을까? 똑 어떻게 규정할 수 있는 것도 아니고 무엇을 위해 존재한 것도 아니며, 그냥 살아남아서 한구석 차지한 그런 삶. 그러나 그 삶이, 그 삶 자체가 평범한 우리 범부들에겐 더없이 고귀한 삶의 모습은 아니던가?

인간 삶 속엔 그 누구도 함부로 개재될 수 없는 나름의 신비가 있는 것이다. 소중함이 있는 것이다. 다른 이들의 눈엔 구차하게나 비쳐질지 모르는 삶도 정작 본인에게는 더없이 소중한 의미로 존재할 때가 많다. 역으로 다른 이들의 눈에는 행복으로 비쳐질 수 있고 더 없을 부러움으로 보이는 것 같은 삶에도, 정작 본인에게는 아픔의 연속이고 고통이 범벅된 삶일 때가 또 얼마나 많은가? 타인의 행 불행과 인고의 날이 적고 많음을 내 인식의 잣대로 함부로 추정하거나 정의할 수 없는 것이 아닌가?

어떻게 살다간 삶이었든, 누가 나를 위해 꽃을 꺾어 들고 와서 "야 이 망할 인간아 너만 그렇게 편히 누웠냐?"고 넋두리하는 소리를 들을 수만 있다면 나는 죽어 누웠다 해도 행복을 느낄 것 같다는 막연한 생각이 얹어지고 있는 것은 왜일까?

여인네의 한이 무엇이고 왜인지를 쉽게 단정할 수 없으면서도, 거개 여인네들의 한 서린 삶이 그렇듯 배고프게 산 삶이거나, 아니면 너무 일찍 혼자가 된 아픔을 남겼던 삶 아니면, 평탄하지 않았을 여러 삶을 연상을 할 수는 있겠다.

그것이 어느 것이고 무엇이 되었든 오랜 세월 뒤 그래도 잊혀지지 않고 곱씹어질 수 있는 삶의 궤를 갖고 있는 것만큼, 젊은 시절의 행복했던 나름의 삶의 궤적이 또 있었을 것은 쉽게 짐작도 되는 것이다. 여인이라고 호칭 되는 것이 어색할 노파이건만, "그 인간 찾아가서 실컷 울어나 보겠다."는 그녀의 말 언저리에 나의 사념이 머무르고 있는 것이다.

나의 무덤이 있을는지 없을는지는 내 사후의 문제니 알 수 없다. 그러니 누가 찾아올지 말지도 확언할 도리가 없다. 이것이 우리의 현 위치요 처지다. 한 줌 흙으로 돌아가는 우리네 삶에, 그래도 찾아가 넋두리로 한 바탕 울어나 보겠다고 하는 그 여인네의 소리가 가끔씩 부러워지는 소리로 남는 것은 어떤 심사에서일까

각박한 현실에서 내 인생이 지금 공허하다고 느껴지는 것이고 나의 삶이 그렇게 만져지기 때문일지 모른다. 망초를 뜯는 것이 하찮은 일이 아니요, 장미를 꺾는 일이 꼭 귀한 일이 아님을 안

다. 망초건 그 어떤 꽃이건, 누군가를 위해 드릴 꽃은 다 존귀한 것일 테다. 나의 삶에 나도 누군가를 위해 꽃을 마련하려는 삶을 기억해야 한다. 누군가가 나를 위해 꽃을 들고 찾아 줄 사랑을 마련해야 함을 촌부의 터진 손에 얹힌 망초대가 말해 주고 있음을 보는 것이다.

연극 '버스정류장'을 보고

한 사람이 들릴 듯 말 듯 기타 줄만 튕기며 앉아 있다. 아무런 말도 없다. 시내 회관으로 장기를 두러 가려고 나온 노인, 집안일을 걱정하며 시내를 가는 새댁, 예의라곤 찾아볼 수 없는 막무가내의 청년, 대입을 준비하는 학생, 첫 데이트 가는 아가씨, 특별한 기술을 가진 숙련공의 목수, 접대를 초대받고 시내를 가려는 마주임이 등장한다.

이들은 모두 시내를 가려고 차를 기다리는 사람들이다. 그러나 이들은 시내를 나갈 수가 없다. 정류장엔 버스가 서질 않기 때문이다. 멈추지 않고 그냥 지나쳐 가는 버스를 세워보려 안간힘을 쓰지만 버스는 그냥 지나칠 뿐이다. 계속되는 이런 상황을 그들은 부조리한 현실에 빗대어 비난을 퍼붓고 푸념한다. 차를 세우지 않는 기사를 성토하고, 일부 기득권층의 부정한 부면을 들추며 탓한다.

대화란 말하는 이가 있고 또 들어주는 이가 있어 상호소통이 이루어질 때 비로소 대화가 된다. 던져진 이야기에 공감하든 비판하든 오가는 이야기가 있어야 한다는 말이다. 그러나 이들의 대화는 평행선의 대화다. 상대편이야 듣든 말든 제 할 말만 해대는 식이다. 공감대가 형성된 하나의 관점에 대한 자신의 의사 진술이 아니라 제 말만 쏟아 놓는 식의 대화다. 그러니 교차점이 있을 수 없다. 대화에 만남이 없다. 다성부의 음악 같다고나 할까?

　사람됨의 모습도 마찬가지다. 각기 따로다. 위아래의 예의나 상대편에 대한 배려가 존재하지 않는다. 자기 위주의 사고와 행동이 우선할 뿐이다. 노인은 후회 없는 멋진 한판의 장기를 두어보고 싶은 욕망을 드러낼 뿐이고, 숙련공은 멋들어지게 자기 기술을 뽐내보고 싶을 뿐이다. 아가씨는 첫 데이트를 놓칠까 안절부절하고, 마지막 기회일지 모르는 입시생은 안타까움에 전전긍긍할 뿐이다. 사회나 관객을 향한 어떤 방향이나, 가치 부여, 아님 함께 공감하려는 어떤 요소나 의미도 없다.

　관객들에게 의구심을 갖게 하는 인물은 검은 옷을 입고 정거장에서 조용히 기타만 치다 말없이 퇴장하는 사내다. 무엇을 위한 장치일까? 작가의 의도는 과연 무엇이었을까? 나머지 등장인물들의 내면에 존재하는 어떤 실체를 대변하고 있었던 것은 아닐까? 버스를 타고 시내로 나가고자 하는 이들의 내면에는 아예 오지 않는 버스, 서지 않는 버스를 포기하고 돌아가고 싶은 심정들이 있었을지 모를 일이다. 그 실체들의 행동화를 표상하는 것은 아니었을까?

대입 준비생은 자신의 전자 손목시계를 들여다보고 일년이 지났음을 느낀다. 그리고 십년이 지났음을 알게 된다. 있을 수 없는 허황된 이런 설정이 적지 않게 무리한 전개로 비추어질 수도 있다. 그러나 하룻밤 사이에 수십 년이 훌쩍 지난 이야기 전개는 동서 고전의 이야기 '도화원기'나 '립 반 윙클' 같은 글에서 어렵지 않게 접해왔던 스토리 전개 방법이었음을 떠올리면 이해가 갈 법도 한 것이다.

작가 '가오 싱 젠 '은 중국 사회주의 혁명 이후 겪게 된 황당함을 이렇게 고발하고 풍자하고 있는 것은 아닐까? 전통 윤리의 파괴는 예의 없는 청년이 무례하게 노인에게 해 대는 모습으로, 경제 윤리의 부재는 살짝 부패적 요소에 젖은 듯한 마(馬)주임을 통해 풍자되는 것들이다.

정류장은 부조리극이다. 부조리극에는 코미디 같은 요소도 드러난다. 인물들의 삶이 너무 진지하기 때문인데, 그 부면이 코미디적 요소로 나타나는 것이다. 버스 정류장의 표지는 낡고 퇴색되어 있다. 정류장이 아닐 수도 있음을 보여준다. 그들은 이 사실을 감지하게 되고 돌아갈 것을 주장한다. 평행선을 달리던 그들의 대화에 변화가 생기기 시작한 것이다.

의견이 오가고 서로를 이해하기 시작한다. 상대편의 이야기를 들어주고 위로도 한다. 숙련공은 비 내리는 정류장의 인물들을 위해 비닐을 펴서 비를 피하게 해 준다. 단절되어 있었던 인물들이 서로를 보듬는 모습이다. 고립되었던 인물들이 공동체 의식을 갖게 되는 변화다.

이들이 위치한 정류장이 언제나 벗어나고 싶은 현실의 장소라면, 이들이 나가고자 하는 시내는 열망하는 곳이며 희망의 터다. 유토피아 같은 곳일 테다. 그러나 현실의 터에 서 있는 이들은 무작정 버스를 기다리는 공허한 시간 속에 직면하게 되고, 많은 좌절을 겪고 그렇게 보낸다. 버스를 타고 '열망하는 곳'에 '희망의 터'로 가지 못하고 만다. 그게 아픔이고 현실이다. 말없이 기타를 치다 떠났던 사람이 다시 돌아오고 정류장의 인물들은 서로 소통하는 공동체의 모습을 견지하게 되는 것으로 비쳐지는 대목이다. 주제가 몇 번 되풀이되는 동안 딴 선율의 부주제가 삽입되는 론도(rondo) 형식의 스토리 구조로 작가는 인물들의 자의식을 강조하고 있다. 그렇다면 기다림이 무가치한 시간만이 아님을 아픈 몸짓으로 드러낸 것이다. 자유와 희망, 미래에의 열망을 끊이지 않고 드러내고자 하는 무한 표현이다.

안중걸 산문집

어머님의 장독대

내 어릴 적 우리집의 장독대는 참으로 높게 놓여져 있었다. 우물 옆으로 내 허리춤 이상으로 높게 쌓고 네모반듯하게 시멘트로 단이 만들어져 있었는데, 어머니는 그 위에 항아리들을 줄 세우듯이 가지런히 잘도 정돈해 놓으셨다. 그 옆으로 꽃밭이 있었고 담벽을 기대어 장미가 삼밭 너머로 넝쿨을 키워 우쭐거리고 꽃을 피웠다. 후박나무도 튼실하게 잘도 컸고, 채송화가 앞단에서 가지런히 꽃을 피우면 집안은 언제나 환하게 빛을 발했다.

우물가 우측으로는 작은 폭이었지만 길쭉하게 있는 또 하나의 꽃밭엔 수수꽃다리가 연보라빛 꽃을 피웠다. 다알리아도 흐드러지게 잎을 돋우기도 했다. 그리고 한쪽으로 빨갛게 두어 송이 숨겨지듯 피었던 꽃이 지금 생각하니 양귀비였는데 어머니는 양귀비 대를 말려서 헛간 벽에 걸어두시곤 했다. 아마도 약재로서 더러 필요했다고 판단을 해서 몰래 심었을 게다.

어머님의 장독대에 대한 애착은 참으로 유별날 정도였다. 수시로 물을 뿌려서 소제를 했기에 차마 신발을 신은 채로 올라갈 수 없도록 매만지시는 것이었다. 왜 이렇게 장독을 매만지고 손질을 하셨던 것일까? 가을 추수가 끝나고 고사떡을 만들 때도 첫 번째로 시루를 올려 놓고 절을 하시는 곳이 장독대였다. 그리고 우물 앞에서 연신 무었을 간구하시듯 중얼거리셨고 대문으로 옮겨 또 지성으로 절을 하시곤 했다.

"집안에 우환이 있으려면 장맛이 변하는 법이여." 가끔씩 남기시는 어머님의 말씀이셨지만 잘 이해되지 않는 말로 남을 때가 많았다. 장맛과 집안의 우환이 무슨 관계란 말인가? 어머님은 집안에 있을지도 모르는 우환을 장맛을 잃지 않는 것으로 미리 대비하고 계셨는지도 모를 일이다.

어머님의 장독대에는 먹거리가 가득하게 널려 있었던 기억이 즐거울 뿐이다. 햇살이 머리에 따갑게 느껴질 무렵이면 파래에 양념을 잔뜩 발라 채반 위에 즐비하게 널어 두셨다. 더러는 뱅어포에도 양념을 가득 발라서 널어놓고는 하셨는데 그럴 때 나는 참말이지 풀 방구리 쥐 드나들 듯이 들명날명 장독대를 도둑괭이처럼 오르내리곤 했다. 어머니에게 들키면 혼줄이 날 테니 살금살금 다가가서는 파래김 한 장을 죽 뜯어서는 야곰야곰 뜯어 먹는 것이 그렇게 맛이 있을 줄이야. 뱅어포를 뜯어 먹을 땐 입안에 비릿하고도 매콤한 맛이 아주 오래도록 남았다. 나의 즐거운 추억의 먹거리 서리 터였다.

그렇게 잘도 닦고 쓸어서 먼지 하나 없는 장독대에는 또 다른 추억이 있다. 담 뒤 삼밭에는 여러 그루의 고추와 가지, 오이 호박들이 우리 식구가 먹고도 남을 만치 심겨 있었다. 고추밭에는 싱싱하게 매달려 있는 외에 가끔 곯아서 떨어진 것들이 여럿 놓여 있는 것을 볼 수 있었다. 그리고 앞에는 어김없이 개구리가 곧 뛰어오를 태세로 자리하고 있는 모습도 보였다. 개구리는 먹이감이 어른거리는 줄로 알고 바람결에 흔들리는 고추를 향해 도약질을 한다. 이놈들이 물어서 떨어뜨린 것이다. 그 모습과 하는 행동이 여간 재미있는 게 아니라 가끔은 장난기가 발동했다. 강아지풀을 꺾어서 끄트머리만 조금 남겨서는 개구리 앞에 살짝 들이밀었다가는 빼고 들이밀었다가는 빼는 장난을 치곤 했는데, 내 짐작대로 녀석들이 낼름 물어보려고 대드는 것이 아닌가. 순간 콱 문다. 이때다 싶어 냅다 들어 올려서 집어던지면, 수 미터씩 허공으로 떠올랐다는 떨어진 놈은 여지없이 사지를 파닥거리고 뻗는다.

그렇게 잡은 개구리는 닭의 먹이가 되었고, 더러 큰놈들은 손으로 잡아서 땡볕에 뜨겁게 달궈있는 장독대 위에 얹어 놓는 형벌을 가하는 가학적 장난을 일삼기에 빠져서 어머님께서 닦아 놓은 장독 뚜껑을 더럽히곤 했다. 그러다 들켜서 무던히 야단을 맞기도 했지만, 그때는 더없이 재미있는 놀이였다. 아마 내가 죽어서 심판을 받게 된다면 난 개구리 대왕 앞에 서 있을지 모른다. 놀이감이 별로 없던 시절, 개구쟁이의 추억담이다.

누구의 표현인가? 어머니의 피에는 억척의 유전자가 있다고 한 것이. 어머니는 여자이면서도 남정네들도 힘든 몇십 마지기 농사를 거뜬히 지으셨다. 사실 표현이 거뜬이지, 죽을 힘을 다해 짓고 계신 것이었다. 비가 조금이라도 적은 해에는 물을 대러 밤낮없이 논두렁을 헤매고 다니셨고, 비가 많은 해엔 삽자루를 어께에서 내려놓을 사이도 없었고 장화를 벗지도 못한 채 허위허위 평상마루에서 잠시 잠깐 쉬었다가는 또다시 되짚어 논으로 향하시곤 한 것이 한두 번이 아니셨다.

직장을 서울로 다니셨던 아버님은 기껏 일주일에 한 번씩만 논을 돌아보시는 것이 고작이었고 모든 일의 관장은 어머님 몫이었다. 일꾼들을 불러 모으고 일을 지시하시고 날짜를 잡아서 하는 것이 여인네로서 쉬운 것들이 아니었을 텐데도 어머님은 끄떡없이 수행하시는 것이었다.

당시 어머님은 곧잘 숨을 몰아쉬는 모습을 보이시곤 했는데, 어머님의 지병을 병으로 안 것은 참으로 오랜 시간이 되어서다. 그저 남정네들이 해야 할 일을 수행하다 보니 힘이 드시나 보다고 단순히 느끼고 있었는지 모른다. 아니 그렇게 느낀다고 표현하는 것도 지금에서다. 그때 나는 어머님은 언제나 모든 일을 거뜬히 해내는 역사로만 알았던 게 틀림없다. 철부지였다. 그 고생을 고생으로 알지 않고 사셨던 어머님, 따사로운 햇살 아래 스멀스멀 피어오르는 아지랑이처럼 그 옛날의 모습이 50년도 더 지나서야 되새김질로 기억되고 아파하는 척하는 내 모습이 오히려 위선적인 것일레라.

교실 유리창 너머로 찰싹 기대어 붙은 단층 슬러브 집. 그 지붕 위에서 정성으로 닦음질을 하는 중년의 아낙이 있다. 참으로 열심히 항아리 뚜껑을 닦고 또 닦고, 쓸고 또 쓸어대고 있다. 그 옛날 어머님의 모습이 똑 저랬는데. 행주를 빨아 비틀어 짜서는 문지르고 또 문지르셨던 어머니. 장맛을 지켜내시려는 그 옛날의 어머님 모습 같다는 착각을 기꺼이 얹으며 물끄러미 눈을 떼지 못하고 있다. 서너 줄로 가지런히 서 있는 장독대의 모습도 어머님의 그것과 어쩌면 저리 같을까? 어머님의 장독대다.

사랑하는 이를 위한 어록

당신이 어디를 향하던, 어디에 있던 나의 마음은 언제나 당신 곁에 있을 겁니다. 당신을 나의 가슴 한구석에 묶어두려함은 소유욕에서 비롯한 것만은 아닙니다. 당신을 지키겠다는 배려도 못됩니다. 당신 곁에 있어야 편해지는 나를 보기 때문입니다. 그만큼 당신은 나의 동산인 겁니다.

기쁠 때 나는 당신을 생각합니다. 자랑을 위해서가 아니라 나누어 배가 될 것을 알기 때문입니다. 슬플 때 또 당신을 생각하는 것은 슬픔이 반으로 줄어들 줄을 믿기 때문입니다. 언제나 당신은 이런 존재입니다.

나는 욕심쟁이입니다. 언제나 받을 줄만 알았지 베푸는 데는 인색하고 모자랐습니다. 그것은 당신이 나를 잘못 길들인 때문입니다. 지금도 나는 나의 나쁜 습관까지 당신의 탓으로 돌리고 있습니다. 나의 이런 면면조차 당신에 의해서만 의미가 있기 때문입니다.

어젯밤에 당신은 나의 잠 속으로 놀러 왔습니다. 어디인지도 모를 곳에서 확언할 수도 없는 수많은 말을 나누었습니다만, 지금은 다 기억하지 못합니다. 이제 어렴풋한 그 영상을 다시 떠올리려고 노력해 보는 것은, 당신을 어두운 잠 속에 놓아둔 것이 안쓰러워지기 때문입니다.

오늘은 언제인가 꾸었던 꿈속의 한 부분이었던 것 같은 착각을 곧잘 합니다. 현실이 낯설고 어설프고 어리둥절할 때마다 내가 두리번거리게 되는 것은, 지금이 '꿈의 일부는 아닐까?' 하는 생각에서입니다. 이건 내가 어리석어서 만이 아니라 너무나 자주 꿈속에는 당신이 있었기에 당신을 찾는 나의 마음입니다.

당신을 나의 마음속에 담아내는 것으로 오늘을 시작하려 합니다. 이것은 내 스스로 사랑의 노예가 되겠다는 것이나, 연연한 마음을 펴 보이겠다는 원색적이거나 의도적인 행위가 아닙니다. 당신의 무형의 힘까지 내 삶의 원천으로 빌려보려는 노력이며, 오늘에 충실하고 싶은 삶의 의지인 것입니다.

당신에 대한 나의 열정이 글을 만들게 하고 소리를 내게 합니다. 계속되는 이런 행동은 내가 살아있는 것을 다시금 느끼게 하는 유일한 나의 도구이기도 합니다. 그러니 당신에 대한 치기 어린 생각들조차 모두 내 삶의 편린(片鱗)들인 것입니다.

봄을 담은 빗줄기를 맞으면서 배회하는 시간. 어깨가 시려오기보다는 기분 좋은 무게를 느끼게 됩니다. 내 안에 있는 당신과 함께 나누어지기 때문인가 봅니다.

　사랑은 말이 아님을 지금에야 느낍니다. 이제라도 내가 갖고 있는 진심을 전하는 방법을 배우고 싶은 것은 당신을 사랑하기 때문입니다.

꽃담

    꽃담은 삼국시대부터 만들어졌다고 한다. 당시 왕족이었던 성골의 담장에는 석회를 발라서 치장을 했던 것이다. 고려시대에는 궁궐의 담장보다도 월등했던 장가장이라는 꽃담을 한 담장이 개경에 있었던 모양이다. 그러던 것이 검소를 숭상하는 조선 시대에 와서 서서히 사라져 간 것이다. 그러나 그 전통은 살아 있어서 투박한 모양일망정 두메산골 토담집에도 기와 조각을 눌러 박아 질박한 무늬를 만들고 그 정취를 느끼던 우리다.

    담장은 울타리다. 우리네 울타리는 그야말로 각양각색이었다. 진흙을 지푸라기와 섞어 사이사이 잔돌을 올려 쌓았던 흙담, 널빤지를 엮어 박아 놓았던 판담, 돌을 쌓아 올린 돌담. 개나리나 탱자 가시나무를 심어 자연스런 울을 만들었던 생 울, 싸리나무를 베어 둘러 담을 만들기도 했고, 수수깡을 엮어 담을 삼기도 했었다. 이것이 우리의 담이다. 그러나 뭐니 뭐니 해도 화초장이니 화문담으로 불린 장식담을 따를 만한 담은 없다. 수복강령이나 쌍희 등의 길상문자가 새겨져 있기도 했고, 십장생이나 일월성신 화초가 새겨져 그 품격을 더한 그야말로 걸작의 담인 것이다.

요즈음은 벽돌을 쌓는 것이 일반화 되었는데, 한때는 험악해진 모습을 연출하기도 했다. 철조망을 얹고 깨진 유리 조각을 박아놓기까지 했던 모습이 그것이다. 삭막하다 못해 살벌해져 있는 모습들이었다. 개인 집이든 관공서의 건물이든 모두가 한 모습으로 그야말로 담을 쌓고 선을 그은 단절과 절연의 연출이었다.

근간에 관공서의 담이 헐어지고 있다. 개인들도 자기 집의 담을 허물어 트인 공간을 만든다. 닫힌 마음을 열 듯 열린 공간을 연출하고 있다. 살풍경하기만 했던 철조망이 없어지고 유리 조각이 떼어진다. 둘러진 담벽에는 우스꽝스런 그림들도 그려지고 더러는 눈길을 끄는 그림이 자리하기도 한다. 누구의 작품일 것도 없다. 세련되지는 않지만 단순한 채색이 보는 이의 마음을 편하게 해주는 것이다.

나도 허리춤 높이의 생울을 하고 싶었지만 그럴만한 재료를 찾기도 힘들었고 시간도 여의치 않아서 널판지를 80여 센티 정도로 하고 흰색 페인트를 칠해서 둘러 담을 만들었다. 그러나 맘에 탐탁하지 않았다. 궁리 끝에 군데군데 장미를 심어 치장이라도 해볼 양으로 새벽같이 꽃 시장을 갔다. 일요일이어서인지 주인장이 없다. 상호 옆에 붙은 번호로 전화를 하니 필요한 만큼 가져 가고 대금은 숨겨놓고 가란다. 휴일을 철저히 즐기는 지금 세대 의 모습이다 싶었다. 찜찜하게 여기면서 기웃거리는 데 누군가가 지켜보고 있다고 느껴진다. 고개를 돌려보니, 옆집 꽃 가게 주인 이다. 일요일은 문을 안 연다고 일러 준다. 차라리 저 집에서 구 입하는 게 나을 성싶어서 옮겨가서 종류와 심는 방법을 물으니 친절하기가 그만이다. 그럴 것이 옆집 손님 하나 거저로 가로챈 것이나 진배없으니 의외의 수확 아닌가? 몇 그루를 고르고 거름 도 한 푸대 사서 실었다.

　아침 공기가 사뭇 시원하다고 느끼면서 집에 와서는 곡괭이질 을 하고 거름을 넣고 물도 한 동이가 넘게 붓고 야단법석을 떨며 심었다. 땀이 솟고 숨이 턱에 찼지만 기분은 개운했다. 근간에 느 껴보지 못한 성취감이었다. 아이들은 아직도 일어날 줄을 모른 다. 자랑스럽게 보여주고 싶은 데 아직껏 기척이 없다. 노동의 단 맛을 담배 연기에 담아서 훌훌 내뱉으며 몇 번이고 소리라도 쳐 서 불러내고 싶은 심정을 꾹꾹 눌러 참았다.

　장미는 꽃보다 이파리가 고운 줄을 요즈음에 본다. 처음 맺혔 던 꽃이 억지로 피었다가는 -이건 핀 것이 아니라 벌어진 것이리 라- 힘없이 그렇게 졌다. 불과 사나흘을 넘기지 못했던 것 같다. 너무 거름을 많이 준 탓일까? 아니면 뿌리에 너무 가까이 거름 을 준 탓이었을까? 물을 많이 주었던 게 화근인가, 아님, 그것도 적은 것이란 말인가. 하기야 척박하기만 한 곳에 냉큼 거름을 넣고는 뿌리와 맞닿거나 말거나 그저 깊숙이 질러 넣고 물만 들입다, 퍼부었으니 몸살을 앓을 만도 하리라. 여튼 이파리에는 검은 반점이 군데군데 돋았고, 그렇게 조락해서는 잎을 떨구고 만다.

심란한 심사를 어쩔 수 없었지만, 도리가 없었다. 적잖게 궁리한 결론은, "거름이 너무 쎄서 타 죽고 있다."였다. 아침저녁으로 물을 흠뻑 주기를 몇 날이나 계속했을까? 그렇게 온갖 정성을 보이니, 다시 밑둥에서부터 살살 새잎이 뽑아내고 있다. 아직도 핏기가 가시지 않은 채 빨간 이파리다. 그러던 것이 점점 파랗게 색을 바꾸고 있다. 예쁘기가 그만이다. 어느 결인지 꽃봉오리도 그 형해를 갖춘다. 그래 흙내를 이제야 겨우 맡은 거구나 하며 무릎을 친다.

나는 담장을 쌓아 올릴 재주도 없거니와 화문양이나 십장생을 그릴 줄도 모른다. 기껏 몇 그루의 꽃나무에 꽃손을 만들어 집 둘레를 둘러놓을 뿐이다. 이것이 나의 울이다. 그저 무생명체로서 있는 것이 아니라 싱싱하게 살아서 이파리를 돋우고 꽃을 피우고, 살아 있는 나의 우주를 지금 만들고 있을 뿐이다.

변산 바람꽃

뻔히 미친 짓인 줄 알면서도 불평을 앞세우지 않고 나서는 이들이 길꾼이요 선웃음으로 덮는 게 길꾼이다. 더러는 바보 짓거리로 치부될 성 싶지만 툭툭 털어내고 마는 것도 배려에서 길러진 그들만의 습관이다. 질러가는 길이 편할 것을 왜 모를까만, 마냥 돌아 오르는 것도 숙맥이라서 만이 아니다. 또 다른 우직함일는지 모른다. 어떻게 칭해도 그 자연 속을 비집고 있는 작은 몸뚱이에 대한 학대거나 자학이 아니요, 내 산하를 둘러보리라는 또 다른 고집이리라.

고민 없이 마주한 어수대(御水臺). 부안 댐 물의 발원지 앞에 선 것은 거의 정오쯤이었을까. 오로지 바람꽃을 보고자 수 시간을 달려왔는데 길 안내를 설명하는 촌장은 우리의 기대를 아랑곳하지 않는 눈치다. 높이 손가락을 처들어 휘그어 가리켜 보이며 둘러보고 오란다. 병풍석처럼 둘러진 암벽의 위세도 위세려니와 우리의 기대와 조바심과는 상관없는 상황에 얼떨떨할 뿐이었다. 시큰둥한 심사로 석비(石碑)를 보니 발원지라 제법하게 새긴 굵은 글씨가 눈에 들어오고, 그 밑으로 "바람에 학이나 한번 불러볼까 하노라."고 새긴 시인지 시조인지 제대로 구분도 되지 않는 구절에 적잖이 마음을 빼앗긴 채 쇠뿔 봉을 향한다.

얼만큼 걸었을까? 앞선 이의 탄성이 들렸다. 분홍빛 야생화가 몇 송이 벙그러져 있음을 보고 터뜨린 호들갑이었다. 얼른 그 곁으로 다가가 보니 하얗게 꽃봉오리를 달고 선 것이 보인다. 또 군데군데 낙엽을 헤집고 올라오는 것들도 있었다. 은빛 솜털을 단 꽃대가 바람에 떨고 있는 양 섰는데 가슴이 뭉클해진다. 그 무섭도록 혹독했던 겨울을 이겨낸 모습에서 가져진 외경이었을까 보다.

"노루귀네." 주인 모를 음성이 귓전에 또 닿는다. 노루귀도 바람꽃도 구별해내지 못하는 야생화에는 문외한인 나는 그저 "와 예쁘네!" 단말마 같은 감탄사를 순간에 내뱉는다. 바람꽃은 아니었지만 긴 겨울을 떨쳐내고 화신풍을 담뿍 받고 올린 가녀린 꽃대를 살짝 건드리니 가슴이 다 가려워져 오는 듯하다. 봄의 정령이다. 활기찬 생명력을 동시에 만지게 해주는 저 작은 꽃의 힘이다.

쇠뿔 봉(牛角峰), 별로 곱달 수 없는 이름의 봉우리다. 말 그대로 소의 뿔과 같이 생겨서 얻어진 이름이겠지만 그냥 쇠뿔만도 아닐성싶다. 성질머리 고약해서 뒤틀리고 외틀어진 짝짝이 모양

안중길 산문집

을 한 쇠뿔일 게 분명하다 싶었다. 우걱뿔처럼 이리 꺾이고 송낙뿔처럼 저리 틀어진 산세를 돌고 또 돌아 오르려니 숨이 턱턱 막힌다. 더더욱 그럴 거라는 생각이 내심으로 닿는 것이다. 처음부터 끝까지 그 모양새다, 어디라 눈 돌릴 곳도 마음 한구석 기대볼 곳도 없이 무작정 기듯 올라야 되니 하필 이런 곳을 오르나 싶어 원성이 토해질 무렵, 치솟아 높게만 보이던 병풍석이 목전에 있음에 금시로 경이의 탄성이 터진다.

아, 이 간사한 인간의 심사여! 병풍석 곁으로 탁 트인 산야. 그야말로 일망무제다. 동인지 서인지 아님 남인지 북인지 방향조차 묘연했지만 거대한 암벽이 운검(雲劍)처럼 둘러서고 그 곁으로 펼쳐지는 무애(無碍)의 진경은 더없이 아름답다. 지금까지 가슴을 억누른 불만을 몽땅 쓸어내주는 것이요, 땀의 보상으로 느껴진다.

세상사 뜻대로 예상대로 되는 일이 얼마나 있을까? 군집한 변산 바람꽃의 아름다움을 기대하고 온 발걸음이었지만 그건 내 기대요 바람이었을 뿐, 흐드러지게 핀 모양새의 바람꽃은 만날 수 없었다. 다문다문 여기 몇 포기 저기 또 몇 포기, 수줍은 듯 앙증맞게 숨다 들킨 모습으로 파르르 사풍에 조차 흔들리고 있다. 납죽 엎대어 코끝을 들이대고 킁킁거려 보지만 과연 향기가 있기나한가 의심이 들 정도다. 매화는 아니지만, 암향(暗香)을 끌어 붙여 대고 문향(聞香)과 촉향(觸香)을 다시 보태는데, 내 심사를 비웃기나 하려는가 벌써 벌들이 붕붕 내려앉는다.

깔끔히 정리된 산촌에는 벌써 농사일이 시작되고 있었다. 밭이랑엔 어느새 반 뼘은 시리 넘게 보리 싹이 자라고 마늘 양파 싹이 싱그럽다. 그 밭머리 풀을 뽑는 겐지 돌을 줍는 겐지 쭈그리고 앉아 있는 이들은 한결같이 늙은이들뿐이다. 청림 마을 촌노들의 그 모습에서 왜 나는 맹목적일 만치 헌신적인 부모님들의 사랑과 그 손길을 보게 되는 걸까? 변산 청림마을, 바람꽃보다 몇백 배 아름답게 비쳐오는 사랑의 모습을 본다 싶었을까? 죽추(竹秋)의 의미가 내 가슴 속 어딘가에 나도 모르게 닿고 있었는가 보다. 촌노들의 손길을 바람꽃보다 훨씬 아름답고 감동적이라 느끼며 한참을 보고 섰었으니 말이다.

달맞이꽃 이파리를 만지며

어느 꽃인들 예쁘지 않은 것이 있으랴. 추억이 묻어 있으면 더욱 사랑스러울 것이요, 사연이 깃들어 있는 것에서는 애틋해지기도 할 터요, 더더욱 예쁘게 보여지게도 될 것이다. 내게서도 마찬가지였다. 별로 특별나달 사연이 있는 것도 아니요, 우연히 꽃집 쇼윈도에서 처음 대면한 것이건만 샛노란 꽃잎의 강한 이미지가 좋아서였을까? 흠씬 반해서 집어 든 것이 달맞이꽃이다.

꽃말도 곱다. 기다림. 무엇을 기다리고 왜 기다리는지는 모른다. 어떻게 얻어진 것인지도 그 유래를 알 수 없지만, 무엇엔가 허기지고 어디엔가 아쉬움으로 점철되는 삶 속을 그냥 무엇이라도 갖다 치장해 놓고 싶어서 그 강한 빛깔의 꽃을 좋아하게 되었을 게다. 왠지 칙칙해지고 삭막해지는 것 같은 삶의 여정을 조금이나마 가꾸고 바꾸어 위안을 삼고 싶어서였을 게다. 어린 시절 꽃밭에 서 계시던 어머님의 영상이 그리워서였을지도 모른다.

우물가 개나리와 철쭉이 피고 지고 수수꽃다리의 짙은 향기 풍겨나고, 장독대 옆 다알리아며 봉숭아 채송화가 한여름 웃어 주었고, 어두운 밤공기 속에 백합의 향내 또한 유달리 좋았을 때 하얗게 피었던 박꽃의 청순함이 그리웠을 게다. 담장을 넘어 흐드러지게 피었던 넝쿨장미의 모습과 꽃을 찾아들던 호랑나비, 텃밭에 핀 파꽃이며 장다리꽃에 앉아 쉬던 노랑나비 흰나비의 모습도 그리웠을 게다. 이제라도 꽃밭 하나 만들어 가꾸며 마음으로 위안을 삼고 찾으려 했더니 워낙 작은 터여서 어디 한 곳 비비고 풀포기 하나 심을 만한 곳이 마땅치 않다. 하는 수 없어 화분에라도 심어 볼 심사로 화분을 마련하고 이 꽃 저 꽃을 심어야겠다고 생각을 바꾸니 마음이 새롭고 상쾌해진다.

서둘러 꽃집으로 달려가서는 달맞이꽃과 은초롱 채송화 백일홍에 금잔화 그리고 이름도 국적도 모를 자잘한 꽃잎을 달고 있는 녀석들을 고르고, 색깔도 빨갛게 핀 것, 노랗게 꽃망울을 만들고 있는 것, 하얗게 꽃대를 올린 녀석, 맘에 드는 대로 섞어 사 들고는 신바람이 나서 가져다 화분에 옮겨 심고 물을 주고 북을 돋우고 들뜬 기분으로 수선을 부렸다. 화분에다 심는다면야 시멘트 위도 문제가 될 것이 없었다. 장독대라도 상관이 없는 것이니, 욕심껏 챙겨다 심었다.

이렇게 들뜬 기분대로 정성을 다했지만, 나의 기대는 며칠 가지 못해서 참으로 무참하게 무너지고 말았다. 노랗게 꽃송이를 달고 있던 달맞이꽃은 이내 꽃이파리를 떨어내었고 다른 꽃들도 시들고 처져서 볼품없이 되고 말았다. 양분도 부족하고 물주기도 서툴렀고 흙도 넉넉지 못해선지 금시 비실비실하고 마는 것을 보면서 괜한 생명 못살게 구는가 싶어 안타깝기까지 했다.

이왕지사 시작한 일이라 여겨 화분에 있는 푸석한 흙을 끄집어내었다. 땅에 옮겨 심을 심사였다. 하지만 넉넉하지 않은 터였기에 마땅한 곳을 찾을 수가 없어서 담 밑을 헤집어 파기로 했다. 이것이 고생의 전조였음을 누가 알랴. 전 주인의 살던 모양새를 알지 못했던 것이 고생을 사서 하게 했다. 온통 시멘트로 바닥을 발라 놓았던 것이다. 그리고 그 위에 잔돌과 흙으로 새로 덮어둔 것을 몰랐으니 어줍잖은 호미 삽으로는 흙을 헤집어 내고 심을 도리가 없었다. 징을 가져다 두들겨 패고, 치고, 찍어서, 겨우 옮겨 심었더니 온몸이 저려온다. 괜한 짓을 하고 있는 것은 아닌가 싶기도 했다. 후회가 스멀스멀 기어듦이 사실이다.

시름시름 몸살을 앓고 있는 것들을 모두 이렇게 흙이 나올 때까지 콘크리트를 깨고 파서 다시 옮겨 놓았다. 죽을 때 죽더라도 그냥 땡볕 속에서 말라 죽게 내 팽겨 놓을 수는 없었다. 최소한의 생명체에 대한 나의 배려랄까 정성이랄까. 흙 속에다 뿌리나 내리고 있으라는 생각에서였다. 차례도 정한 바 없이 그저 시든 순서에 따라 담장 밑으로 이렇게 하나하나 이사를 가게 되었다. 다행스러운 것은 고운 빛깔의 자잘한, 이름도 제대로 외워 델 수 없는 꽃들은 그런대로 물을 받아 생명을 이어가며 꽃을 연신 피워줬다. 오히려 토종들이 화분 속의 삶을 거부하고 있었다. 거부가 아니라 사실은 그들에 대한 애착이 과해서 지나치게 가꾸고 정성을 들인다는 것이 오히려 화가 되어 상하게 한 줄은 나중에 알게 됐지만, 화분에 있는 것들은 거의 일년생 화초들이다.

올 한 해는 어떻게 든 살아있을 것이고 화분은 다시 빈 채로 남을 것이다. 그러면 어떠랴 싶었다. 내년에 또다시 심으면 새 꽃 보겠지 싶었다. 버릇도 하나 새로 생겨났다. 아침저녁으로 꽃을 들여다보는 일이다. 넋 나간 듯이 들여다보고 서 있기를 자주 한다. 물 주는 일도 잊지 않았다. 하루의 시작과 끝은 이 꽃들과의 만남이다.

담장 밑으로 유배 아닌 유배를 간 녀석들은 관심 속에서 많이 잊혀 가고 있었지만 간간히 눈길을 주기는 했다. 참으로 생명은 너나 할 것 없이 질긴 것임을 본다. 그렇게 양분도 없는 시멘트의 독성과 척박한 토양 속에서도 질기게 목숨을 연장해 내고 있는 것을 본다. 얼마를 지났을까? 달맞이꽃은 여러 포기로 분얼(分蘖)까지 해 놓고 있는 것이 아닌가. 꽃 한 송이 제대로 피우지 못했던 녀석이 분얼이라니, 처한 상황에 위기감을 느껴 종족 번식이라도 해야 했던 저들의 부단한 자구 노력 같아 그저 쓴웃음만 올려놓고 본다.

나의 미흡한 준비와 욕심의 결과는 이렇게 꽃들에 아픔과 시련만 주는 것으로 시작되고 끝이 났지만, 남은 것도 있었다. 여러 개의 화분과 꽃들의 잔해와 내년에 좀 더 나은 화단 가꾸기에 대한 자신감이었다. 그래서 생긴 버릇일까? 어느 집 울타리도 가볍게 지나쳐 가는 법이 없다. 어느 집은 한 모퉁이 작은 터에는 앵글을 짜 놓고 화분을 층층으로 올려놓기도 했고 어느 집은 계단 양옆으로 죽 도열하듯 배열하기도 했다. 자투리 작은 터에 한두 그루 심어놓고 작은 말뚝을 박아 놓은 곳도 보인다. 모두가 내겐 공부 거리다.

기다림. 나의 개안은 기다림에서 비롯되었다. 어렵사리 겨우내 생명의 끈을 묻고 붙잡고 있던 녀석들이 봄이 되어 새 비를 맞더니 굼실굼실 움을 틔워 내고 있다. 작년보다 훨씬 많이 꿈틀꿈틀 움을 틔워 내고 있는 것이다. 이 반가움! 이 생명의 경이로움! 어찌 한 마디 경탄만으로 생명의 존귀함을 공하고 치하할 수 있으랴. 겨우내 숨겨 두었던 화단 만들기의 욕망과 유혹이 동시에 일었다. 여기저기서 기회 될 때마다 채집해 두었던 백일홍 금잔화 채송화 꽃씨를 찾아 여기저기 뿌려 놓았다. 힘들게 파헤쳤던 조그만 땅뙈기지만, 이들의 생명을 유지해 주고 꽃피우기에 모자라지 않았음을 본다. 흙의 경이 대지의 위대함을 느끼다.

인간사라 뭣이 다를까. 우리가 기대고 사는 곳이 항상 넘치고 넉넉한 부면이 어디 그렇게 많았더란 말인가? 언제나 부족하고 모자라 안달하고 조바심으로 일관해 온 삶들은 아니던가? 우리의 사랑 또한 뭐가 다른가? 넘치는 마음으로 평생을 주고받을 것 같았지만 이내 고갈되어 삭막해지는 것은 아니던가?

한 가지다. 한 줌 생명의 터에라도 발붙일 곳이 있으면 정성을 붓고 사랑을 보태면 꽃은 핀다. 씨는 맺히는 법이다. 조그만 마음이라도 새롭게 어루만지고, 사랑을 담을 일이다. 더더욱 정성도 보태 볼 일이다. 노랗게 온 집안을 물들도록 피워낸 달맞이꽃이 너무 사랑스럽다. 기다림이란 꽃말의 의미가 새롭고 또 새롭게 가슴속으로 와 닿는 오후, 사랑하는 이의 모습을 닮았다.

정

나누어서 아름답지 않은 것이 어디 있으랴만, 정은 나누어 더욱 빛나고 아름다운 것이다. 그 옛날 우리네 삶이 서린 농로 그곳에는 언제나 훈훈한 정이 넘쳐나고 있었음을 본다. 새참으로 먹는 막걸리 한 잔일지라도 생면부지 길가는 이에게도 권하던 모습이 전혀 낯설거나 어설프지 않았다. 한 술 떠보라는 말 인사가 빈말 치장이거나 건성으로 하는 것이 아니다. 우리의 정이 넘쳐서 나오는 그런 따스함이다.

더러는 주저앉아 보뚜렁 흐르는 물에 대접 휘휘 휑궈 퍼 담아주는 국 한 그릇 밥 한술 뚝딱 넘기고, 덕담 한마디 남기고 가는 모습이 곧 자연스레 배인 우리네 정의 모습이요, 묻어나 아름다운 우리 삶의 훈훈한 때깔 그것이었다. 정은 언제나 말 속에서부터 배어지는 것이다. 한마디의 건네주고 받는 그 안에 금전으로는 살 수 없는 따스함이 자리하게 마련이다. "어딜 그렇게 바뻐 가시오? 한잔하고 가시오." 알 필요도 없거니와 물어볼 이유도 없는 인사를 나누며 건네는 말인정과 굳이 길손을 앉히고 나누던 한 잔의 막걸리는 우리 삶을 정겹게 만들었던 것이다.

차 안에서 들은 시골 할머니의 무덤덤한 얘기 한 토막. 어느 새우젓 가게의 별 단장도 없는 통통한 아주머니에 얽힌 얘기다. 별로 사근사근한 모습도 아니요, 수다스럽달 만치 말을 달게 하는 이도 아닌, 그저 수더분하달 밖에 달리 내세울 것이 없는 여인네였지만, 그 두툼한 손등만큼 인심이 후했던 여인이었단다. 광주리에 뭔가를 가득 담아가는 시골 할머니는 손님들의 발길에 밟히기라도 할까 싶어 광주리를 사리며 말을 이었다. 우리 영감이 가져다주라고 해서 갓 딴 연시 한 광주리 들고 찾아가는 길이라고도 했다. 잘 익은 연시가 담겨있어 터지기라도 하면 안 될 테니 조심하는 빛도 역력했다.

요즈음 젊은 사람들이야 김장철이 되어도 슈퍼나 편의 시설에서 필요한 물건을 사겠지만 시골의 어른들은 아직도 시골 장터 단골집들을 찾아가서는 필요한 것을 곧잘 마련하곤 한다. 꼭 내가 가던 그 집이어야 하고 그집 물건이어야 하는 것이다. 물건에 대한 신임도 신임이려니와 연중행사와 같은 그것에서 인정을 느끼기 때문인지도 모를 일이다. 물건이 좋다고해야 얼마나 더 좋을지 확연한 것도 아니다. 싸다고 해야 차비가 나올지도, 의심이 갈 정도밖에 안 되는 것인데도 구태여 간다.

안중걸 산문집

단지 그곳에는 그 옛날의 인심이 남겨져 있고 그것을 느끼고 싶어서일지 모를 일이다. 그것에서 정을 느끼고 사람 사는 맛을 감지하고 있어서 일지도 모를 일이다. 얼마치의 물건을 고르고 담아 무게를 달고 값을 매기고 나면 젓갈류는 어김없이 삼지창이나 쇠스랑 같은 것으로 쿡 찔러 얹어 주는 인심이 있기에 그리로 발길을 옮기게 했는지 모른다.

덤의 문화다. 이것은 나눔의 문화며 정을 퍼 담는 것으로, 우리네는 여유로 여겼을는지도 모를 일이다. 이 덤의 문화가 우리네 인정의 모습을 더욱 따습게했던 것이다. 소금을 사도 마찬가지다. 한 되가 되었든 한 말이 되었든 됫박 위로, 말 위로 수북이 쌓여진 것이 덤이요, 그 위로 한 줌 쥐어서 덧 담아주는 것도 덤이다. 이것에 정을 느끼고 있는 것이다. 그 옛날 시골 장터에서는 참외도 오이도 덤으로 몇 개쯤은 더 주었다. 성냥개비도 됫박위로 수북하게 올려 주었다.

요즈음에야 통 통에 담고 나누어 정확하게 가격을 매긴다. 그것을 정품으로 여기고 이름 붙인다. 그뿐인가, 알아볼 수도 없게 바코드인지 뭔지로 기호화 하고 있는 것이다. 인간미가 상실되고만 문화다. 그곳에는 흥정하는 실랑이의 즐거움이 없고, 깎고 보태는 인간적 유대가 없다. 한두 개쯤 더 얹으라느니 안 된다느니 덤을 위해 섞여지는 말실랑이 속에서 움트는, 그렇게 부대끼고 이어지면서 남겨지는 언어와 체취, 서로의 스킨쉽으로 이어지고 이를 통해 정을 느끼고 남기고 주는 것이 우리의 정서요 문화였다. 그것이 없다. 그것을 누리고 싶어서, 시골 장터를 지금도 찾고 있는 것은 아닐까?

내 필요해서라지만, 여러 해를 그렇게 단골이 되어 찾고, 그래서 알게 모르게 정이 들어 덕담을 나누며 살아가는 게 인간사가 아니런가. 할아버지는 언제나 당신 혼자만 가는 게 아니라 마나님을 동반했었던가 보다. 꼭 집어 몇 해나 되었는지는 알 수도 없다. 또 따져 볼 필요도 없는 것이지만 연례행사처럼 여행 삼아 다니던 그 길을 못 가게 된 것은 병마 때문이었단다.

서너 해를 거르게 되고, 서로를 별 아쉬울 것 없이 그냥 그렇게 잊혀질 무렵에야 할아버지는 천만다행으로 몸을 추스르게 되었나 보다. 그래서 올해는 잊지 않고 또다시 김장 준비를 위해 그 새우젓 가게를 들렀단다. 몇 해째 왜 오시지 않았냐며 반색을 하더란다. 그간의 경위를 대충 들려주게 되었을 터. "진즉 알았더라면 문병이라도 갔을 텐데 얼마나 고생스러웠냐."고 인사를 잊지 않더라고 했다. 그리고는 냉큼 차 한잔을 주는데 그것이 어떻게나 따습게 느껴졌던지, 친척 이상의 정이 묻어 있음을 보게 되더라고. 집에 돌아와서도 여러 번 그 고맙고 따사로운 인사를 되뇌이셨다고 했다. 그러고는 뒤뜰 감나무의 연시가 익기를 학수고대 기다리기라도 했던지 첫 참으로 익어 딴 것을 한 푸대 담아서는 가져다주어야 한다고 성큼 나서시더란다. 감기라도 걸리면 어쩌라 싶어 할머니가 냉큼 받아 들고 대신 나서는 길이라고 했다. 그러고는 감이 담긴 자루를 신주단지 모시듯 감싸는 것이었다.

정이다. 따스한 말 한마디에 담겨진 정이고, 차 한 잔에 배어진 정이다. 가져다 줄 감이 행여 터질세라 감싸는 그 만큼의 순수하고 고귀한 우리네 정이다. 그냥 네가 했으니 내 답하리라는 형식적이라거나 의례적인 것이 아니라 정성이 담겨진 깨끗한 나눔이고 따스한 서로의 보살핌이었다. 이렇게 인정은 화려하지는 않지만 아름답게 빛나는 때깔을 갖고 있다. 그래서 우리는 더욱 정을 그리워하는가 보다. 나누어 더 보태지는 그 훈훈함을 느끼고 간직하고 싶다.

마실길

마실은 마을을 뜻하는 방언이지만, "마실간다"고 하면 가까운 이 웃집으로 놀러 가는 의미로 쓰인다. 하루 일을 끝내고 저녁 지어 먹고 무료하다 싶을 즈음이 되면 컹컹 개 짖는 소리 헤집고 아낙 들은 아낙들대로 남정네들은 남정네들대로 모여 이야기보따리 풀 어놓으며 피로를 삭인다. 마실 가서 두런두런 쏟아놓던 한담 넋두 리가 피로를 잊게 하는 데는 제격이다.

멍석 펼쳐 깔아놓고 쑥불 지펴 모기를 쫓는 일, 옥수수 삶고 감자 쪄 쟁반에 받쳐 들고나오는 일은 거의 번갈아 하는 것이지 만 틀어진 적 없고, 둘러앉아 도란도란 이야기꽃을 피우던 기억 은 언제나 따습고 훈훈했던 추억거리다.

꽝꽝 얼어붙은 저수지 얼음 갈라지는 소리가 무섭게 들려도, 서낭당 고갯길이 칠흑같이 어두워 슬쩍 겁이 나도, 기꺼이 마실 길을 넘어가고야 말던 일은 이웃과의 정담이 그리웠던 때문이리라.

가물가물한 옛 기억이 그리워서였을까? 추억의 단어에 매료되어서였을까? 마실길, 웃음걷기를 주관하는 완주군에 궁금증이 일었음은 옛것에 대한 향수 같은 발작이었을지 모를 일이다. 참으로 난 세태 변화에 둔감한 부류에 속하는 사람이다. 요즘 세상에 마실은 무슨 놈의 마실일꼬. 층간소음 때문에 이웃간에 죽일 듯이 아우성이고, 옆집 사람 얼굴 한 번 보지 않고, 말 한번 섞지 않아도 잘도 사는 세상에 무슨 놈의 마실 타령일까. 차창 밖으로 들녘 풍광이 숨 가쁘게 스쳐 간다. 내 안에서는 자조와 향수 그리움의 기대가 자꾸 티격태격하고 있다.

위봉 폭포 물줄기는 수량을 다 했는가? 겨우 흔적만 남은 듯싶다. 주전자 기울여 붓는 물 같달까, 고드름이 붙어 있는 만치랄까, 물을 떨어뜨리고 있었을 흔적이 겨우 그림처럼 폭포임을 알게 해준다. 어쩌랴 자연현상인 것을. 안타까울 일도 아쉬워할 일도 아닐라.

목잔(木棧)을 밟고 내려가며 쉴 새 없이 주절대는 해설자의 육음을 흘려들으며 지나간다. 앞 사람의 뒷굼치만 보고 걷지 말라고도 하고. 물들어가는 산을 가슴으로 품으라고도 한다. 산을 가리키며 자연과 호흡하라고도 한다. 폭포의 절경을 침 마르게 칭찬으로 되 바르는 어투가 모두 외운 듯한 말씨라 피식 웃음이 나기도 하고 특이한 그 음색도 재밌다.

여유를 갖고 자신을 돌아보라는 성찰을 부추기는 글귀들을 다 문다문 써 붙인 임도에는 가을 냄새로 가득해 가슴이 시원하게 트인다.

안간힘으로 초록을 붙들고 선 잎들이 차라리 가상해 보이는 계절, 노오랗고 누렇고 더러는 갈색으로 황과 등이 있고 빨갛고, 무슨 빛이라 이름 지을 수 없는 중간색의 즐비한 초목들이 어울려 영락없는 가을빛이다. 때에 순응하여 색깔이 변하는 것은 결코 슬퍼할 일이 아니라 반가움이라는데, 앙살 대듯 나풀거리는 잎 새 마디에는 계절이 색색으로 걸려있음을 본다.

도란도란 두런두런 속삭이는 소리가 들려올 것만 같은 마을의 모습은 그냥 즐거운 나만의 상상이었을 뿐인가? 시향정에 닿을 때까지 임도 곁으로는 어느 구석에도 구수한 삶의 이야기 한 토막도 툭 튀어나올 동리도 보이지 않는다. 그런데 어째서 마실길이라 했는지 궁금증이 인다. 완만하게 오르는 길 여기저기 듬성듬성 물들어가는 위봉산을 치어보고 추즐산 곁으로 몇 구비 돌아 오르니 화전민이라도 살았음직한 터엔 도라지만 가지런하게 서있다.

산세는 가파른데 온통 참나무와 떡갈나무들로 가득한 고산, 아기 손바닥만한 잎들이 우릴 반긴다. 솔잎을 스치는 바람 소리만 아성(雅聲)이 아님을 듣는다. 갈잎 갈리는 소리가 곱고 참나무 스치는 바람결이 신신함을 느끼는 오후, 얼 하나 없는 가을 하늘이 곱기만 하다. 기세등등하게 솟은 산맥들만이 곁으로 도열하여 추색으로 화장하고 옷섶은 풀어 젖은 채 우리를 안고자 한다. 무슨 망령된 상상인가 싶어 발걸음을 멈추다. 그래 그랬다. 우린 벌써 누군가에 안긴 실체였다. 아무리 허우적거려 본들 그 일부일 뿐. 내 실체는 이미 내가 아니다. 바람 따라 구름 따라 너울거리는 대로 발걸음 아무리 재촉한대도 굽어보고 치어보며 비틀거리는 대로 나도 자연의 한 부분일 뿐이었다.

다자미(多子美)마을에 다다라서야 긴 꿈을 다 꾼 듯, 자맥질에서 겨우 목 내밀고 크게 한숨 몰아쉬며 겨우 자유로워졌음을 느끼다. 산허리 여기저기 눈 들어 보이는 곳 어디나 감나무가 지천이다. 가지마다 닥지닥지 선홍빛 열매가 곱기도 하다. 어느 길벗인가 오지게도 달렸다고 찬탄의 감탄사를 붙인다. 이래서 고종시 마실길인가 싶다.

완주 마실길은 두런두런 이야기가 새어 들리는 길이 아니다. 서리 맞은 감이 이월의 꽃보다 아름답다(霜枾紅於 二月花 상시홍어 이월화)라 할 만한 인정이 오지게도 걸린 길이다. 가을 하늘이 곱게 어우러져 더없이 아름다운 오후다.

워싱턴을 가다

수박 겉핥기식으로 밖에 볼 수 없었던 곳. 그것도 단체 여행객 틈에 끼여 이리저리 쏠리며 볼 수밖에 없었던 상황에서 어디 워싱턴을 제대로 보았다고 말할 수 있겠는가? 아는 척한다는 것이 우스운 일일 수도 있다. 이런 형편임을 왜 모를까만은 일기 쓰는 기분으로 행적을 글로 옮긴다.

누가 한 말인지 모르겠으나 "아는 만큼 보인다."기에 보이는 게 좀 많았으면 좋겠다는 생각으로 미리 조사를 한다고 했건만, 한정된 여행 일정과 여러 제한으로 내가 보고 싶었던 것, 느끼고 싶었을 것을 충족하기엔 부족함이 많다.

미국의 수도 워싱턴은 조지 워싱턴이 초석을 놓고 호번의 설계로 백악관이 세워졌다. 토마스 제퍼슨이 임기를 마칠 무렵엔 고작 오천의 인구밖에 안 되었던 도시다. 영국군의 손에 넘어가기도 했고 남북 전쟁의 고통이 있었던 곳, 수도의 위상으로 끌어올

안중걸 산문집

린 데는 수도를 사수하려는 연방정부의 노력이었다.

워싱턴을 찾으며 내가 흥분에 가깝게 긴장하기도 하고 크게 기대한 곳은 한국전 참전 용사 기념비가 세워진 곳을 볼 수 있어서다. 바로크 양식으로 지어졌다는 백악관과 국회의사당은 사실 내겐 거의 의미가 없었다. 랑팡의 설계에 따라 도시가 만들어지고 모습을 갖추었다는 것도, 국가적 영웅들을 기리는 기념물들로 장식하려는 의도가 있었다는 것도 내겐 큰 의미로 다가오는 것이 아니었다.

한국전참전비 19인의 용사상은, 웨버라는 참전 용사가 한국전쟁에서 전사한 전우들을 기리려 세운 기념물이다. 대위로 참전한 그는 오른팔과 오른발을 잃은 전상자였다. 수술을 하고 오랜 치료의 시간을 갖은 후에 그는 다시 군에 복귀한다. 웨버의 노력으로 미군 전사자 뿐만 아니라 카투사 7천여 명 전사자의 이름도 추모의 벽에 올라 있다.

추운 겨울 정찰중인 복장으로 판초우의를 덮어쓰고 추위를 안 깐 힘으로 버티는 듯 좌우를 돌아보는 모습이다. 여기저기를 조심스레 살피며 걷는 모습을 보면서 가슴이 뭉클하는 전율을 느끼다. 지구상 어디에 위치한지도 몰랐던 나라의 자유와 민주주의를 지켜주기 위해 참전해 무참히 산화한 그들의 헌신이 새겨진 곳에서 고개를 숙인다. 동시에 촉촉해져 오는 눈시울을 찍어내게 됨은 이들에 대한 미안함이요 고마움이며 존경의 심정이 복

받쳐서였으리.

화강암으로 꾸며진 벽면엔 참전 병사, 간호사, 카투사, 그외 봉사자들의 형상이 정교하게 새겨져 있고, 회상의 연못 주위에는 한국전 희생자, 실종자, 미군 전사자, 유엔군 전사자와 한국 카투사의 이름도 새겨져 있다. 어디에 위치해 있는지도 모르는 나라, 만난 적도 없는 사람들을 지키기 위해 나라의 부름에 응했던 미국의 아들에게 경의를 표한다는 문구 앞에서 숙연해져 한참을 서 있었다.

이리 갖다 풀어놓고 여기가 국회의사당이요, 저기가 백악관이라 보여 주지만 뉴스에서 본 바 있었던 동일한 건물이었을 뿐, 그리 감동적인 내용이 개제된 것이 아니어서 그저 무덤덤히 볼 뿐 남다른 감흥이 일지 않는다. 자연사박물관도 마찬가지였다. 희귀한 돌과 다이아몬드, 수정, 그리고 각양각색의 광물들도 큰 감동을 자아낼 정도는 아니다. 다만 이네들의 순수한 정신이랄까 위대함이랄까? 결코 후손들에게 자신들의 역사를 팔지않고 있다는 생각이 닿는 순간, 어째서 이들이 세계 제일의 강국인가를 느끼게 했다. 어느 곳에서도 입장료를 받지 않았다. 다만 후세들이 언제나 찾고 돌며 자신들의 역사를 익힐 수 있도록 장치한 그들의 시스템이 부러웠다.

링컨 기념관을 지나면서는 "절반은 노예로 절반은 자유민으로 살아가는 상태로 영속할 수는 없다."고 했던 링컨의 어록이 뇌리를 친다. 남북전쟁은 북군과 남군으로 갈려 미국 남부 전역과 북부에 걸쳐 4년간 싸운 전쟁이다. 지역 간의 갈등과 노예제도 존폐문제가 쟁점이었다. 거의 백만 명의 희생을 치러야 했던 노예해방전쟁이다.

도망 나온 노예를 신고하지 않으면 지옥 간다는 이상하고 해괴한 남부의 도덕관을 지적했던 마크 트웨인의 작품 〈허클베리 핀의 모험〉의 한 구절이 다시 오버랩되면서 링컨을 더욱 우러르게 된다.

제퍼슨기념관을 보면서는 독립의 의미가 어떤 것인가를 곱씹으며 우리가 겪었던 아픔을 떠올린다. 피부 색깔이 결코 인간의 우월을 가늠할 가늠자가 아니요, 인간이 다른 인간을 억압 지배해서도 안 되고, 힘이나 이념이 결코 다른 민족을 구속해서도 안 됨을 일찍이 알아챘던 이들의 인도주의로 생면부지의 작은 나라를 위해 저 많은 희생을 감수했다고 생각하니 감사 감격의 눈물이 나도 모르게 흐르는 것이다.

센트럴파크에서의 소회

화용이는 우릴 만나자마자 미국서 가장 작은 주라는 곳으로 이동하며 여행을 가잔다. 우리가 함께 여행한 지는 벌써 40년도 훨씬 넘는 과거형이었다. 원래 딸의 거처는 코네티컷주다. 맨해튼에 살다가 남편의 직장을 좇아 옮겼다고 했다. 대서양이 펼쳐져 보이는 조용한 곳이다. 그곳은 주민들의 친지나 가족이 방문했을 때를 위해 빌려주는 두 가구의 객실이 있다. 내가 묵을 날과 하루가 겹쳐서 가족여행으로 비켜 잡은 것이라고 일러준다.

예약한 호텔은 백년은 넘었음즉 한 고풍스러운 곳이었다. 새로 지은 호텔 이상의 인기가 있는 곳이라고 했다. 개보수의 흔적이 있고 나이만큼의 향기가 은은한 곳이다. 호불호의 온도 차가 분명할 법한 곳이었다. 로비 한가운데 설치한 엘리베이터는 멈춰있지만, 나름 골동품의 자격을 얻고 있고 1, 2층 복도 벽면에 걸려 있는 미술품들은 호텔의 품격을 더욱 돋보여 준다.

거의 궁전에 비견될 만치 크고 화려하게 지어진 건물. 수만 평에 달하는 잔디밭과 담장 너머로 끝없이 펼쳐진 수평선, 그리고 대서양을 품어 안은 'the breakers'는 호사스럽기 그지없는 저택이다. '뉴 포트'의 저택단지를 빠져나와 이탈리아 거리를 지나려니 중앙선이 별스럽다. 이탈리아 국기의 삼색 선으로 중앙선을 그어 놓고 있는 것도 눈길을 끈다. 누구의 발상일까?

주 청사 건물은 온통 하얀 벽돌이어서 눈이 부실 지경이었다. 헤아릴 수 없이 넓은 잔디밭. 그 가운데에 길차게 자라 활개를 펼쳐 보이는 아름드리나무들과 각양의 수종들을 보면서 이네들의 문화 이네들의 역사는 저 나무들의 나이테와 함께한 것이겠구나 싶다. 그늘 아래를 뛰노는 사람들, 거의 벌거벗다시피 한 채 일광욕을 즐기는 이들, 심각한 표정으로 바삐 발걸음을 옮기는 사람들 모두 제 삶을 제 뜻대로 즐기는 자유로움과 구김살 없는 모습이다.

2일차, 딸은 우리 부부에게 뉴욕의 여기저기를 보여주려고 계획을 많이도 세웠나 보다. 오늘은 미술관을 간다고 하고, 내일은 브로드웨이에서 뮤지컬 보자고 한다. 시내 구경은 어디 어디로 간다며 동선을 말해 주는데 알아들을 수 있는 것은 자유의 여신상과 허드슨강, 센트럴 파크라는 겨우 배경지식에 들어 있는 곳들일 뿐이다. 전부를 맡길 수밖에. 저녁 식사를 마치고 또 다른 배경지식을 얻고자 TV로 만화 영화를 먼저 봤다.

우리가 관람할 뮤지컬이 '알라딘 요술램프'다. 배우들의 대사를 제대로 알아듣고 재미를 느끼려면 미리 내용을 알아두는 것이 좋고 지루하지 않을 것이라는 배려였다. 그간 게을렀던 게 조금 창피스럽기도 했다. 나중에 안 일이지만, 극장에서 빌려주는 한국어 번역기에 도움을 받으니 어느 정도 내용을 알아듣게도 되어 그저 청맹과니 수준은 벗었다.

딸애는 제 취미나 전공과 관련되어서일까? 어미에 대한 배려일까? 또 미술관을 찾아갔다. 첫 번째 공간엔 설치 예술이다. 나로서는 쉽게 이해가 되지 않는 분야였다. 돌덩이가 매달려 있고 여러 빛깔의 천들이 쏟아져 내리듯 펼쳐있고 쇠뭉치들을 쌓아 놓듯 배열하고 무엇을 뿌린 것인지 찍어 놓은 것인지 모르겠으나 검은 점들의 배열을 보면서 군무하는 새들의 모습 같은 느낌이 닿았을 뿐이다. 미와 추, 공감과 수긍 내지는 편안한 감정과 두려운 감정이 인 듯 만 듯 한 순간이 전부다. 이를 감동이라 해야 할까, 이해라 해야 옳을까? 이만한 생각이 든 것만도 그나마 다행이다. 쉽게 예술성을 느꼈다거나 볼 수 없었던 것은, 나의 무지의 소치였겠지만, 엄중하게 지키고 서 있는 관리인들의 표정은 오히려 인상적이었다.

누구의 표현이었던가? 가장 아름다운 것들이 모여있는 곳에서 가장 단순한 일을 한다던 미술관 경비원의 고백이 가슴에 닿는다. 예술을 하루아침에 이해하려는 것은 무리다. 단지 내 눈과 가슴에 이렇게 저렇게 닿은 것들이 쌓여 시간으로 삭히고 가슴으로 걸러보고 상상의 나래가 부딪치며 침잠되면 어느 정도 이해가 되는지 모를 일이다. 문득 가장 가치 있는 것을 만드는 행위가 있다면 그것은 예술가들의 창작 행위일 거라는 당연한 생각을 참 어렵게 떠올려 냈다.

현대 미술관을 6층부터 내려오며 본 수많은 명작의 그림들이 퍽 인상적이었다. 마네도 만나고 모네도 봤다. 샤갈을 보고 세잔느와 인사하고 피카소를 알아보고는 계면쩍은 미소를 흘렸다. 그래도 가장 반가운 것은 '이부한'이라는 한국 작가의 작품을 보게 되어 더욱 반가웠다. 거의 무덤덤한 표정으로 밀짚모자를 머리에 얹은 채 관객들의 셀카 속으로 끌려들어 가는 고흐가 왠지 안쓰러워 보이기도 하고, 작품 완성을 위해 진력하면서 신이시여 도와주소서! 기도로 순간순간을 넘겨야 했다는 미켈란젤로의 애절한 육성이 들릴 것도 같은 미술관 한켠으로 어스름이 스멀스멀 내려앉고 있다.

메트로폴리탄이란 미술관을 찾은 건 또 다음 날, 어느 60층 건물 전망대에서 허드슨강을 내려다보며 탄성을 삼키며 점심을 먹고 나서지만, 좌우로 펼쳐진 도도한 강물만 깊게 뇌리에 각인 되는 것이다. 이집트의 유물들, 아프리카의 것들, 그리고 누구누구 하는 이름난 작가들의 작품들조차 쉽게 눈에 들어오지 않음은 미술에 대한 문외한 이어서만은 아니었을라. 어느새 단순한 듯

근엄한 경비원들의 얼굴을 먼저 훑어보는 못된 장난기가 문제였을까 보다.

전시실을 오가며 어느새 뇌리로 닿는 것이 다시 있다. 지금 나는 어느 예술가의 손길만 보는 것이 아니란 착각이 든다는 것이다. 그리고 문득 와 닿는 작가의 생각이 스칠 때도 있고 작가의 영감을 훔쳐보는 것 같기도 했다. 그래 이건 분명 착각이지만 어떻든 작가의 생각에 접근해 보려는 시도가 아닌가? 이러는 것만큼 작품을 감상하려는 힘이 커가고 있음을 느끼기도 한다. 그리고 가끔 와 닿은 또 다른 생각. 정신분석가가 되어가고 있다는 엉뚱한 어처구니없는 비약의 논리를 갖게 된다, 이해가 되질 않고 희미한 세계 속을 유영하게 하는 난해한 그림들 앞에서의 나는, 줄곧 심해 어딘가를 허우적거리고 있는 참괴한 모습을 벗어나지 못하고 있기도 했다. 그래도 내 마음의 노트 한 구석에 써가고 있는 이야기들이 밤하늘의 별보다 반짝이는 영혼의 독백이었고 감사의 기도 같았다. 그래서 더욱 행복했나 보다.

나이아가라 폭포 앞에서

자연의 웅장함에 지질리고 나니 감탄사만 연발하게 된다. 이 거대한, 이렇게 장대한 모습을 어떻게 형언해야 할까? 어떠한 말로 표현해도 걸맞은 수식일 수 없겠다 싶다. 나의 필력으로는 이 웅장한 모습을 도저히 감당할 도리가 없었다. 대자연의 위대함에 숙연해지고 만다. 나이아가라강에 떠 있는 섬은 하나둘이 아니다. 로빈섬, 버드섬, 그린섬이 Goat Island 좌측에 붙어 있고, 브라더섬과 쓰리시스터스섬은 아래로 있는데 우측을 감싸 흘러 떨어지는 것이 미국령인 바람의 동굴 쪽으로 떨어지는 폭포가 되고, 좌측을 감싸 떨어지는 폭포가 캐나다 영에서 바라보게 되는 말발굽 모양의 폭포다.

엘리베이터를 타고 내려가 우비를 입고 폭포 가까이 내려가니 장대하게 떨어지는 폭포의 물소리가 우리를 압도했다. 물보라 물안개가 허공으로 다시 피어오르고 안개비 되어 우리를 쓸어 안는다. 세차게 몰아치는 소용돌이 앞에서 고스란히 몸을 맡기고 섰다. 카오스! 한 방울의 물방울도 되지 못할 것 같은 우리 몸을 지탱하기는 아예 글렀음을 감지하는 시간은 그리 길지 않았다. 목잔을 몇 발자국 딛고 올라서면서부터 장대하게 들리는 폭포의 굉음, 무한대에 가까울 수량과 저 거대한 몸짓, 허공을 찢듯 떨어지며 내지르고 부서지는 소리! 소리! 어느새 나는 폭포의 일부가 되어 있었다. 폭포를 더 가까이서 보겠다고 움직이는 몸짓이라기보다는 스며들고 있다는 착각에 놀라고 있는 것이다.

폭포는 곧은 절벽을 무서운 기색도 없이 떨어진다.
규정할 수 없는 물결이
무엇을 향하여 떨어진다는 의미도 없이
계절과 주야를 가리지 않고
고매한 정신처럼 쉴 사이 없이 떨어진다.
(중략)
번개와 같이 떨어지는 물방울은
취할 순간조차 마음에 주지 않고
나타와 안정을 뒤집어 놓을 듯이
높이도 폭도 없이
떨어진다.
ㅡ김수영ㅡ

마음속 깊이 갈무리되고 있던 어떤 절규 같은 것이 나의 창자 속 저 끝에서부터 새어 나오는데 물소리에 압도되어 헉! 헛바람으로 물안개에 묻히고 만다. 흔적도 없다. 눈물인지 빗물인지 물보라에 휩싸인 채 정체를 알 수 없는 액체들이 흘러내린다. 가슴이 후련하다. 박지원이 언급했던 통곡할 만한 자리가 여기다 싶어지는 것은 무슨 뜬금없는 생각일까만, 오 카타르시스! 카타르시스!

참으로 복 받은 땅이다. 말발굽 폭포를 보면서 느낀 감정이 이랬다. 미국 쪽에서 바라보기에는 애매해 잘 보이지 않고 캐나다 쪽에서는 깔끔하게 잘 보여서 가진 생각이다. 마치 말발굽 모양을 하고 떨어져 내리는 수량은 말로 표현할 수도 없을 만큼 장대하다. 바람의 동굴 안팎에서도 엄청난 양에 압도되어 입만 벌리고 말아야 했었는데 여기는 그 차원이 달랐다. 천길 아래로 떨어져 부서지는 포말(泡沫), 그 물안개가 다시 수천 길을 치올라 구름처럼 뒤엉키는 신비를 어떻게 형언할꼬.

나는 기꺼이 폭포를 몸으로 받아내고 싶었다. 크루즈 배에 올라 우비는 건성 걸치고 물안개 속으로 나를 맡겼다. 솥단지 안에서 끓어오르는 듯하다는 착각을 갖기도 전에 벌써 물보라로 잔비 되어 다시 떨어지는 폭포! 내 몸을 감싸 떨어지는 물방울을 여과 없이 받아내며 하염없이 눈물을 흘리고 있었는지 모른다. 영락없이 물에 빠진 생쥐 꼴이겠지만 상관할 일이 아니었다.

그때는 아는가?

나의 등판을 어깨에서 허리까지 길게 내리친 시퍼런 칼자국을
아는가?

(중략)

그 무수한 수정체가 한꺼번에 박살 나는 맹목의 물보라.

그때는 아는가? 시퍼런 빛줄기 억년 묵은 이 칼자국을 아는가?

　까닭도 없이 작가 이형기의 몇 줄 시행들이 순서도 없이 뒤죽
박죽 입 밖으로 흘려진다. 별 연관도 없으련만 떠올려지는 시어
들을 물줄기로 헹구어 뱉으며 자연의 한 부분으로 다가가고 있
다. 스카이론 회전 전망대에서 저녁 식사를 즐기며 바라보는 것
과, 선명한 조명으로 한껏 꾸며놓는 폭포의 또 다른 얼굴, 폭죽
을 쏘아 올리며 탄성으로 축복하는 우리 인간들이 어우러지는
소리를 귓전에 남기며 숙소로 향하는 발길은 아직도 촉촉하기만
하다. 여태 내 몸과 맘을 나이아가라 폭포에서 다 건져 올리지
못한 때문인가 보다.

장안(長安)을 걸으며

 왜 나는 장안(長安-지금의 西安서안)을 보고자 했을까? 병마총에 대한 궁금증이었을까? 진시황에 대한 막연한 기대 심리였을까? 아님, 현종과 양귀비의 비련의 로맨스를 보고자 함이었을까? 이도 저도 아닐라. 천년고도 그 역사의 현장을 거닐어 보고 싶었음이다. 왤까?

 섬서 역사박물관에서 받은 감회는 기대에 훨씬 미치지 못했다. 여느 역사박물관치고 이 정도의 유물과 저 정도의 사료를 구비하지 않은 곳이 있을까 싶다. 주나라 진나라 한나라 당나라의 수도였던 고도, 역사의 중심지라 자처하면서 이런 정도밖에 표현하지 못했다는 것은, 무능이 아니면 의도한 또 다른 이유가 있겠다 싶어진 것이다. 거기에 웃치기 싫어하는 나의 꼬장한 심보가 없지 않았을 테다.

 실크로드 조각상 앞을 지나면서 예나 지금이나 모든 문제는 먹고 사는 일에 달렸음을 본다. 자신과 가족을 위해 목숨을 담보로 설산, 사막 등 숱한 사지를 넘나들며 돈벌이에 집착했던 강인한 삶에 대한 도전, 그리고 기꺼이 뛰어들게 한 부에의 유혹, 그 현장을 목격한다. 낯선 땅, 물선 곳, 문화의 차이를 겁내지 않고 언어도 손짓 발짓으로 극복해 가며 일궈낸 물물교환 무역의 시발은 인간 역사의 진일보이자 쾌거 아니던가? 그네들의 행렬을 형상화한 모습, 아랍인과 한족의 동행, 말과 낙타 개의 동행이, 인류 무역사의 초석이었음을 숙연히 본다.

시안(西安/長安)은 아주 오래 전에 벌써 도시 계획이 된 고도다. 정방향으로 네모반듯한 구획 구분은 오늘날의 도시들보다 더 정연한 모습이다, 어느 위대한 천재가 있어 이렇게 편리를 펼쳐놓은 것일까? 그네들의 선견지명에 그저 감탄할 뿐이다, 옛날에는 종을 쳐서 성문이 열리는 것을 알렸고 북을 쳐서 닫히는 것을 알렸다는 흔적의 종루와 고루 탑을 고스란히 보전하고 있고, 원주민이었던 회족들이 살았던 거리는 먹거리장터가 되어 상시로 열려 관광객들을 유혹하고 있다. 생기가 철철 넘쳐나는 삶의 현장이다.

내가 보고 싶어 했던 진시황릉에서 1km 가량 떨어진 곳에 있는 병마용갱(兵馬俑坑)은 우물을 파던 촌부 양씨에 의해 우연히 발견된 것이라 했다. 안료를 발라 채색한 입체적 토용들은 햇볕에 노출되면서 금시 색이 바래졌다고 안내자가 일러준다. 지금은 더 이상 발굴은 지연시킨 채 보존과 관리에 공을 들이고 있단다. 더 발달한 기술이 필요하다 싶어 다음 세대에게 발굴을 떠넘긴 것이 아닐까.

진시황의 사후세계를 호위하는 친위 군단인 병용은 실제 사람의 크기와 비슷했다. 서 있는 자세나 무릎을 꿇고 앉은 궁수의 품새와 그 표정이 모두 달랐다. 뿐만아니라 위치한 각도나 방위도 달라 각기 맡은 임무를 수행하는 듯한 모습이다. 목이 떨어진 채 서 있고, 팔다리가 깨어지고 부러진 채 흩어져 있는 그 자취가 사뭇 섬뜩하게 비쳐온다. 아직도 부서진 조각들을 찾아 붙이는 작업은 진행 중이다. 서둘러 찾아온 걸음걸이가 한 곳에 박혀 움쩍할 수 없고, 가슴은 마냥 먹먹해지고 머릿속은 하얘지는 듯한데, 코끝으로 천년의 흙내가 스친다.

화청지(華淸池)는 현종이 양귀비를 위해 지은 목욕탕이다. 색과 미에 매몰된 현종의 로맨스를 어떻다 형용할까만, 미색에 빠져 국정은 안중에 없고 총기도 상실한 결과 나라를 도탄에 빠지고, 결국에는 안록산의 난을 겪게 된다.

백락청은 장한가(長恨歌)에서 이렇게 읊는다.

春寒賜浴華淸池 (츈한사욕화청지)

ㅡ봄 추운데도 화청지에서 목욕하니ㅡ

溫泉水滑洗凝脂 (온천수골셰응지)

―매끄러운 온천물에 기름때를 씻는다.―

(중략)

在天願作比翼鳥 (재천원작비익조)

―하늘에서 만나면 비익조가 되길 원했고―

在地願爲連理枝 (재지원위연리지)

―땅에서 만나면 연리지가 되길 바랬지―

天長地久有時盡 (천장지구유시진)

―하늘도 땅과 끝이 있고 시간조차 다함이 있는데―

此限綿綿無節期 (차한면면무절기)

―이 한은 끝없이 이어져 다함이 없네.―

화청지를 향하는 길목에 석류나무의 꽃이 예쁘다. 진초록 가지 사이로 주황빛 꽃을 달고 있는 환상의 아름다움을 보는데 난데없이 읊조려지는 싯구 하나. 앞뒤 선후도 없다.

석류 속 같은 입술

죽음을 입맞추었네.

강낭콩보다 더 푸른 물결 위에

양귀비보다 더 붉은 그 마음 흘러라.

뜬금없이 떠올려진 싯구는 석류와 양귀비란 공통된 사물 때문이었겠지만 망국의 아픔이 함께 얹어지고 있음을 어쩌랴?

대당부용원도 양귀비를 위해 지어 준 것이라니 현종이 무던히도 빠졌던 모양이다. 남이섬보다 훨씬 넓을 너비의 정원엔 배를 띄울 공간과 산책을 즐길 만한 터도 충분했다. 척척 늘어진 수양버들은 호수 변을 따라 숲을 이루고, 대나무 숲을 스치는 미풍의 아성(雅聲)도 제격이다. 옛날의 복색으로 차려입은 젊은 처자들은 양귀비를 흉내 내보고자 하는 모양새가 그럴싸하다. 양귀비의 뒤태를 연상하며 웃자니 문득 요염을 피우는 여심이 어찌 고금이 다를까 싶다. 미적 사치는 결국 사내들의 욕심에서 비롯되는 게 아닐까.

한양릉에 있는 토용은 병마용갱의 그것들과는 사뭇 다르다. 우선 크기가 그렇고 주물을 사용해 찍어낸 듯한 통일된 모습들이 그랬다, 전사, 기병, 내시의 인형 도자기와 소 말 양 돼지 개 등 농장을 통째 옮겨 놓은 듯하고, 새끼를 밴 모양새의 것들도 있는 것으로 보아, 사후세계에도 영원히 살아갈 삶의 연속선상으로 인식하고 있었음을 보게 된다. 또 잇닿는 생각 하나, 후한서의 기록인바, 부여는 육축(六畜)으로 벼슬 이름을 지었는데, 마가 우가 저가 구가가 그것들이다. 그런데 한양릉에서 발견된 도용(陶俑)이 말, 돼지, 소, 개, 양, 인 것을 견주면 어떤 연관성은 없었을까? 하는 강한 의구심이 스친다. 나만의 지나친 억측이요 비약일까?

작품 해설

순환적 시간의 현재성과 생동성의 향연

최종석(금강대 명예교수)

어느 날 안중걸로부터 전화가 걸려 왔다. 우리는 서로 전화를 자주 하는 편이 아니다. "어쩐 일인가?" 내심 약간 긴장하면서 물었다. "응, 부탁할 일이 있어, 내가 이번에 두 번째 수필집을 출판하려는데 너에게 추천사를 부탁하려고." 그의 부탁을 거절 못하고는 큰 걱정거리가 생겼다는 중압감에 입맛이 깔깔해졌다. 수필집의 추천사는 평론가들의 몫인데 문학도도 아닌 주제에 덜컥 승낙한 것이 후회되었다.

며칠이 지난 후 묵직한 원고 뭉치가 배달되었다. 무게가 꽤 되는 것으로 보아 '읽을 양이 많겠구나' 생각하며 안중걸과 얽힌 인연을 떠올렸다. 그와 나는 같은 해 같은 달 같은 날에 세상에 나온 개체들이다. 태어난 시(時)는 서로 확인해 보지 않아서 알 수 없지만 일단 사주팔자 중에서 여섯 자가 일치하는 것은 분명하다. 즉 우리의 주민 등록번호 앞부분이 같다. 그래서 그런지 그와 나는 살아온 삶의 궤적이 비슷하다. 글을 읽고 글을 쓰고 학생들과 더불어 생활하였던 것이 그렇다. 어린 시절의 이야기 한 가지 덧붙이자면, 안중걸은 초등학교 시절부터 책읽기를 좋아했던 것으로 기억한다. 그의 집 서가에는 『삼국지』, 『수호지』 등 중국고전문학부터 세계문학전집, 그리고 당시 아이들이 갖고 싶어하는 『재미있는 발명발견 이야기』 시리즈 등 많은 장서들이 멋스럽게 꽂혀있었다. 안중걸이 나이에 걸맞지 않게 애늙은이 같이 말하고 행동했던 것이나, 글쓰기를 좋아하고 글재주를 키운 것은 아마도 어린 시절부터 쌓아온 다독의 내공에서 온 것이 아닐까?

그나저나 그의 글이 '이러이러 하고 저러저러 하다'고 갈래갈래 찢고 흠집을 내놓고는 그것을 평(評)이니 해설이니 하면서 '사람들아 읽어보소' 외쳐야 하는 임무를 받았으니 손이 떨리고 앞이 캄캄해져 글쓰기가 두려워진다. 어쩐다?

이번에 상재하는 수필집 『길섶에서』는 모두 63 꼭지로 이루어졌다. 이를 다시 비슷한 주제들을 모아 넷으로 나누었다. 열거하면 이렇다. I 걸으며 생각하며, II 가르치며 배우며, III 부대끼며 보듬으며, IV 사랑하며 아껴주며 이다. 작가는 소분류한 제목들을 모두 'ㅇㅇ하며 ㅇㅇ하며'로 정하고 있다. 이는 필시 이 글들은 과거의 일들이 문자로 기록되어 완결형으로 끝나 세월 속에 묻혀 잠자고 있는 것이 아니고, 글로 표출되어 펄떡펄떡 이 순간에도 함께 'ㅇㅇ하며' 살아 숨쉬고 있다는 뜻이 숨겨져 있는 것으로 읽힌다. 즉 그가 겪은 사건들이 언어로 기록되어 과거의 시간 속에서 화석화되어 생명력을 잃은 과거형 서사로 머무는 것이 아니라, 끊임없이 현재형으로 살아 움직이면서 그를 구속하고 간섭하고 있다는 것이다.

존재는 언어를 통해서 의미를 부여받고 다시 언어는 존재를 담아내는 것이기에 하이데거가 말한 "언어는 존재의 집"이라는 명제가 소제목 속에서 드러난다. 그렇다. 'ㅇㅇ하며 ㅇㅇ하며'가 내포하는 의미는 크로노스(chronos)적 시간의 축적을 넘어 과거의 사건이 현재에서 살아 순환하는 카이로스(kairos)적 시간의 생동성을 말하는 것이라고 하겠다. 안중걸이 추구하는 글들은 과거의 시간 속에서 머물고 있는 사건들을 끊임없이 기억의 두레박으로 'ㅇㅇ하며, ㅇㅇ하며' 끌어 올려 현재성을 부여하면서 오늘의 삶을 부여잡고 있다.

1. 길에 대한 명상

안중걸의 수필집 『길섶에서』에서 눈여겨보아야 할 대목은 '길'이다. 그의 글은 길에서 시작해서 길에서 끝난다고 해도 과언이 아닐 정도로 길을 걷고 또 걸으며 사색하고 관조하면서 정념을 끌어 올리고 있다. 루쉰(魯迅)은 "원래 땅 위에는 길이란 것이 없었다. 걸어다니는 사람들이 많으면 그것이 곧 길이 되는 것이다."라며 길을 희망에다 비유했다. 희망이라는 것도 본래 있다고도 할 수 있고 없다고도 할 수 있는 것으로 마치 땅 위의 길과 같다고 했다. 길은 끝없이 연결되는 관계의 도정(道程)이자 집성이다. 길 걷기를 즐긴 사람들 중에 우리에게 잘 알려진 사람으로는 소로우, 루소, 랭보, 일본 하이쿠 시인 바쇼 등이 있다. 이들은 특히 여행을 즐겼으며, 걷는 동안 일어나는 모든 일들을 사랑했다. 그리고 모두 글로 써서 남겼다.

니체는 "모든 글 중에서 나는 누군가가 피로 쓴 글을 사랑한다. 피로 써라. 그러면 피가 곧 정신임을 알게 될 것이다."라고 외쳤다. 안중걸은 피보다 더 짜고 뜨거운 땀으로 글을 쓴다. 그의 문장 행간에는 길을 걸으며 흘린 땀의 흔적이 나이테처럼 새겨져 있다. 안중걸이 애정을 갖고 걷는 길은 산길이요, 들길이요, 숲길이요, 마을 길인데, 그는 이 길들을 판소리 창을 하듯 고저장단의 가락에 맞춰 맛깔나게 춤을 추듯 걷는다. 그가 내딛는 걸음에 맞춰 숨어있던 풍광이 펼쳐지고 감추어 있던 사연들이 고개를 내민다. 길이 던지는 유혹은 낯선 세계를 향한 모험을 요구한다. 영혼을 빼앗기더라도 행복의 순간을 찾으려는 파우스트의 몸짓이 그가 걷는 길에서 피어오른다. 삶을 달관한 자유로운 영혼이 걷는 모습을 떠올리게 하는 그의 글을 읽어 보자.

길은 언제나 우리에게 손짓한다. 그 손짓은 유혹이며 구속이다. 아 언제부터이던가, 걷고 쉬다, 다시 걸으며 내가 살아 있음을 느끼고 있는 것이. 기꺼이 유혹 속으로 스스로 구속되어 가는 즐거움이 배여도 좋고 돌아보고 또 돌아보아도 흔적이 남을 일이 없는 그것이 내 삶의 모습이라면, 길을 걸으며 길에서 더 자유로운 영혼을 만지며 살고 싶다는 생각을 새기며 소똥령 길을 걷는다. 풀벌레의 합창이 푸른 오후다.

― 「소똥령(嶺)」 일부 ―

이처럼 길에 대한 명상이 스며있는 글들은 「제주 오름길」, 「관악산 둘레길」, 「광교 뚝방길」, 「굴업도」, 「소금산 출렁다리」, 「소똥령」, 「구로 올레길을 걸으며」, 「외연도 가는 길」, 「금강 소나무 길」 등이다. 고개를 숙이고 걸으며 회한을 떠올리기도 하고, 하늘을 바라보며 겸손을 배우고, 출렁다리에서 아찔아찔한 고공의 공포를 느끼면서 일상의 잡다함을 벗어 던지고, 보부상들의 옛길에서 정겨운 옛사람들을 떠올리며 그들의 삶을 어루만지고 있다. 한반도 방방곡곡의 길을 걸으며 그곳에 담겨있는 의미를 캐내고 되새기어 그것을 보석처럼 꿰어낸 그의 문재(文才)는 마치 할미꽃처럼 겸손하고, 호박꽃처럼 달콤하기도 하고 또한 박꽃처럼 둥글게 긴 울림을 준다. 다시 말해서 그의 글에는 읽는 이에게 아련한 감흥을 불러일으키게 하는 마법이 숨겨져 있다. 자신의 내면을 성찰한 글이기에 읽는 사람에게 공감을 불러 일으키는 것이리라.

안중걸은 가평의 물 맑고 골 깊은 곳에 똬리를 틀고 살고 있다. 읽고 쓰고 걷는 것이 그의 일과이자 그만의 삶이라고 할 수 있다. 그는 자연과 합일하는 삶을 우선으로 삼고 있다. 그런 모습이 보이는 문장을 뽑아 보자.

그윽한 눈길로 바라보고 맘을 주면 자연도 우리를 사랑으로 감싸 안는다. 문득 내가 자연을 완상하는 것이 아니라 저 산과 들 그리고 나무와 풀 돌도 나를 보고 맞으며 품평을 하고 있을 거라는 생각이 든다. 산속을 걸을 때 나는 산의 일부요, 들녘을 걷는 나는 들의 한 부분이다.
— 「평화의 댐을 지나며」 일부 —

자연에 대한 그의 태도는 자연의 의인화이자 인간의 자연화라고 할 수 있다. 그는 동양철학의 근간이 되는 천인합일설(天人合一說)을 문학적으로 표현하고 있다. 천인합일설은 인간은 자연의 일부이기에 자연의 원리와 일치하는 것을 최상의 과제로 삼는다. 이를 위하여 심신수련, 자연과 균형 및 조화 등을 통하여 합일을 성취한다는 사상이다. 환언하면, 인간은 자연의 길, 즉 도(道)와 일치하는 것을 목표로 한다. 도(道)는 삼라만상이 생성, 변화

하는 원리이고 우주에 법칙을 부여하는 것이기에 인간에게는 규범이고 자연계에는 법이다. 이 천지만물의 본성인 도를 체득하면 절대자유를 누리며 자연과 하나 되어 살 수 있게 된다는 것이다. 현대사회에서 요청되는 자연보호, 환경보호의 기반을 천인합일 개념에서도 찾을 수 있을 것이다. 안중걸은 이미 자연과 하나 되는 길을 걷는 도인(道人)의 삶을 유유자적 맛보고 있는가 보다.

길을 걸으며 만나는 새, 꽃, 나무, 바위, 풀, 물, 비, 등이 모두 그에겐 정겨운 친구들이다. 그는 이들로부터 울려오는 자연의 육성을 들으며 자연 속으로 잠입(潛入)하기를 즐긴다.

2. 믿음과 '더러' 묻어두는 용서의 여유

안중걸의 글 속에 스며있는 종교관은 우리네 고유 습속과 불교, 그리스도교가 묘하게 혼합되어 조화를 이룬다. 그의 글에서 발견되는 어귀 중에 수중어류이고득락(水中魚類離苦得樂), 육축이고득락(六畜離苦得樂), 지옥중생이고득락(地獄衆生離苦得樂) 등은 불교용어이다. 그는 불교를 신앙하는 것 같지는 않은데, 부지불식간에 토해내는 한탄조에는 공양미 메고 산사를 찾는 불자의 목소리가 들어 있다. 백팔번뇌를 되뇌이는 그의 거친 숨소리에는 우리네 심성에 깊숙이 박혀있는 종교심이 배어 있다고 해야 하나?

　한발 한 발을 내딛는 동안 거친 숨을 내쉴 즈음 나는 습관처
럼 발걸음을 세곤 한다. 백팔을 세고 다시 백팔을 넘어간다.
인간사 모든 것이 번뇌라 여겨서일까? 번뇌가 아닌 것이 없다
고 여겨서일까? 아님, 처한 상황이 번뇌 속에 있어서일까?
－「삽시도에서」 일부 －

　종교적 분위기를 보이는 글들은 「삽시도에서」, 「할머니의 묵
주」, 「신안군 노둣길을 걸으며」, 「용서」 등이다. 신앙이란 삶의 궁
극적인 문제, 즉 죽음을 해결하기 위하여 선택하는 자기 결단이
라고 할 수 있다. 신안군에 세운 열두 사도의 집을 순례하는 안
중걸은 언제부터인가 꾸준히 쌓아온 해박한 성경 지식을 드러낸
다. 베드로의 집에서부터 유다의 집까지 살펴본 후 읊조린 그의
독백이 귓가를 맴돌며 사라지지 않는다.

　몇 년을 예수님과 함께 했으면서 예수님을 닮지 못한 사람.
회계관리를 맡을 만큼 신뢰를 받았으면서도 물욕에 지배를 더
받은 사람. '너희들 가운데 하나는 악마다.'고 하시면서도 곁에
두신 뜻은 또 뭐란 말인가? 나도 모르게 종탑의 종을 치고 또
쳤다. 옅은 바람결로 흩어지는 소리를 만지고 또 살핀다. 가슴

이 후련해지기보다는 가슴으로 가슴으로 흐르는 눈물이 뜨거워짐은 왤까.

― 「신안군 노둣길을 걸으며」, 일부 ―

신학적 분석이 아닌 프로이드의 시블링 라이벌(sibling rivalry), 즉 "어머니의 사랑을 놓고 형제간에 벌이는 경쟁" 이론으로 유다의 행동을 해석하는 시각이 있다. 신앙적 형제들인 베드로, 야고보, 요한 등에게서 유다가 따돌림 당하자 유다는 오히려 그들을 무시하려 하고 질투했다는 것이다. 유다는 예수로부터 인정받지 못하고 사랑받지 못하는 자신을 자책하게 되고 결국 예수를 저버리게 되었다는 것이다. 우리는 인생사에서 수많은 유다같은 모습을 만나게 되는데 안중걸은 그의 글 「용서」에서 '세상사가 어떻게 명료한 논리대로만 되는가? 더러는 덮어두고 더러는 묻어두어야 할 것이 얼마나 많은가?' 하면서 한 발짝 물러서서 바라보는 여유와 더러 개념을 제안한다. 유다를 감싸고 보듬는 폭넓은 처사이다. 악의에 찬 경쟁은 종국에 비극적인 결과를 가져온다. 우리 스스로 유다가 되어 상대를 밀치고 제치는 경쟁을 얼마나 많이 하는가 돌아볼 일이다.

예수께 간음한 여인의 처벌에 대해 물었다. 여인은 돌에 맞아 죽을 위기였다. 예수는 아무 말도 하지 않고 땅위에 무언가 썼다. 그리고 다시 지웠다. 무어라고 썼는지 기록이 없어 확인할 수는 없다. 무얼까? 궁금하다. 아마도 안중걸이 제안한 것처럼 용서하고(더러는 덮어두고) 또 용서해야(더러는 묻어두어야) 한다고 쓰지 않았을까? 이런 말이 있지 않은가? "용서야말로 최상의 복수"라고.

3. 학불염(學不厭), 교불권(敎不倦)

공자의 말씀이다. "배움을 싫어하지 말며, 가르침을 게을리 말라: 학불염(學不厭), 교불권(敎不倦)" 안중걸이 지금껏 살아오면서 삼십 년 이상 종사한 일은 학생을 가르치고 스스로 배우는 일이었다. 그는 공부하기를 좋아했으며 공부한 것을 학생들에게 나누어주는 일에 열심이었다. 수필집 『길섶에서』에서 선생님 안중걸의 성실한 모습이 여실하게 드러나는 글은 「교사일기」, 「사랑의 매라는 이름의 폭력」, 「장난과 작란」, 「내기바둑」, 「욕설」, 「무서운 인간, 두려운 사회」 등이다. 이 글들 속에는 그의 제자들과 얽힌 훈훈한 사연들이 별처럼 빛나고 있다. 또한 참담한 교육 현실에서 비롯한 고뇌가 깃든 글들도 보인다. 읽는 이의 가슴을 저려 오게 하는 이야기가 있다. 안선생이 여학교에 근무할 때 일어난 사건이다. 수업시간에 집중하지 않고 말썽만 부리는 여학생의 싸다귀를 때린 일이다. 어처구니없이 큰일을 저지른 안선생은 스스로도 당황했다. 그는 반장에게 대야에 물을 떠오게 해서 교탁 위에 올려놓곤 손을 씻는다. 그리고 수업을 중단한 채 밖으로 나 간다. 이 글을 여기까지 읽으면서 나는 "안선생 도대체 뭐하는 거 야." 하며 외쳤다. "읽는 사람을 황당하게 만드는구만. 이 장면에 서 난데없이 손을 씻다니, 어 참." 투덜거렸다. 이 이야기는 계속 된다. 읽어보자.

자습을 하도록 시키고 고개를 숙이고 섰는 아이를 데리고… 벤치 곁으로 갔다. 그때 내 생각은 아이를 조근조근 타이르고 달래보려는 심사였다. "오늘 너는 너무 잘못한 것같아." 내 말이 떨어지기가 무섭게 독사보다 더 무서운 눈으로 요렇게 노려보 고 섰던 아이는 앙칼지다 싶게 내뱉는다. "네, 제가 잘못한 것 은 인정하는데요, 그래도 전 평생 선생님 원망할 게예요."
(중략)
"너를 때린 선생님은 더 잘못한 거야. 선생님 손이 너무 창피 해서 너무 부끄러워서 너희 보는 앞에서 닦은 거야. 알겠니? 너무 미안하다." 나는 그 아이의 어깨를 다독거려 주었다. 그 아 이는 그야말로 닭똥 같은 눈물을 뚝뚝 떨어뜨리며 울었다.
(중략)
내가 다른 학교로 전근을 계획하고 있을 때 그 아인 달포나 "가시지 말라고" 울며 쫓아 다녔다.

(중략)

　나는 요즘도 그 아이를 떠올리곤 한다. 50이 훨씬 넘었을 그 아이에게 미안한 마음이 있는 건 내 마음속의 상처가 다 치유되지 않아서일 게다.

　　－「사랑의 매라는 이름의 폭력」 일부 －

　사랑이라는 수식어가 붙은 교사가 행하는 매도 한 인격체에 가하는 억압이고 가해일 뿐이라는 안선생의 경험에서 오는 주장에 동의하게 된다. 세상을 살아가면서 부끄럽지 않은 손을 유지하는 일이 어찌 쉬운 일이겠는가. 폭력의 손, 욕망의 손, 기만의 손, 질투의 손을 씻고 화해의 손, 용서의 손, 도움의 손, 절제의 손, 겸손의 손으로 깨끗해지는 교육을 지향해야 할 것이다. 안선생의 손씻기에서 배울 점이 많다. 나의 손이 과연 깨끗한지 다시 바라보게 된다.

4. 죽음을 넘는 현재의 삶

　이번에 상재하는 『길섶에서』에서 독특하게 눈에 띄는 글들은 「할머니의 묵주」, 「망초꽃을 뜯는 여인」, 「목숨」, 「망우 사색길」, 「한숨」 등 죽음에 관한 것들이다. 세상에 태어날 때는 순서있게 오지만 세상을 떠날 때는 뒤죽박죽으로 순서가 없다. 죽음은 예고 없이 언젠가는 누구에게나 찾아오는 불청객과 같은 것이다. 죽음은 피할 수 없는 인간이 갖는 한계상황이다. 그래서 하이데거는 "인간은 죽음을 향한 존재"(Sein zum Tode)라고 정의하지 않았나. 세계에 존재하는 모든 현상들은 시간 속에서 나타나는 것이고 그 현상의 종말은 죽음인 것이다. 인간이란 결국 태어남과 동시에 죽음을 향해가는 존재이다. 인간들이 맞이하는 죽음이란 항상 자신의 죽음이기에 타인이 대신할 수 없고 결코 피할수 없는 궁극적인 가능성이라고 할 수 있다. 이제 안중걸이 바라보는 죽음의 철학을 들어보자.

살아가면서 역설적이지만 우리의 마지막을 알 수 없다는 것이 얼마나 다행인가. 인간은 거개 목숨에 대한 애착을 갖는다. 어디 인간뿐일까. 모든 생명이 있는 존재들의 본능일 것이다.
(중략)
세상에 영원한 것이 어디 있겠는가? 죽음이 나에게만 오는 것이 아니다. 태어난 존재들은 누구나 간다. 단지 살아 낸 시간의 차이가 조금 다르고, 삶의 질적 의미에 차이가 있을 뿐이다. 정신적으로 육체적으로 지쳐 마지막 와 닿는 곳, 남은 삶을 놓고 기를 세운다거나 다룰 일이 아니다.
ㅡ「목숨」일부 ㅡ

안중걸의 죽음관은 죽음에 방점을 찍고 살아있는 현재에서 건강한 삶을 구현하자는 것이다. 아웅다웅 다투고 기를 세우는 삶에서 벗어나 존재의 심연을 들여다보자는 철학적 메시지를 던지고 있다. 죽음을 통해서 존재의 근원적 의미를 찾고 인간 삶의 윤리를 제시하고 있다.

지금까지 살펴본 글 외에도 꽃에 관한 명상의 글, 외국 여행기 등 주옥같은 글들이 독자들을 기다리고 있다. 나머지 다루지 못한 글에 대한 평은 독자들의 몫으로 남겨두고자 한다.

안중걸의 수필집 『길섶에서』에 대한 나의 글이 추천사나 평문이라기보다 독후감에 가까운 졸문이 되었다. 차마 내놓기에 부끄럽다. 부디 안중걸의 문운(文運)이 장구(長久)해서 수필집을 계속해서 상재하길 기대한다. 또한 읽고 쓰고 걷는 건강한 삶을 영위하길 바란다. "노력하는 자는 방황한다. 그러나 방황하는 자만이 구원을 받는다" 이는 괴테의 『파우스트』에 나오는 대사이다. 이 대사를 이렇게 바꾸면서 졸문을 마치려 한다. "길을 걷는 자는 방랑한다. 그러나 방랑하는 자만이 세상을 얻는다."

publisher   instagram

안중걸 산문집

길섶에서

초판 발행 2025년 4월 1일

지은이 안중걸

펴낸이 최대석 **펴낸곳** 행복우물 **출판등록** 307-2007-14호

등록일 2006년 10월 27일

주소 a1. 서울특별시 종로구 종로1길 50 더케이트윈타워 B동 위워크 2층

　　　a2. 경기도 가평군 경반안로 115

전화 031-581-0491 **팩스** 031-581-0492

전자우편 book@happypress.co.kr

정가 16,500원 **ISBN** 979-11-94192-23-7